KB154110

조금 늦게 달이 보인다

김주현 소설집

조금 늦게 달이 보인다

조금 늦게 달이

차 례

조금 늦게 달이 보인다

반영월식이 새벽에 일어났다는 사실을 뒤늦게 알았다. 어두워가는 오후 무렵 집 근처 작은 공원을 걸으며 이따금 하늘을 바라보았다. 주말의 일상이었다. 하늘에는 보름이 갓 지난 달이 떠 있고 좀 떨어져서 어느 한 별이 반짝이는 것이 눈에 들어왔다. 불그스름한 달이 이채로웠고 크게 반짝이는 별이 궁금했다. 그걸 검색하다 반영월식이라는 현상에 대해 알게 되었다. 반영월식은 달이 지구 반그림자를 지나가는 현상으로 달의 형태는 거의 변화가 없다고 한다. 1월 11일 2시 5분 42초에 시작해 4시 10분에 정점을 이루고 6시 14분 24초에 종료되며 아시아, 유럽, 아프리카, 오세아니아에서 관측할 수 있다는 기사를 뒤늦게 읽은 것이다. 거의 하루 차이로 나는 그 천문 현상을 보지 못했다. 내가 궁금했던 별은 목성인가 보다. 요 며칠간 인터넷에 올려진 별 사진과 설명에서 짐작했다. 목성은 점성학에서 길성으로 알려져 있다. 내가 언제부터 그런 현상들을 챙겼나 하며 피식 웃음을 흘렸다. 달에 대해 관심을 갖게 된 건 사실이다. 개기월식을 보았기 때문인지도 모른다. 그걸 본 가을의 며칠 동안 마음의 부침을 겪었기 때문일 수도 있다. 내 시선은 자연스럽게 그 무렵을 따라가고 있다. 지구에 완전히 잡아먹혀 붉게 어리던 달과 그것을 보았던 공간이 눈앞에서 되살아났다. 한 해가 시작되는 때에 나는 돌연 과거로 눈을 돌렸다.

육 년 전 여름, 나는 충청 지역의 J군에 있는 창작촌에 삼 개월 예정으로 머무르고 있었다. 그해 여름 지속적으로 비가 내렸다. 세상이 무젖은 듯했다. 방 안에 에어컨이 가동되었어도 습기를 잔뜩 머금은 책의 종이 결이 울었다. 그 책들 일부는 소설과 관계없는 것들이었다. 나는 글을 쓰러 왔지만 일거리도 함께 딸려 왔다. 일은 지역의 춤 연구단체에서 발간하는 무용사 백과사전 원고 일부를 교정하는 것이었고 창작촌에 오기 두어 달 전부터 해온 터였다. 에어컨을 가동할 수 있는 방 안에 틀어박혀 머리를 쥐어뜯는 때가 많았다. 머릿속이 삐그덕삐그덕 돌아가는 느낌이었다. 그런저런 심경이 얼굴에 씌었던지 입주자 Y가 나에게 무슨 일이 있느냐고 물었다. 낮선 이들 가운데 서글서글하게 다가온 이였다. 일하느라요. 먹고살아야죠. 나는 자동적으로 웃는 낯을 띠었다. 얼굴 좀 펴요. 너무 딱딱해. 그래도 밥을 먹었고 담배를 피웠고 숙소 주변을 어슬렁어슬렁 걸었다. 다시 방으로 돌아오면 에어컨 가동과 동시에 머리를 가동했다.

김동한, 민족춤제전, 박금슬, 박시몬 등 각 항목의 원고를 세심하게 교정했다. 기껏 작업했던 것을 처음부터 다시 해야 했다. 사전 스타일에 맞춰야 한다고 담당자가 휴대폰으로 말했다. 작업하는 사이사이 스마트폰으로, 카톡으로, 이메일로 교신하듯 이야기를 주고받았다. 사전이니만큼 관련 연도나 인명, 지명이 정확해야 했다. 정말 검색을 밥 먹듯이 했다. 죽을 지경이었다. 죽을 지경이 어떤 건지도 모른 채로 나는 지껄여댔다. 그저 모르는 것이 많다는 정도일 것이다. 알게 된 것도 있다. 김동한 항목을 교정하며 참고도서로 구입한, 한국의 무용사를 다룬 책에서 읽었다. 현장 예인을 일컫는 비속어 '딴따라'는 해삼위학생음악단의 공연에서 기원했다고 한다. 이 행사에서 박수갈채가 쏟아질 때 러시아 음악에 맞춘 손뼉 장단과 더불어 딴따라, 딴따라 큰 소리로 노래 부르듯 한 것이 자연스럽게 입에 익은 것이라고. 앎은 역시 힘이다. 나에게 먼 블라디보스토크가 해삼위라는 옛 표기와 딴따라라는 말로 가까워졌다. 틈틈이 작품을 위한 메모를 했다. 생각날 때마다 틈틈이. 그때도 아마 달에 관해 궁금해했던 것 같다. 8월 한 달을 그렇게 빗속에서 보냈다. 교정 일이 마무리된 하순 무렵 조금씩 작품을 쓰기 시작했다. 생각나는 것들을 붙였다 떼고 다시 붙였다 뗐다. 조금씩, 조금씩 가느다란 실이 머릿속에서 뽑아져 나오는 듯했다.

개기월식을 본 건 그렇게 두 달을 보낸 즈음이었다. 8월 내내 내리다시피 한 비는 어느덧 멎었다. 9월에는 햇빛이 몰아쳐 걸을 때마다 살갗이 따가웠다. 그날 점심 먹을 때였던가, 누군가 그 소식을 알렸다. 어머, 나 못 봤는데 잘됐다, 봅시다, 하며 입을 모았다. 창작촌에는 여덟 명이 입주해 있었다. Y는 유일하게 남편과 함께였다. 그들은 공동으로 한국의 현대소설을 영어로 번역한다. 푸른 눈의 남편은 비현실적인 느낌을 안겨주었다. 그는 그림자처럼 웃음을 늘 머금고 있었다. 내가 웃지 않음을 이상히 여겼다고 나중에 말했다.

그날 오후, 나는 단편 초고를 완성했다. 구십 매 남짓한 분량이 구백 매 분량 같았다.

어두워진 밤나무길을 함께 걸어갔다. 내가 아침마다 걷던 길이었다. 오후 여섯시 좀 넘어서부터 달은 조금씩 이지러지기 시작했다. 오후 일곱시 이십사분에 달이 지구 그림자에 들어가는 개기월식이 시작되며 오후 여덟시 이십사분까지 한 시간 동안 이어진다고 했다. 그 광경을 숙소 부근 작은 민속박물관의 잔디밭에서 지켜보았다. 농기구를 전시해놓은 주 전시관에 도자기를 만드는 체험관이 딸린 박물관은 문이 없어 언제라도 들어갈 수 있었다. 석조미륵보살입상이 있는 곳 가까이에 구들장같이 생긴 돌이 너덧 개 둥그렇게 놓여 있고 가운데에 그보다 큰 넓적한 돌이 하나 놓여 있었다. 내 눈에는 그 돌들이 고인돌처럼 보여서 고인돌 같다고 말하니 그런 것 같다고들 말하며 웃었다. 나도 웃었다. 각자 가져온 맥주와 소주와 막걸리에 사과와 바나나 및 과자 같은 안주를 넓적한 돌 위에 펼쳐놓았다. 보살상 주변으로 둘러쳐진 낮은 사각 철제 차단막 귀퉁이에 달린 작은 조명만이 있을 뿐 주위는 흐릿하고 고요했다. 적당한 어둠 속에서 사람들의 얼굴이 부유했다.

잔디밭 한쪽에 빽빽한 소나무 줄기 사이로 석조보살입상의 뒷모습이 어렸다. 고려 중기에 제작된 것으로 추정되며 다른 곳에서 옮겨온 것이라는 설명이 스틸 판에 음각되어 있었다. 오른손은 내려뜨리고 왼손으로 연꽃을 받치고 있는 모습의 보살입상은 지상에 드러난 부분만 해도 삼 미터가 넘는다. 보살입상은 따뜻하게 미소 짓고 있었다. 그 옆에 작은 입상이 두 개 있다. 그중 하나는 빙긋 웃는 얼굴이 장난꾸러기 소년 같으면서 서역인의 이미지도 풍겼다. 맨 오른쪽의 입상은 얼굴 부분에 시멘트가 발리는 등 심하게 훼손되어 있었다. 나는 아침마다 숙소에서 박물관까지 걸었고 보살님 앞에 두 손을 모았다. 보살입상의 존재로 사찰에 있는 기분이었다. 나는 무엇을 빌었을까.

역시 일상을 좀 벗어나야 글이 써진다고 누군가 말했다. 여기는 참 특징이 없는데 그게 특징인가 보다고 누군가 말했다. 삼겹살과 인삼의 고장이라고 써놓은 걸 광고판에서 보기는 했다. 내게는 이곳이 있는 듯 없는 듯 존재하는 곳으로 여겨졌다. 사람들 사이에서 내가 그렇듯이……

내가 초고를 완성했다고 말하니 축하한다며 빈 잔을 채워 건배했다. 달은 절반쯤 지구 그림자에 먹혀 들어가고 있는 참이었다. 나는 「마음의 일식」이라는 노래를 떠올렸다. 1980년대 초반에 인기 있었던 팝송으로 영어 제목은 'Total Eclipse of the Heart'다. '마음의 일식'으로 알고 있었지만 지금 보니 꼭 그렇지 않다는 생각이다. 우주에 너만큼 환상적이고 경이로운 사람은 없어, 너의 사랑은 항상 내 위에 드리워진 그림자 같아, 하는 가사에 더해 후렴구로 제목 부분이 반복된다. 'total eclipse'가 개기식(皆旣蝕)이라는 뜻인 걸 새삼스럽게 알았다. 그래서 원제목은 마음에 완전히 잡아먹힘이라는 뜻으로 읽혔다. 그 노래를 떠올렸던 순간에는 다른 가사를 몰랐으므로 제목 부분만 낮게 흥얼거렸다. 내가 마음을 완전히 잡아먹힌 적이 있었던가 생각했다. ……고개를 저었다.

캔 맥주를 따는 사이사이 나는 카드대금결제확인부탁드립니다좋은하루보내세요, 라는 문자를 떠올렸다. 일희일비하는 느낌, 롤러코스터를 타는 느낌. 오른쪽 어깨 너머로 달이 보였다. 달은 점점 더 형체를 잃어가고 있었다. 마침내 달이 지구에 완전히 잡아먹혔다. 가장자리만 남은, 붉게 타오르는 달. 내 인생에서 최초로 본 개기월식이었다. 모르는 사이에 달은 조금씩 형체를 회복하고 있었다. 미납시 연체정보공유로 신용도에 영향을 줄 수 있습니다, 그런 문자가 떠올랐다. 그날, 나는 몹시 취했다. 내 방에 들어와서는 서너 번 꽥꽥거리며 토하고 나서야 침대에 고꾸라졌다. 썼다구, 썼다구. 마치 대작이라도 쓴 양 몇 번이나 웅얼거렸다. 이후 완성까지 시간이 더 걸렸음은 말할 나위 없다.

달은 지구에서 약 삼십팔만 킬로미터 떨어져 있다. 우리 눈에 보이는 달은 1.3초 전의 달 모습이라고 한다. 그 거리는 지구를 서른 개쯤 이어놓으면 닿는 거리인데, 빛이 이 거리를 이동하는 데 1.3초가 걸린다고 한다. 그런 사실은 천문학자들에게 중요할 터. 나에게 달은 그저 저 멀리에 있는 달인 것이고 내가 그 달을 바라본다는 사실이 중요하다. 달은 점성학과 함께 내게 더 다가왔는지도 모른다. 별자리 운세에 관심이 있던 나는 그 원리가 궁금해졌다. 책을 몇 권 읽었다. 대부분 이해하기 어려운 말들이었다. 내가 읽은 책에 따르면, 달은 왕비의 이미지를 띠며 어머니, 인격의 무의식적 측면, 한 개인의 변화하는 운명을 가리킨다. 초승달 모양을 띤 달의 상징기호는 실은 두 개의 뿔 모양이며 이중성의 세계를 나타낸다고 한다. 차고 기우는 성질 때문이다.

내가 왜 태어났는지, 왜 이렇게 살고 있는지 궁금해 점성학 책을 읽었다. 철학을 파고들면 좋겠지만 읽어도 모를 소리였다. 별자리 운세에 대한 관심이 학문에 대한 관심으로 이어졌다는 것은 그래도 긍정적인 현상이 아닐까. 스스로 웃는다. 열두 개의 별자리와 열 개의 행성(지구에서 바라보는 것이니 해와 달도 포함된, 그리고 명왕성도 포함된)과 열두 개의 집이 조합된 경우의 수 안에 인간의 운명이 담겨 있다고 한다. 열두 개의 집 개념은 모호했다. 지구를 평면에 원형으로 그린 다음 원형을 피자 나누듯 열두 개로 나누어 집마다 의미를 부여한 것이라고 나대로 읽어갔다. 나는 태어날 때 목이 산도에 걸렸다고 한다. 목보다 넓은 어깨가 나오게 하느라 산모는 죽을 지경이었다. 산파가 갓난아기를 거꾸로 들고 찬물과 더운물에 번갈아 가며 담갔더니 그제야 울음을 터뜨렸다고 한다. 잠깐이지만 나는 살아서도 죽은 것이었다. 그 상황이 때때로 머릿속에 그려졌다. 나는 왜 태어났을까.

나와 같이, 아니 나보다 먼저 그런 생각을 했던 이가 있었다. 그녀는 이미 세상을 떠났다. 나는 풀리지 않는 삶이 궁금해 점성학 책을 읽고 점성술사를 찾아갔다.

삼 년 전 내가 처음으로 찾아간 점성술사로부터 마음대로 써도 된다는 말을 들었다. 내가 소설 쓰는 사람이라는 말을 듣고 나서야 그는 의사가 진단을 내리듯 말한 것이다. 어떤 근거인지까지는 자세하게 말하지 않았다. 나는 어떤 근거인지가 더 궁금했다. 그래도 그의 말은 나에게 희망을 안겨주었다. 지금 생각하면 어떻게 해도 안 되기 때문에 마음대로 써도 된다고 점성술사가 말한 것이 아닐까 싶다. 부푼 희망은 절로, 펑 터졌다. 쓸 때마다 이게 아닌 것 같아, 속으로 생각했다. 최근 이삼 년 동안 알 듯 말 듯, 꿈틀꿈틀, 그런 느낌이 들기는 했다. 헨리 밀러의 11계명을 알았었다면 더 좋았을걸 그랬다. 하지만 어떻게 써야 하느냐 하는 방법은 다수의 소설가나 문인들의 이야기에서 충분히 들어온 터였다. 그 여름과 가을을 함께 보냈던 H 선생으로부터 소설은 마라톤이며 사물에 대한 깊은 애정이 있어야 한다는 말도 들은 터였다. 헨리 밀러의 11계명이 더해진 것뿐이다. 각자의 방법론이 있게 마련이다.

세번째로 언급된 것은 '초조해하지 마라. 지금 잡고 있는 것을 차분하게, 즐겁게, 개의치 말고 작업하라.' 다섯번째는 '창조할 수 없으면 노동을 하라.' 최근에 알게 된 헨리 밀러의 글쓰기 11계명이라는 것 중 기억나는 대목이다. 11계명은 밀러가 『검은 봄』을 쓰던 즈음 작성된 것으로 그 작품과 관련된 것들을 검색하면서 알게 되었다. 그의 연작소설 『검은 봄』을 얼마 전에 다시 한번 읽게 되었다. 그가 자란 브루클린과 그의 가계가 운영한 양복점과 그곳을 드나든 사람들을 그리는가 하면, 그가 오래 머물렀던 파리와 그곳 사람들을 그리거나, 도무지 알 수 없는 상황들을 그리고도 있다. 그 자유로움. 그 깊이와 넓이. 그 징그러움. 징그러움은 거칠고 적나라한 삶의 편력을 가리키는 의미였다. 징그럽게 질펀댔다고 할까. 지인으로부터 받은 그 책의 한국어 번역판은 1993년에 출간되었다. 대학을 졸업한 지 두 해 되었고 출판사 편집부에서 근무할 때였다. 그 무렵에 내가 헨리 밀러를 알 리는 없었다. 밀러라는 맥주는 종종 마셨더랬다. 언젠가 읽으리라 하면서 그 책을 가지고는 있었다. 내가 그 책을 읽은 건 그로부터 이십 년도 더 지나서였다.

확실히 나는 무언가를 잘 만들어내지 못한다. 새로운 인물을 창조해내거나 독특한 이야기를 생각해내거나 하는 것 말이다. 독특한 인물을 만들어내는 것보다는 분석하는 것이 더 맞는다고 그랬다. 지난 연말에 다른 점성술사로부터 들은 말이었다. 올해 염소자리에서 명왕성과 토성과 목성이 합해져 여러 분야에 걸쳐 큰 변화가 일어나리라는 예측을 몇몇 블로그에서 읽었다. 2000년에 벌어진 일들이 이제 영향을 끼치리라는 말도 있었다. 그해 나는 소설이라는 낯선 세계에 발을 담그고 있었고 낯선 탓에 익숙한 세계 쪽으로 자꾸 고개가 돌아갔다. 여러 남자들을 마음으로, 몸으로 품었던 것이다. 그런 걸 소설 몇 편에 흩뿌려놓으며 인물을 죄의식과 자괴감에 빠뜨렸을 때 내가 아는 작가인 B는 단선적인 생각에서 제발 벗어나라고 말했다. 그런 기억을 안고 나는 벌 받는 학생처럼 얌전히 앉아 점성술사의 이야기를 들었다. 스릴러물이나 치정에 얽힌 내용을 써도 괜찮겠다고 점성술사는 말했다. 그래서 더더욱 밀러의 말을 떠올렸다. 초조해하지 마라. 지금 잡고 있는 것을 차분하게, 즐겁게, 개의치 말고 작업하라. 또 창조할 수 없다면 노동을 하라.

각자의 방법론은 소설에만 해당되는 것이 아니었다. 무용평론가 존 마틴은 춤은 시스템이 아니라 하나의 관점이며, 현대 춤의 체계란 획일화로부터 벗어나 개성화 또는 개별화를 지향하고 있다고 현대 춤에 관한 책에서 말했다. 각각의 춤은 각각의 형식을 갖고 있다고도 했다. 지역 춤 연구소 사람들이 쓰는 원고를 지속적으로 교정해오면서 어깨너머로 지식을 얻었다. 때때로 공연을 보면서 무용에 관심이 커져갔다. 자연스러운 끌림이었다. 마틴의 말은 나에게 위안을 주었다. 독특한 인물이나 독특한 이야기를 만들어내지 못하는 나에게. 거기에 더해 창조할 수 없다면 노동을 하라는 밀러의 말에, 소설은 마라톤이라는 H 선생의 말까지. 그렇다면, 하기만 하면 되는 것일까.

그런 생각을 하며 나는 이 책 저 책을 들추어본다. 그런 생각들을 나는 걸으며 머릿속으로 되새긴다.

집 근처 작은 연못 공원의 둘레길을 걷는다. 반영월식이 새벽에 있었다는 것을 알지 못한 채 저기 반짝이는 별이 혹시 목성일까 추측하며. 뿌연 미세먼지 속에서 둥그런 달이 붉그

스름했다. 휴대폰을 두고 나와 사진을 찍지는 못했다. 보통 저녁 무렵 도서관을 나서다 하늘을 바라보고 오뚝하니 달이 떠 있는 걸 본다. 초승달일 때 그 산뜻한 맛이 크다. "산뜻한 초사흘 달이 별 함께 나오더라" 하는 가곡의 가사처럼. 초승은 한자로 初生. 그 달을 신월(新月)이라고 부르는 건 별자리 운세를 인터넷에서 보다가 알았다. 그러곤 한참 뒤에 사전에서 초승달을 가리켜 각월(却月), 세월(細月), 초월(初月), 현월(弦月)이라고 부른다는 걸 알았다. 이제야 안다. 나의 조카 중 한 명은 서너 살 적에 초승달을 보고 바나나 같다고, 손톱 같다고 말했다. 아이의 표현력이 놀라웠다. 그 아이는 지금 고등학생이 되었고 목소리가 제법 굵어졌다. 고등학교 때 나는 문예반에 들어갔다. 수필을 쓰고 『당신들의 천국』, 『탁류』 같은 작품을 읽고 문학의 밤을 열고 책자를 만들었다. 나는 그 책자를 아직도 가지고 있다. 제호는 '해를 향한 날개짓'. 이카로스를 염두에 두고 지은 제목일 텐데 누가 지었는지는 잊어버렸다. 요즘 표기대로라면 날개짓은 날갯짓으로 교정해야 하지만 어디까지나 그건 날개짓이었다. 그처럼 그 책자에서 시간을 느낀다. 지금까지 가느다랗게 이어져온 시간을.

창작촌 숙소 근처를 걷는다. 아침에는 민속체험박물관까지, 저녁에는 자전거전용도로나 박물관에서 이어지는 마을길을 번갈아 걷는다. 걸으면서 주위 풍경을 무연히 바라보거나 잡생각을 하거나 눈에 띄는 나무와 풀과 그것들에 피어난 꽃을 살폈다. 이런 걸 산책이라고 해야 할까. 누군가 나에게 산책이 뭐냐고 물었다. 내가 종종 집 근처 둘레길을 산책한다는 말에 따른 물음이었다. 뭔 놈의 산책이냐, 는 의미였다. 그냥 걷는 거라고 나는 대답했다. 산책(散策)은 "휴식을 취하거나 건강을 위해서 천천히 걷는 일"이라고 사전에 풀이되어 있다. 최근에 찾아본 것이다. 인터넷 중국어 사전에는 산책의 뜻이 국립국어연구원 사이트 표준국어대사전과 똑같고 유의어로 소풍(逍風), 유보(遊步), 산보(散步), 소요(逍遙), 답청(踏青)이 나란히 있었다. 내가 하는 걷기에 들어맞는 뜻은 없었다. 나는 휴식을 위해 걷는 것도 아니고 건강을 위해 걷는 것도 아니었다. 그냥 걷는다. 그 표현이 맞았다.

"처음에 그냥 걸었어 비도 오고 해서", 이렇게 시작되는 노래가 있다. 울적해서 노래를 부르며 계속 걷다 보니 옛 연인의 집 앞이고 공중전화로 다시 고백을 한다는 내용이었다. 통화하는 여성의 목소리가 효과음으로 들리기까지 했다. 제목이 '그냥 걸었어'인데 걷다가 전화를 걸었다고 하니 '그냥 걸었어'는 걸은 것과 전화 건 것을 중의적으로 표현한 셈이었다. 그 노래는 레게풍으로 1990년대 중반에 꽤 많은 인기를 얻었다. 가수는 세상을 떠나고 노래는 남았다. 어쨌거나 내가 걷는 행위는 바로 그런 식의 걷는 것이다. 집에 있을 때도 자주 걸어 다니지만 그건 도보(徒步)다. 창작촌에 와서 많이 자주 걸었다. 자전거전용도로를 따라 짧게는 왕복 삼십 분, 길게는 저수지까지 세 시간쯤.

입주자 Y와 함께 저수지까지 걸어가기도 했다. 월식이 일어난 며칠 뒤 주말이었다. 점심을 먹고 혼자 길을 나섰다가 숙소 근처 카페테리아에서 Y와 그녀의 남편을 보았다. 카페테리아는 작은 군인 아파트 단지 안에 있었다. 거주민을 위한 공간이었으나 때때로 외부인들도 오는 눈치였다. 나는 주로 그곳을 스쳐 갔다. 그곳은 길목이었다. Y 부부는 환한 가을빛 아래에서 제각기 책을 손에 들고 있었다. 그녀의 남편은 노닥거리자 했고 그녀는 나와 함께 걷기를 원했다. 그녀의 남편은 턱수염을 쓰다듬으며 짓궂게 눈을 흘겼다. 다녀와요, 스위티. 그녀는 의자에서 일어나 겅중, 걸음을 옮겼다.

아파트 울타리 사이의 문 없는 출입구로 발을 내디디면 자전거전용도로였다. 도로 양옆으로는 길 따라 나무들이 우거졌다. 출입구에 가까울수록 화살나무가 빽빽했고 삼사십 분쯤 걸어간 지점에는 산수유나무가 일 미터 간격으로 심어져 있었다. 좀 더 걸어가다 보면 주택단지가 나왔다. 길 따라 나란히 예닐곱 채가 자리했다. 적당히 간격을 둔 집마다 오밀조밀한 화단이 가꾸어져 있었다. 그 가운데 스페인풍을 연상시키는 집이 두 채 있었다. 오렌지색과 갈색의 중간 색깔 기와가 그런 인상을 주었다. 그것 말고 다른 의미는 없다. 나는 스페인에 가보지도 않았다. 이 근방의 집들에 비해 이국적이기는 하다고 Y가 말했다. 그녀는 미국에서 남편을 만났고 꽤 오랫동안 캘리포니아에서 살았다. 나는 캘리포니아라는 단어가 들어간 노래를 들을 뿐이다. 그녀는 좀 더 젊었을 때 캄보디아, 태국 등지로 여행을 다녔다고 했다. 키가 큰 그녀는 보폭도 넓었고 걸음도 빨랐다. 그녀보다 작은 나는 그녀에게 맞추었다. 나보고 잘 걷는다고 그녀가 말했다. 걷는 건 잘한다고 나는 대답했다. 소설도 잘 쓸 수 있을 거예요, 간절히 바라면 이루어진다잖아요. 그녀가 한마디 툭 던졌다. 그럴까요…… 나는 웅얼거렸다. 그러곤 걷기만 했다. 그녀도 나도 잘 걸었다. 머릿속으로는 그 집을 떠올렸다.

나는 그 집으로 들어간다. 너무 오래 걸었고 너무 배가 고파서 불쑥 문을 두드린 것이다. 현관문이 열린다. 얼굴이 닮은 두 명의 여자가 나를 보고 빙긋이 웃고 있다. 한 명은 나보다 어려 뵀고 한 명은 나보다 늙어 뵀다. 기하학적 무늬가 그려진 리본 블라우스에 갈색 스웨이드 조끼와 갈색 A라인 스커트를 똑같이 입었다. 블라우스 색깔은 달랐다. 젊은 쪽은 터키석 색깔, 늙은 쪽은 오렌지색이었다. 머리 모양은 똑같이 단발 파마머리였다. 나와 닮았는걸, 하고 생각하는 순간, 그들이 호들갑스럽게 나를 이끌어 주방으로 데려간다. 나는 그들로부터 융숭한 대접을 받는다. 나는 길 끝 막다른 지점에서 누군가와 접선하기로 되어 있다. 그 사람을 죽여야 한다. 그것이 나에게 주어진 미션이다. 알 듯 모를

듯 미소 짓는 그들. 배불리 먹은 나는 스스럼없이 거실에 놓인 큼직한 꽃무늬 패브릭 소파에서 까무룩 잠이 든다. 작은 가방은 손에 꼭 쥔 채였다. 거기에 미션 수행 도구가 들어 있다. 번쩍, 하는 짧은 총신. 꿈속에서 나는 이미 걸어가려고 한다. 그러나 바닥에서 발이 떼어지지 않는다. 누군가 나를 붙잡고 있는 것 같다. 나는 주저앉는다. 어떤 소리들이 겹쳐서 울렸다. 저러다 일어날라나, 쯧쯧. 내버려둬, 지가 일어나겠지. 어서 일어나, 어서 일어나 이년아, 이 자식아, 이 돼지야, 이 개새끼야, 일어나라구! 누군가 내 두 팔을 잡고 흔들어댔다. 나는 번쩍 눈을 뜬다. 두 여자가 나를 보고 빙긋이 웃고 있다. 머리카락이 빠짝 곤두섰다. 나는 고맙다고 인사도 못한 채 신발을 손에 들고 뒤도 돌아보지 않고 그 집을 빠져나온다. 깔깔거리는 웃음소리가 문틈으로 비어져 나왔던가. 저 앞에 기찻길의 터널 같은 길이 하나 뻗어 있는 것이 눈에 들어왔다.

길은 저수지까지 뻗어 있었다. 나는 그 집을 지나쳐 저수지까지 갈 때마다 그런 상상에 빠져들곤 했다. 그걸 작품으로 형상화하려 했지만, 비현실적인 상황이 설득력을 갖기 어려웠다. 누가 그 미션을 주었느냐 하는 것에서부터 막혔다. 문득 배달된 우편물, 문득 걸려온 전화로는 설명될 수 없는 것이었다. 공소했다. 내 글에 삶이 없다는 말을 나는 종종 들어왔다. 무엇을 써야 할까, 무엇을 쓸 수 있을까 하는 물음은 이

얼토당토않은 이야기를 품으면서도 계속되었다. 그 무엇은 이미 내 속에, 자기 자신 속에 있다던 스승의 말과 함께.

그로부터 육 년이 지났다. 그사이 나는 하루에도 몇 번씩 찬물과 더운물을 뒤집어쓰는 양했다. 말하자면, 내 몸은 다시 새로워지고 있었다. 내가 태어났을 때 울지 않아서 산파가 나를 찬물과 더운물에 번갈아 담갔더니 그제야 울더라는 말이 이따금 떠올랐다. 그사이 나는 창작기금이란 걸 받았고 작은 책을 내기도 했다. 하지만 그것은 이미 지난 일이다. 나는 여전히 가느다란 글을 쓰고 있다. 묵직한 메시지를 전달하는 것도 아니고 굵직한 서사가 있는 것도 아니었다. 바닥을 치는 삶을 그리는 건 더더욱 아니었다. 나는 그런 걸 모른다. 겪어봐야 아느냐고 말들 하고 겪어보지 않고도 잘 쓰는 사람들이 있다. "나를 관통하지 않은 이야기는 하지 않겠다"고 말한 소설가가 있다. 또 다른 소설가는 "나를 말하는 것이 너, 그, 그녀를 말하는 것"이라고 했다. 어떤 소재든 어떤 이야기든 결국 자기 자신에게서 나오는 것이고 그것을 어떻게 형상화하느냐 하는 것은 오롯이 쓰는 사람의 몫이다. 나의 시선은 소소한 인물을 따라가고 있다. 아주 소소하지는 않다. 연극을 연출하거나 춤을 짓거나 춤을 추거나 하는, 좀 특별하다 싶은 직업을 가진 인물들이니까. 그런데 어떤 인물을 등장시켜도 그 인물을 나로 만드는 것 같다. 틀에 박힌 것 같다. 틀에 박히면 정말 옴짝달싹할 수 없다. 나를 틀에 욱여넣는 느낌마저 들었다. 삶이 주는 고뇌에 빠진 척. 실연으로 괴로워하는 척. 피해자인 척. 인물들도 나도 마찬가지다. 나에게 조금 다른 시선이 필요하다는 건 안다. 그걸 위해서 이 글을 쓰고 있다고도 할 수 있겠다. 이렇게 쓰는 것도 소설이라고 한다면.

지난해 겨울, 나는 아는 작가인 B의 창작 교실에서 어시스턴트로 강의를 돕고 있었다. 삼 년쯤 되었을 것이다. B가 소설 관련 이론을 근거로 큰 틀에서 합평작을 분석하면 내가 세부적으로 문장을 교정하는 방식이었다. 내가 부분부분 알았던 어떤 이론들을 그녀의 강의에서 온전한 형태로 알게 되었다. 나도 합평작을 발표했다. 어느 습작생이 문장의 주술 구조가 안 맞는다, 작품 안에서 시기가 안 맞는다, 인물이 설득력이 없다, 는 식으로 조목조목 따지듯 짚었다. 내가 하던 식 그대로였다. 멍했다. 습작생도 독자이니 나는 독자로부터 공감을 얻어내지 못한 것이다. 나보다 서너 살 많아 뵈는 중년 남자 습작생은 쌍꺼풀 진 큰 눈을 더 크게 뜬 채 그렇게 하면 안 된다고 배웠다, 라는 말을 썼다. B가 내 작품에서 주인공의 심리를 말했을 때 그가 멈칫하는 느낌은 들었다. 어떤 작품이든 제대로 읽어내기는 쉬운 일이 아닌 거다. 잘 읽어내면 그만큼 더 잘 쓸 수 있을까. 나는 밀러가 아닌 맥스 캔을 따며 몇 년 전 그 가을의 한순간으로 다시 거슬러 올라갔다.

황금색으로 출렁거렸던 논은 추수 뒤에 꺼멓게 바닥을 드러내고 있었고 밤나무길의 포장도로에는 누군가 따다 흘린 밤송이가 굴러다니고 있었다. 창작촌을 나서야 할 때가 다가온 것이다. 나는 앞서 말한 단편소설 한 편을 간신히 퇴고하여 한 문예지에 투고했고 얼토당토않은 상상 속 이야기를 조금씩 불려가고 있었다.

10월 하순에 접어드는 토요일 저녁, 몇몇이 마지막 만찬을 들었다. 숙소의 공용주방에서였다. 족발과 샐러드와 밥과 컵라면에 막걸리와 맥주가 어우러진 상차림이었다. Y의 남편은 노트북을 가져와 음악을 틀었다. 아바의 노래부터 시작해 귀에 익은 팝송이 흘러나왔다. 그가 꿈이 뭐냐고 물었다. 음악과 영화에 이어진 물음이었다. 삼십대 중반의 P는 카페를 열고 레지던시도 운영하고 싶다고 말했다. 삼십대 초반의 L은 전원에서 멋진 남자와 섹스를 하고 싶다고 말했다. 그들은 시나리오를 쓰거나 희곡을 쓴다. 나는 소설을 계속 쓰고 싶고 나를 이해해주는 사람이 있으면 좋겠고 돈도 좀 있으면 좋겠다고 말했다. 나는 Y의 남편에게 되물었다. 그는 자기는 다 경험해서 더 이상 꿈이 없다고 말했다. 일흔을 훌쩍 넘긴 사람의 말이었다. 그에게 P가 어릴 적 꿈이 뭐냐고 물었다. “라이프 스타일”이라는 영어 단어가 들렸다. 모험, 도전 같은 거라고 그는 덧붙였다. 모험을 즐기는 삶, 그런 의미 같았다. 한

창때 해시시를 피우기도 했다는 그는 그림을 그리고 시나리오를 쓰기도 했다. 8월 초, 그가 잘 아는 배우 로빈 윌리엄스가 세상을 떠난 것을 슬퍼했다. Y는 가난한 집에서 어렵게 공부했는데 자기 마을에서 대학 간 사람은 두 명밖에 없었다고 말했다. 조선시대였다면 기생이 되고 싶었을 거라고 덧붙였다. 뭔가 자유롭지 않았을까요. 나는 내가 말한 "소설을 계속 쓰고 싶고 나를 이해해주는 사람이 있으면 좋겠고 돈도 좀 있으면 좋겠다"는 말을 되새겼다. 꿈이 뭐냐는 질문에 맞는 대답인가 싶었다. 꿈, 바라는 거라면 맞다. 나는 그런 걸 바란다. 잔고가 없었던 통장은 조금 채워졌다. 기다리다 못해 담당자에게 작업비를 달라고 부탁했다. 요청이 아니라 부탁이었다. 지역의 재단에서 지원금이 안 왔지만 필요하시다니 드리겠다고 담당자가 선심 쓰듯 말했다. 맥주 맛이 씁쓸했다.

젊은 L을 바라보았다. 창작촌의 도서실에서 처음 그녀와 마주쳤다. 햇살은 기울어가는데 불을 켜지 않아 소파에 앉아 있는 그녀의 얼굴이 흐릿했다. 참 고우세요. 서 있는 나를 보고 그녀가 말했다. 곱다니, 내가? 속으로 생각했다. 나, 나이 안 많아요. 나는 말했다. 곱다, 라는 말은 나이 많은 여성이 옷차림도 단정하고 말끔한 낯에 인자한 미소를 짓는 것을 볼 때 할 수 있는 말이라고 여겨왔다. 젊은 P와 L은 아무 사이가 아니었어도 좋아 보인다고 입주자들이 입을 모아 말했다. 다른 사람들이 지나쳐온 청춘을 그들은 아직 가지고 있는 듯했다. 그때 나는 내가 아직 늙지 않았다는 사실은 인식하지 못한 채였다.

그 창작촌은 2018년 겨울 마지막 기 입주를 끝으로 문을 닫았다.

그 마지막 해 여름, 나는 다시 그곳에 머무르고 있었다. 그해는 내가 소설을 쓰겠다고 마음먹은 지 이십 년이 되고 등단한 지 십 년이 되는 해였다. 딸려온 일도 없이 오롯이 작품을 쓰면 되었다. 며칠 모자라는 삼 개월, 여름에서 가을로 접어드는 그 기간 동안, 나는 자유로운 시간을 누렸다. 친구 중 누군가는 여름 별장에 또 가느냐고 부러워했다. 친구의 표현인데 그 말이 틀리지는 않은 것 같다. 카드 대금 결제를 독촉하는 문자를 받을 일은 없었다. 그렇다고 여유가 있었던 건 아니었다. 머릿속은 또 삐그덕거렸다. 소재는 잡았지만 지향점 없이 맴돌기만 했다. 걷기는 계속되었다. 산책인지 소요인지 산보인지 모호한 걷기, 그냥 걷기였다. 이곳에 오면 언제나 그랬듯 아침마다 보살입상 앞에서 두 손을 모았다. 저녁에는 자전거도로를 주로 걸었다. 폭이 좁아 오솔길 느낌마저 풍기는 그 도로로 이따금 마을 사람들이 자전거를 타고 지나갔다. 이따금 군인들이 열 지어 구보하며 스쳐 갔다.

도로 양옆으로 우거진 나무와 웃자란 풀들을 본다. 무성한 개망초 꽃 위로 드문드문 자잘한 사위질빵 꽃이 보인다. 가을에 접어들면 구절초, 벌개미취, 왕고들빼기의 꽃들이 피어난다. 언제부터 내가 꽃에 관심이 있었지, 새삼스러워하며 걸었다. 대개 혼자 걷고 때때로 함께 걸었다. 역시 혼자가 좋다. 문득 하늘을 올려다볼 때 달이 제 갈 길을 가고 있음을 본다. 달은 점점 가까이 다가왔다. 나는 수시로 달을 휴대폰 카메라에 담았다. 커지는 달, 꽉 찬 달, 작아지는 달. 누군가는 웬 달이냐고 말한다. 그러거나 말거나 나는 달을 본다. 오른쪽이 둥글면 상현에 다가가는 달, 왼쪽이 둥글면 하현에 다가가는 달임을 이제는 알아본다.

그런데 왜 보는 걸까? 음력 초이튿날에 태어난 나는 태어날 때 산도에 목이 걸렸다. 목보다 넓은 어깨를 나오게 하려고 산모는 죽을 지경이었다. 그런 것이 죽을 지경인 것이다. 간신히 세상에 나온 나는 조용했다. 산파가 나를 찬물과 더운 물에 몇 번을 담갔더니 그제야 울음을 터뜨렸다. 잠깐이지만 나는 살아서도 죽은 목숨이었다. 그때 죽어도 좋았다는 생각이 어쩌다 들기도 했다. 내가 살아온 삶의 불안함, 불온함으로 나를 틀에 욱여넣은 것이다. 나는 왜 태어났을까.

나와 비슷한 생각을 가진 이가 있었다. 뒤늦게 알게 된 것이었다. 함께 소설을 배우고 배운 지 일 년도 안 되어 등단한 C였다. B와 허물없이 지냈던 그녀는 B와 같은 곳에서 소설 창작을 강의하기도 했다. 그녀는 내가 마지막으로 창작촌에 갔던 해 가을, 세상을 떠났다. 이삼 년 동안 투병해왔다는 사실은 알고 있었다. 나는 그녀의 소식을 이른 아침에 접하고 서울행 버스에 올랐다. 왜 태어났는지 궁금해했던 그녀는 그 이유를 알아냈을까.

오롯이 그녀와 마주한 순간이 있었다. 그녀와 함께 그녀의 집 근처 산책로를 걸었었다. 어느 술자리에선가 그녀는 산을 끼고 있는 아파트 단지 근처의 걷는 길이 좋다고 말했고 걷는 걸 좋아하는 나는 함께 걸으면 어떨지 물었다. 그녀는 흔쾌히 받아들였다. 봄날, 그녀와 나는 산길을 걸었다. 키가 큰 그녀는 성큼성큼 걸었고 나는 나대로 걸었다. 나보고 잘 걷는다고 그녀가 말했다. 나는 걷는 건 잘한다고 말했다. 꽃, 나무, 영화, 연애, 이런 이야기들 끝에 소설이 자리했다. 경험이 부족하다는 내 말에 그녀는 부족하면 부족한 대로 쓸 수 있다고 말했다. 어떻게 쓰느냐가 관건이라고 그녀는 덧붙였다. 쓰면서 단계가 있어요. 사물을 인식하고 나 자신을 인식하는 단계. 가까이 다가갔다가 타올랐다가 꺼졌다가도 다시 살아나는, 그런 단계요. 단계를 지날수록 깊어지죠. 그건 연애 얘기가 아닌가요, 하며 내가 말하자 그럴 수도 있겠네, 하며 그녀가 웃음을 터뜨렸다. 그로부터 삼 년 뒤 가을, 그녀는 떠났다. 일주기인 지난해 가을, 지인 몇과 함께 그녀를 만나고 왔다. 높직하니 그녀가 누워 있을 곳에 햇살이 고루 비쳤다.

나는 달을 바라보고 사진으로 남긴다. 달도 보이지 않는 초이튿날 태어나 달을 그리워하는 것일까. 달은 어머니를 의미한다니 혹 어머니에 대한 일말의 미안함 때문일까. 새삼스럽게 눈길이 갔다고 하면 안 될까. 이유 없는 끌림이었다고 하면 안 될까. 달로 위안을 얻었다고 하면 안 될까……

나는 'Total Eclipse of the Heart'라는 제목의 노래처럼 처절하게 마음이 잡아먹힌 적도 없고 「그냥 걸었어」에 나오는 가사와 같이 걷고 비를 맞고 울고 고백을 하고 고백이 받아들여진 적도 없다. 사실을 말하면 나는 처절하게 마음이 잡아먹힌 척을 하고 우는 척을 하고 진심인 척을 해왔다. 아무리 생각해도 그게 맞다. 그건 소설에 대해서도 마찬가지인 것 같다. 무용평론가 존 마틴은 같은 책에서 또 말했다. 가끔 우리는 우리가 모르는 무식한 작가가 예술처럼 보이는 그럴듯한 방법으로 자신의 실제 인생담을 세세하게 써놓은 소설을 읽게 되는 경우가 있다고. 많은 경우, 단지 어떤 경험을 세세히 기록해둔 것이므로 그것은 가계부나 시시콜콜 사적인 감정을 토로해놓는 일기 이상의 것은 아니라고. 내가 그렇게 하는 것 같다. 아니라고 말 못하겠다. 그렇기 때문에 이제까지의 나 자신을 툭, 털어내고 싶다. 단번에 이루어지지 않으리라는 것을 안다. 시간이 필요하다. 그런 시간을 나는 보내고 있다. 그건 시간을 허비하는 것과 또 다른 의미다.

오래전, 출판사를 그만두고 집에서 신문을 뒤적거리던 어느 순간, 한 창작 아카데미의 광고에 눈길이 갔다. 우표를 두 개쯤 붙여놓은 크기였는데 한 이름이 크게 눈에 들어왔다. 스승의 이름이었다. 내가 습작을 시작한 그해 3월부터 나는 소설이라는 낯선 세계에 발을 담갔다. 한 장면을 쓰라는, 그리고 삶을 쓰라는 스승의 말을 가슴으로 이해하는 데 십 년이 걸렸다. 그러고도 한동안 나는 스승 밑에서 몇몇 동료들과 함께 독회에 참석했다. 내가 스승으로부터 들은 마지막 말은 적어도 토막 치지 않았다, 는 말이었다. 소설을 쓰기 위해 마라톤을 한다는 일본 작가가 미리 써놓은 묘비명 "적어도 걷지는 않았다"를 조금 비튼 것이다. 무엇이든 지겹게 물고 늘어진다는 것. 그 말로 나는 스승의 가르침에서 비로소 벗어났다. 독회도 끝났다. 사 년 전 봄이었고 헨리 밀러의 『검은 봄』을 처음으로 읽은 즈음이었다. 그 자유로움. 그 깊이와 넓이. 그 징그러움. 나에게는 또 다른 낯선 세계였다. 그 소설은 1936년에 출간되었고 출간된 지 칠십 년이 지나 내 가슴에 이른 것이다.

헨리 밀러는 가장 좋아하는 자신의 작품으로 『검은 봄』을 꼽았다. 『검은 봄』은 그의 초기 소설들 가운데 가장 뛰어난 작품이라는 평가를 받았다. 나에게도 그러한 작품이, 그러한 작품집이 있기를 바란다. 그건 아주 오랜 시간이 걸려야 할 것이고 이루어지지 못할지도 모른다.

우리가 보는 달은 1.3초 늦게 보이는 달이다. 그런 의미에서 나는 달과 닮았는지도 모른다. 어쩌면 나의 진실이 달과 닮았는지도 모른다. 나의 진실은 언제나 조금 늦게 모습을 드러낼 터이다. 나에게 진실이란 것이 있다면. 아니라고 말할 사람도 있겠다. 상관없다. 달은 위성이면서 스스로 빛나지 않는다. 내가 읽은 책, 내가 만난 사람들, 내가 가본 곳들, 이 모든 것이 나에게는 태양이다. 나는 달이 그러하듯 태양으로부터 빛을 받는다. 커졌다가 작아지고 다시 커진다. 보였다 안 보였다, 하는 과정을 겪는다. 달을 바라보는 동안 나는 시간을 느낀다. 세월을 느낀다. 어김없이 제 갈 길을 가고 있는 그 자연스러움. 그 순리. 그 시간의 흐름. 그리고 익숙한 것에 대한 새삼스러운 조명(照明). 딴따라라는 말의 기원, 산책의 뜻, 초승달의 여러 유의어들도 마찬가지다. 초승달 모양을 띤 달의 상징 기호는 두 개의 뿔 모양이고 이중성의 세계를 나타낸다고. 형태를 달리하는, 차고 기우는 성질 때문이라고.

우주 공간 속 달의 모습이 역사상 처음으로 지구에 전해진 그날, 나는 태어난 지 백 일이 채 안 되었다. 태어날 때 보이지 않았던, 스스로 보지 못했던 달을 이제야 마주한다. 태양에서 뜯겨 나온 조각 같은, 일면 불안한 달. 달의 성향을 닮은 나. 그런 것이 나임을 받아들인다면, 하! 어쩌면 나는 이제야 비로소 나 자신과 만날 준비가 된 것인지도 모른다. 나 자신과 만나고 나서야 타인에게, 타인과 어우러지는 삶에 눈을 돌릴 수 있을 것 같다. 지금까지 네가 겪은 건 뭐지? 지금까지 겪은 일들이 있기에 비로소 나 자신과 만날 준비가 된 것이라고 말하면 안 될까.

너 자신을 만날 수 없다면? 너 자신을 만나지 못해서 타인에게, 타인과 어우러지는 삶에 대해 눈을 돌릴 수 없다면? 나는 나 자신을 만나기 위해서라도 어떻게든 살아가야 한다. 살아내야 한다.

그 집을 빠져나왔다. 저 앞에 기찻길의 터널 같은 길이 하나 뻗어 있다. 나는 길 끝 막다른 지점에서 누군가와 접선하기로 되어 있다. 그 사람을 죽여야 한다. 그것이 나에게 주어진 미션이다. 나는 걸어간다. 이제까지 걸어왔던 것처럼 걸어간다. 하늘에는 이제까지 나와 관련된 것들이 끊임없이 비친다. 거기엔 창작촌, 내가 그리워해온 창작촌, 내가 만나온 사람들, 내가 알고 지낸 사람들, 내가 읽은 책들, 내가 본 나무들, 내가 본 꽃들, 내게 위안을 준 사람들, 내가 위안을 얻은 어떤 것들, 내가 본 달의 변화하는 형상…… 그런 건 아름답기라도 하지. 열락에 빠져 신음하는 내가 보인다. 이놈 저놈과 붙어먹는 내가 보인다. 그걸 죄의식이라고 여기는 내가 보인다. 밤거리의 모퉁이에서 술에 취해 꽥꽥 구토하는 내가 보인다. 냉정을 감추며 웃고 있는 내가 보인다. 죽어도 좋았다고 뒤늦게 생각하는 몹쓸 내가 보인다. 마침내 저기 길 끝에 한 사람이 보인다. 그 사람이 나를 돌아본다. 그 사람은 나와 똑같은 눈과 코와 입을 가졌다. 그 사람을 향해 나는 총을 쏴댄다. 총성은 들리지 않았다. 어느 순간, 그 사람이 사라졌다. 하늘에서는 영상이 걷혔다. 하늘은 질푸른 빛을 띠고 있다. 달이 보였다. 초승달이었다.

인생은 오렌지

모니카가 처음에 포즈를 둔 것을 나는 알아차렸다. 연우 아직 안 왔느냐고 내가 물었을 때 그녀는 미세하게 뜸을 들였다. 포즈는 침묵이다. 그렇게 해서 생기는 말과 말 사이의 간격은 심경이나 상황의 변화를 뜻한다. 알면서 왜 묻냐고 그녀가 되묻는 것과 동시에 지이잉, 유리문이 열렸다. 19층까지 엘리베이터로 올라가는 시간이 길었다. 그녀가 문을 열어주자마자 재빨리 운동화를 벗고 화장실로 뛰어 들어갔다. 오줌줄기가 콸콸콸 쏟아졌다. 후드드 진저리를 치곤 손을 씻으며 거울을 들여다보았다. 흰자위가 좀 붉은 것 말고는 괜찮았다. 제임스 딘이 울고 갈 리젠트 헤어를 물 묻은 손으로 쓱 빗어 넘겼다. 높이 솟은 앞머리는 작다 싶은 키를 보완해주었다.

나쁘지 않아. 거울 속 나를 향해 씩 웃어주었다.

연우는 오늘 밤, 날짜로는 내일 새벽 인천공항에 떨어질 것이다. 떨어진다는 말은 승무원들 사이에서 금기어다. 떨어진다는 것은 말 그대로 추락을 뜻하기 때문이다. 이번에 타는 비행기가 최근 이삼 년 사이에 일어난 항공 사고 기종과 같은 것이라고 그녀는 은근히 걱정했다. 보잉 777-200이든가 777-300이든가 하는 기종이었다. 카톡으로만 주고받았다. 하지만 그녀는 오늘 밤, 아니 날짜로는 내일 새벽 인천공항에 사뿐히 도착할 것이다. 그녀와 만나면 다시 비행기를 태워주어야겠다는 생각을 품었다. 몸과 몸이 틈 없이 부딪치고 체액과 체액을 흩뿌리는 동시에 흡입하면서 공중에 뜬 것 같은 황홀감을 안겨주는 거다. 그리고 할 말을 하는 거다.

그런 생각을 하면서 나는 모니카와 맞닥뜨렸다. 오랜만이라고 모니카는 무심히 말했다. 나는 대답 대신 고개를 끄덕였다. 한동안 오지 않았었다. 카톡으로 연락은 주고받았다. 꼭 필요한 일에 한해서. 모니카는 캔 맥주를 두 개 가져다 나무 탁자 위에 놓았다. 내가 오면 그녀는 맥주부터 내놓곤 했다. 맥주는 내가 좋아하는 것이었으므로 그것은 나를 위한 행위였다. 그녀가 캔을 내려놓을 때 바닥에 앉아 있는 나와 시선이 엇비슷이 부딪쳤다. 찰나였다. 그녀의 양쪽 눈가에 실주름이 파인 게 보였다. 그녀와 내가 상궤를 따르고 있다고 여기기로 한다. 좀 전의 낯섦은 사라진 것이다. 나는 얼른 캔을 땄다.

거실의 낮은 나무 탁자 위에는 레드와인이 담긴 잔과 슬라이스 치즈가 담긴 접시와 오렌지 바구니가 놓여 있었다. 오렌지 한 개는 절반쯤 남았고 세 개는 공처럼 바구니에 담겨 있었다. 나는 절반쯤 남은 오렌지를 집어 먹고 새로 하나를 까서 반쯤 입에 욱여넣었다. 텁텁한 입안이 조금 개운해졌다. 주위에 오렌지 냄새가 풍기기 시작했다. 집으로 돌아가는 나에게 모니카는 사과든 오렌지든 몇 알씩 싸주곤 했었다. 그러면 나는 인생은 사과? 인생은 오렌지? 이런 쓸데없는 말을 중얼거렸다.

로다주가 영화에서 내뱉은 대사가 아마 "인생은 오렌지"였을 것이다. 로다주란 로버트 다우니 주니어를 가리키는 말로 우리나라 팬들이 줄여서 부르는 이름이다. 그 대사가 나온 것은 「원 나잇 스탠드」라는 영화였고 로다주는 조연으로 출연했다. 방탕하게 인생을 산 끝에 후천성면역결핍증으로 세상을 떠나는 탕아 역할이었다. 그는 병실 침상에 누운 채 인생은 오렌지라고 친구에게 말한다. 아버지가 죽기 직전에 그 말을 남겼다고 영화 속에서 밝혔다. 그게 무슨 뜻이냐고 친구가 물었겠지. 나도 모른다, 짜샤. 이런 느낌으로 로다주가 대사를 쳤을 텐데 세세한 장면은 기억나지 않는다. 로다주 어쩌고, 그가 주연으로 출연한 「아이언맨」 시리즈 어쩌고를 내가 입에 올릴 때면 모니카는 「원 나잇 스탠드」에 대해 말하곤 했다. 사람 일은 알 수 없는 거라면서. 내용인즉 우연히 만나 하룻밤 사랑을 나눈 남녀가 몇 년 지나 재회하더니 아예 두 부부가 서로 배우자가 바뀐 모습으로 마지막 즈음에 등장한다는 거다. 그 인물들은 아무렇지 않게 아이들에 대해서 이것저것 말한다. 애들을 학교에서 몇 시에 픽업해야 한다는 둥 며칠 동안 데리고 있겠다는 둥. 모니카가 처음 그 제목을 말했을 때 나는 몇 년 전 개봉한 한국 영화 아니냐고 물었었다. 그녀는 아니라며 그 영화는 90년대 후반에 개봉된 미국 영화라고 나에게 말해주었다. 거의 이십 년 전 영화였으므로 내가 알 리 없었다. 덕분에 옛날 영화 알았네요, 하자 그녀는 옛날 영화, 라고 한 번 더 발음했다. 그때가 벌써 옛날인가, 슬프다. 왜 슬프냐고 물었다. 나한테 옛날은 70년대나 그 이전이거든. 내 청춘이 흘러가버린 거 같아서도 슬프다. 그녀는 배시시 웃었다. 근데 왜 인생은 오렌지죠? 내가 묻자니, 낸들 알겠니 하며 그녀는 피식 웃었더랬다. 비터스윗, 그런 거랑 비슷한 건가, 까봐야 알 수 있다는 건가. 그녀가 덧붙였다. 나는 인생은 자몽이라고 하면 안 되나, 하는 말을 덧붙였다. 그러곤 킬킬댔다. 그녀가 좀 가라앉아 보여서였다.

거실과 주방을 가르는 기둥 사이로 모니카의 옆모습이 보였다. 오징어를 굽고 있었다. 거실에 오렌지 냄새와 오징어 냄새가 뒤섞였다. 어쩐지 그녀가 일을 만드는 느낌이었다. 전 같으면 맥주만 가져다 놓곤 안주는 알아서 하라고 했을 거다. 술 먹는 것도 미안한데 안주는 더 미안하지 않느냐며 어디선가 읽었다는 구절을 본뜻과 다르게 비틀었다.

나는 한 캔의 절반쯤 들이켜곤 주위를 둘러보았다. 삼인용 크림색 소파와 청회색 카펫과 멀찍이 떨어져 놓인 작은 스탠드들이 눈에 들어왔다. 카펫은 푹신했다. 가끔 연우를 기다리며 술 마시다 퍼져버리면 그 위에서 자곤 했다. 그럴 때마다 모니카가 이불을 가져와 덮어주었다. 그녀는 연우의 막내이모이며 나보다 열세 살인가 열네 살인가 더 많다. 이모라기엔 나이 차가 적어서 연우에게 이유를 물었더니 외할아버지가 밖에서 낳아 온 딸이라고 했다. 그녀는 연극판에서 기획 일을 한동안 했으며 모니카라는 이름은 그녀가 온라인에서 쓰는 닉네임이었다. 라틴어로 조언하는 사람이란 뜻이라며 그녀는 마치 자신이 그런 사람인 양 흐뭇해했다. 좀 멋지고 싶은데 안 되겠니? 그녀는 종종 배시시 웃었다. 이따금 우울해 뵈는 낯이었다. 무엇 때문인지는 알 수 없다. 지금은 어떤지도.

애들은 좀 어떠냐고 모니카가 물었다. 오징어가 담긴 타원형 도기 접시를 탁자 위에 내려놓고 소파에 앉은 뒤였다. 그냥 그렇다고 나는 대꾸했다. 그녀는 내가 워크숍 연출을 맡은 여대의 극회 출신이었다. 그러니까 내가 뭘 이야기하더라도 그녀의 손바닥 안이라는 뜻이었다. 연출 일도 그녀가 주선해준 것이었다. 귀가 보일 정도로 짧게 쳐낸 머리에다 동그란 검은 테 안경을 쓴 그녀는 나이보다 서너 살 적어 보였다. 그녀가 사십대라는 것이 믿기지 않았다.

“요샌 다 취업에 유리한 동아리가 인기라며. 나 때랑 달라도 한참 다르다.”

그녀는 어깨를 으쓱하곤 와인을 한 모금 마셨다. 창밖에 눈길을 주었다. 유리창 너머로 보이는 것은 교각을 밝히는 불빛이었다. 고집스럽게 바라본다 싶은 순간을 깨고 내가 대사를 쳤다.

“그래도 연극하겠다고 오는 애들이 신통한 거죠.”

모니카는 고개를 끄덕이고는 얼굴을 다시 내 쪽으로 돌렸다. 와인을 한 모금 마셨다간 잔을 내려놓고 소파 위에 무릎을 세워 양손으로 감싸 안았다. 갑자기 몸을 바로 하더니 오징어의 몸통을 가로로 잘게 찢기 시작했다. 나는 하나 집어서 우물우물 씹었다. 동작의 변화가 많음은 긴장했음을 뜻한다. 그녀 자신도 모르지 않을 터였다. 소극장이 춥지 않느냐고 그녀가 물어서 춥다고 대답했다. 그건 안 변했네, 하며 그녀는 소리 없이 웃었다. 안 변하는 것도 있다고 나는 우물우물 대꾸했다. 보름쯤 지나면 3월이지만 소극장 안은 날씨에 영향을 받지 않는다. 4월이 되어도 밤에는 추웠다고 그녀는 말해주었다. 그녀가 추위를 몹시 타는 사람인 걸 나는 알고 있었다.

나는 오징어 몸통 조각 하나를 손에 들고 질겅질겅 씹다가 중간을 툭 끊어냈다. 그 바람에 머리통이 잠깐 흔들렸다. 블로킹 시작한 지 일주일쯤 되었다는 내 말에 그녀는 무대 연습 시작하면 한번쯤 고비가 온다고 덧붙였다.

"올드하다고 안 그러든?"

"그것보단 손발이 오그라든대요. 너무 대놓고 말해서. 마지막 대사 있잖아요. 배우들은 무대 조명이 꺼지면 끝나지만 관객들, 그러니까 사람들은 인생의 즉흥극을 계속하지 않으면 안 된다는."

"구구절절 옳은 말인데. 정말 살아 있네, 아니니?"

모니카가 킬킬거렸다. 나도 킬킬거렸다. 안심이 되었다. 그녀가 경상도 억양으로 발음한 살아 있네, 라는 말은 영화의 대사가 예능인의 입을 통해 부활한 것이다. 살아 있네. 쭈그렁바가지가 된 줄 알았는데 살아 있네! 그러곤 그녀와 나는 「즉흥극」에 대해 좀 더 이야기를 나누었다. 연우를 기다리며 두런두런 이야기를 나누었던 예전처럼.

한물간 남자 배우와 언제나 여주인공의 친구 역할만 하는 여자 배우와 그들보다 좀 어린 남녀 배우 한 명씩이 등장한다. 무대감독에 의해 어두운 무대에 끌려나온 그들은 어쩔 수 없이 즉흥극을 시작한다. 극이 끝날 때까지 무대를 벗어날 수 없다. 단막극이어서 연기력과 연출력을 익히기에 좋은 작품이었다. 1961년도에 창작되었는데 지금까지도 대학 워크숍 공연으로 손꼽히는 작품이다. 연우와 내가 극회 시절에 함께 출연한 작품이기도 했다. 우리는 어리숙한 남녀 배우 역을 맡았다. 연우는 극중에 내가 다른 여배우와 입맞춤하는 장면에서 샘이 났었다고 말했다. 그냥 입술만 살짝 대는 정도였는데 말이다. 나는 그녀가 사랑스러웠다.

열은 한숨 소리가 귀에 들렸다. 아, 모니카. 무대 위에서는 숨소리 하나도 중요하다. 인물의 감정을 표현하는 것이기 때문이다. 그녀가 왜 한숨을 쉬었는지는 알 수 없다.

결국 다 마신다며 모니카가 냉장고에서 와인 병을 꺼내 왔다. 이제야 예전의 모니카가 되었다. 나는 다시금 안도하는 기분이 되었다. 나와 함께일 때 술을 마시는 것이 가장 자연스러운 그녀의 모습이었다. 그녀가 여간해서는 취하지 않아서 나는 마음껏 취할 수 있었다. 그녀는 대개 맥주를 마셨는데 어느 틈에 와인으로 바뀌어갔다. 와인이 맛있냐고 내가 물었다. 잘은 모르지만 그런 것도 같다고 그녀가 대답했다. 맥주는 너무 차서 이제 싫다나. 와인은 아직 내가 모르는 맛이다. 내가 와인을 따라주었을 때 와인 방울이 찔끔 그녀의 손등에 튀었다. 나는 쏘리, 라고 말했다.

"연우가 아임 쏘리 입에 달고 다니는 거 너도 알지? 잘못해서 발을 밟아도, 몸이 서로 부딪쳐도 쏘리, 마담 이런다니까."

모니카와 나는 다시 킬킬거렸다. 이번엔 동시였다. 전처럼 그녀와 나는 킬킬거리고 있다. 어쩐지 연우가 윤활유가 된 듯했다. 나는 연우를 기다리기 위해 여기에 왔다. 할 말도 있었다.

연우를 기다릴 때마다 모니카와 함께 술을 마시며 이야기를 나누었다. 자전거를 타기도 했다. 어떤 애는 소개팅하는 남자에게 승객님 어떤 음료를 드시겠습니까 했다잖아. 그거 다 직업병이라구. 비염이나 장염, 소화불량만 우리의 직업병이 아니라. 백 킬로그램에 육박하는 밀 카트를 끌자면 강철 체력이 필요하다고 연우는 늘 말해왔다. 집에서는 손 하나 까딱 않는 그녀가 이백 명이 넘는 승객들에게 어떻게 서비스하는지 궁금했다. 그녀는 한국에 더 가까이 다가오고 있다. 별일 없으면 나는 새벽에 그녀를 볼 수 있을 것이다. 몇 달째 그녀의 얼굴을 보지 못했다.

이번엔 내가 냉장고에서 새로 두 캔을 꺼내 왔다. 모니카와 나는 각자의 술을 야금야금 비웠고 화장실도 한 번씩 다녀왔다. 각자의 담배도 서너 개비 피웠다. 화장실에서 거실로 이르는 구석에서 나는 멈칫했다. 고개를 빼들어 거실을 흘끔거렸다. 나무 탁자 위에 키 큰 와인 병과 키 작은 맥주 캔이 떨어져 놓여 있는 게 눈에 들어왔다. 오징어 냄새는 희미해지고 담배 냄새가 거실을 차지했다. 창밖에는 교각의 불빛이 여전히 빛나고 있었다. 내 원룸에서 보는 풍경보다 더 자주 보던 풍경이었다. 접시들에서 치즈가 조금, 오렌지가 조금, 오징어가 조금 줄어들었다. 그녀가 새로 오렌지를 까서 한 조각 입에 물었다. 새콤한 향이 잠깐 퍼졌다. 아니 달콤한 향이었던가. 문득 그녀가 고개를 돌렸다. 나와 눈이 마주치자 왜? 하고 물었다. 나는 아니라고 얼른 대답하고는 자리에 앉아서 오렌지를 베어 물었다. 그녀와 나는 동시에 오렌지를 까먹었다.

천장에 붙은 사각 틀 전등을 켜지 않아 다행이었다. 너무 밝으면 나 자신이 고스란히 드러나는 것 같아 부담스럽다. 나는 무대 조명을 견디지 못해 연출 쪽으로 방향을 틀었는지도 모른다. 거실을 밝히는 조명은 소파 옆 창 쪽 가까이에 놓인 티 테이블에 하나, 소파와 마주하는 작은 오디오 양옆으로 하나씩 있는 스탠드뿐이었다. 대접같이 생긴 은색 스틸 안에 백열전구가 끼워져 있었다. 세운상가에서 싸게 샀다고 그녀가 언젠가 말했었다. 그런 거 살 때 날 불러요, 여자 혼자 그런 델 가고 그래요. 내가 말하자 어이구 그러세요, 하며 그녀는 내 엉덩이를 투덕였다. 이모에게 얹혀살면서도 연우가 집에서 거의 손 하나 까딱하지 않는다는 건 나도 알고 있었다. 내가 핀잔을 주면, 연우는 이모도 하지 말란다며 거드름이었다. 난 이모처럼 구질구질하게 안 살 거야. 그게 뭐니? 다 퍼주고. 공연 기획할 때 스폰서가 부족하면 모니카가 자기 돈을 쏟아부었던 걸 나도 알고 있었다. 그걸 메우느라 그녀가 또 다른 일을 한 적도 있었다. 그렇게 살면 구질구질한 건가. 나는 흘끔 모니카를 훔쳐보았다. 그녀의 눈길은 다시 창 쪽으로 향해 있었다. 유리창 안에 거실이 오롯이 드러나 보였다. 어느 순간 창 저쪽의 그녀와 눈이 마주쳤던가. 그녀의 눈썹이 잠깐 꿈틀댔다. 어쩌면 그녀는 눈이 마주친 시점보다 더 오래 나를 보고 있었을지도 모르겠다. 좀 전의 나처럼.

얼른 고개를 숙여 손목시계를 들여다보았다. 새로 한시가 넘었다. 나는 밖에서 기다리겠다고 문득 생각난 듯 말했다.

파카를 도로 껴입고 백팩을 들고 일어섰다. 현관의 센서등이 켜지게끔 몸을 조금 움직였다. 그녀는 내가 엘리베이터를 탈 때까지 기다려주었다. 말없이 나를 바라보았다. 나도 그녀를 바라보았다. 이제까지의 모든 행위를 압도하는 행위. 그리고 짧게 쳐낸 머리와 동그란 안경과 야윈 어깨. 긴 사이가 흘렀다. 고작해야 이십여 초일 것이다. 무대 위에서는 일 초도 길다. 관객들은 배우들이 뭔가 말하기를 원한다. 엘리베이터 문이 닫히는 순간, 그녀가 엷게 웃었던 것도 같았다. 의미는 알 수 없었다.

너희들, 왜를 생각하라구. 기껏해야 네댓 살밖에 차이 나지 않는 아이들에게 나는 또 그 소리를 지껄였다. 그거밖에 안 되냐고 소리 지르고 싶은 마음을 억눌렀다. 안 그래도 냉기가 쏟아지는 소극장 안에 강풍이 몰아치게 해서는 안 된다.

"한물간 배우 어네스트가 왜 거들먹거리는지, 토니가 왜 자신 없어 하고 위니프레드가 왜 가시 돋게 대사를 하는지, 롤라는 왜 저렇게 철없어 보이는지."

동아리 방에서 대본을 리딩할 때 아이들에게 했던 말을 나는 오늘, 날짜로는 어제 오후에 소극장 객석 중앙에 앉아서 되풀이했다. 잘 모르겠으면 물어보고, 아니면 대본대로 해봐. 대본을 뚫어지게 들여다보면 뭐가 나와도 나오니까. 그런 내 모습을 봤다면 연극반 대선배인 구 선배가 꽤나 어이없었을 것이다. 짜식, 좆도 모르면서. 음성이 재생되는 듯했다. 어울리지 않는 옷을 억지로 껴입은 느낌이었다. 나는 아무래도 앞에 나서서 누군가를 이끌어가는 타입은 아닌 것 같다. 그렇다 해도 내가 선생님이라고 불리는 이상 책임을 져야 한다. 아이들은 두툼한 파카를 껴입은 채 대본에 따라 자기 대사를 말하고 있었다. 입에서 하얀 입김이 뿜어져 나왔다.

지난가을 공연이 끝난 뒤 나는 또다시 빈둥거리고 있었다. 구 선배가 연출하는 공연에 내가 조연출로 붙었고 그때 모니카가 기획 일을 봐주었다. 두 사람이 오랜 친구라고 알고 있었다. 모니카의 주선이 어쩐지 껄끄러웠으나 나는 실전 경험이 필요했다.

객석에서 볼 때 무대 중앙에서 오른쪽으로 조금 치우친 위치에 사무용 의자 세 개를 붙여 비스듬히 놓았다. 소파 대용으로 분장실에 있던 걸 꺼내 온 것이다. 맞은편에 탁자와 의자 하나가 놓여 있다. 공연에 쓸 소파는 재활용품 가게에서 사든 아니면 학교 근처 아파트를 어슬렁거리다 운 좋게 발견할 수 있을 게다. 의자와 탁자는 래커 스프레이로 색감을 내야 할 터였다. 나는 나름 머리를 굴렸다.

작품은 내가 정한 셈이었다. 극회 공연 연보에도 이미 있는 탓에 식상하지 않느냐는 말을 집행부로부터 들었다. 3학년이 된 아이들이 극회를 책임지고 이끌어간다. 나이나 규모를 떠나서 단체에는 언제나 집행부가 있고 수장이 있다. 나는 아이들을 설득했다. 이 작품은 말야, 왜 연극을 하는지에 대한 질문이 담겨 있단다. 사실 테드 모젤에 대한 자료에서도 이 작품에 대한 언급은 거의 없었다. 우리나라에서만 잘 알려진 건지도 모른다. 작가가 게이 극작가라는 것 정도가 새롭게 안 사실이었다. 외국 온라인 서점 사이트에서 리뷰는 발견했다. Good Play…… Timeless 또 Fantastic Play라고 쓰여 있었다. 시대를 초월한 명작, 이라고 나도 생각한다. 명작이라고 거창하거나 무슨 역사적인 의의를 담고 있을 필요는 없다. 소소하면 소소한 대로 매력이 있는 것이다. 내가 선택한 이상 끝까지 가야 한다. 대본에도 나와 있다. 이 연극이 끝날 때까지 우리가 무대를 떠나서는 안 된다고. 토니의 대사였다. 오래전 나는 토니에게 내 모습을 입혔었다. 처음엔 관찰자 느낌도 있으면 좋겠다고, 캐스팅하고 나서 그 배역을 맡은 아이에게 이야기해주었다. 한 달이라는 짧은 연습 기간의 절반을 리딩과 인물 분석으로 보냈다. 나는 조급하지 않기로 했다. 남은 시간의 밀도를 높이면 된다.

스포트라이트가 짠, 나한테 와야지. 연우는 무대에서 계속 조명이 있는 곳을 따라 게걸음으로 걸었다. 첫날 공연에서마저 구 선배에게 혼쭐이 났다. 솔직히 말하면 그녀는 좀 예쁘게 연기하려는 타입이었다. 그랬던 그녀가 처음 올림머리를 하고 유니폼을 입은 모습은 정말 예뻐 보였다. 최대한 자연스럽게 화장한 모습이 단아해 보이기까지 했다. 164센티미터

키에 힐을 신으니 나보다도 훌쩍 커 보였다. 커리어 우먼의 모습이랄까, 이젠 성숙미까지 엿보였다. 지난여름, 늦은 밤에 연우와 누군가를 본 것 같았다. 그날도 비행 마친 그녀를 기다리며 모니카와 한잔하다가 집으로 돌아가던 길이었다. 실루엣이 눈에 익었다.

새벽 두시, 경비실 옆 쉼터에 앉아 떨면서 담배를 피우고 나서 PT체조를 했다. 설쳐하면 더 추운 법이다. 파카 안으로 땀이 차는 게 느껴졌다. 졸다 깬 경비원이 경비실 문을 열고 나왔다. 손전등을 내 쪽으로 비추었다. 뭐요? 퉁명스러운 말에, 친구 기다리는 거라고 뻴쭘하게 대답했다. 그사이에 경비원이 바뀐 모양이었다. 안 그러면 오늘도 또 기다리느냐고 웃었을 것이다. 낯선 경비원은 미심쩍은 눈길을 거두지 않은 채 등을 돌려 앞으로 걸어갔다. 손전등 빛이 핀 조명처럼 곧게 바닥과 아파트 외벽을 비추었다. 경비원은 아파트 단지를 돌고 와서 내가 아직도 있는 걸 보고 혀를 끌끌 찼다. 나는 머쓱했다.

담배 한 개비를 물고 불을 붙였다. 경비실 쪽을 바라보았다. 낯선 경비원은 텔레비전을 켜고 의자에 앉았다. 지금은 머리가 희끗희끗하지만 경비원에게도 들뜬 마음에 여자를 기다리던 때가 있었겠지. 아니면 전혀 뜻밖의 여자와 관계를 갖거나.

나는 모니카를 떠올렸다. 좀 전에 그녀와 더불어 술을 마시고 이야기를 나누었던 것이 연극의 한 장면 같기도 했다. 나는, 그녀와 나는 연극이란 걸 한 것일까. 했다 해도 그건 의도가 불분명한, 어설프기 짝이 없는 연극일 터였다. 계속 일을 만들고 소소한 동작을 반복하던 그녀. 마지막에는 엷은 웃음을 보여준 그녀. 그녀와 한 번 잤다고 해서 관계가 갑자기 달라지는 건 아닐 것이다. 나는 담배를 한 대 더 피우고 그곳을 떠났다.

"자 봐. 토니가 말하잖아. 우린 누구야? 왜 우린 여기 있지? 어때, 토니. 니가 왜 여기 있는 것 같니?"

나는 무대 위에 배우 네 명을 세워놓고 물었다. 다들 파카 차림에 털모자를 쓰고 주머니에 손을 넣고 있었다. 긴장, 텐션. 트레이닝을 하고 땀을 흘린 다음은 더 써늘할 터였다.

"여기 무대요, 아니면 저요?"

토니 역을 맡은 아이가 나에게 되물었다.

"그래, 너. 니가 왜 여기 와 있느냐구."

"그거야 연기하러, 워크숍 연습하러요."

"그걸 왜 하는데?"

아이는 어이없다는 듯 나를 쳐다보았다. 옆에 서 있던 다른 아이들은 왜 저러니, 하는 표정이었다. 나는 전날처럼 소극장 객석 가운데 앉아 있었다. 붉은색 의자로 빽빽한 극장이 아직은 휑했다. 아이들 표정도 휑했다. 나는 자꾸 아이를 다그치려 했다.

"해야 하니까 하는 거죠. 뭐, 하고 싶기도 하고. 하고 싶으니까 여기 왔겠죠, 쌤."

"그래, 그거야. 넌 이 연극을 하고 싶은 거야. 그걸 기억하라구."

아이는 난 또 뭐라구 하는 눈빛으로 다시 나를 쳐다보았다. 아이는 머리가 짧고 비쩍 말랐다. 웃을 때 위아래로 여덟 개의 치아가 보였다. 연우를 닮은 듯한 아이에게 나는 토니 역을 맡겼다. 가방만 들고 왔다 갔다 했던 나처럼 되지 않기를 바랐다. 그러면서 나는 아이들을 윽박질렀다. 좆도 모르는 내가 그러고도 선생님이라는 소리를 듣고 있다. 무서운 일이었다. 다음으로 넘어가자는 내 말에 아이들은 소파를 대신한 의자 세 개 주위에 섰다. 아이들의 연기를 지켜보면서 나는 연우를 떠올렸다. 오후 두시가 넘어 전화를 걸었다. 연습하러 오기 직전이었다. 이제 기다리지 마. 그녀가 짧게 말했다. 후배 승무원에게 하는 말투였다. 그녀는 확실히 선택이 분명한 사람이었다. 내가 하려던 말을 그녀가 먼저 했으니 말이다.

아이의 목소리가 들렸다. 어설프게 남자 목소리를 흉내 내고 있었다. 어네스트 역은 키가 좀 큰 아이에게 주었고 토니는 상대적으로 좀 작은 아이에게 주었다. 외모상의 대조가 필요하다. 극 중에 가장 갈등이 많은 인물들이다. 두 인물이 초반에 대립하는 장면만 봐도 알 수 있다. ……저희들 극은 인생의 모방이 될 겁니다. 어네스트가 객석에 설명해주면 토니는 아니라고 반박한다. ……인생으로 되게끔 해달랬지. 어네스트 반박. 하지만 연극 자체가 인생일 수는 없어. 이 부분은 맨 마지막 대사인 '배우들은 조명이 꺼지면 연기를 멈추지만 사람들은 인생의 즉흥극을 계속하지 않으면 안 된다'는 부분과 연결되기 때문에 중요하다. 작품 분석을 할 때도 내가 짚어준 대목이었다.

"연극 자체가 인생일 순 없지만 인생은 연극일 수 있다. 뒤집어보면 말이 된다는 거 아니냐. 어네스트가 '연극은 인생에 관해서, 인생을 위해서, 아니면 인생에 반해서 할 수 있을 따름'이라고 대사할 때 위니프레드가 옆에서 깐족거리잖냐. 그 중 최고는 인생에 반해서 하는 거라고. 왜냐하면 뒤에 나오는 거랑 연결되거든. 자기는 한번쯤 사랑에 빠진 아리따운 여자역을 맡고 싶었다는 대사가 있잖아. 어때, 인생과 연극을 함께 논하는 장면이 이해가 되니? 이렇게 이렇게 연결이 안 돼?"

아이들은 입을 꾹 다물고 멍한 표정을 짓고 있었다. 자 봐봐, 하며 아이들의 주의를 모았다. 그들의 모습은 몇 년 전 구 선배 앞에 서 있던 내 모습과 같았다. 대학 시절 구 선배가 몇 번에 걸쳐 연극사를 정리해주었다. 그는 졸업하고 바로 연극판에 발을 딛고도 한동안 지속적으로 극회 스터디를 주도해왔다. 내 눈에는 연우가 보였다. 어깨를 덮는 긴 머리와 연분홍빛 뺨. 그녀가 구 선배를 욕하건 말건 신경도 안 쓰고 나는 그녀만 바라보았다. 그녀는 어느 순간 발을 빼고 스튜어디스 학원에 다니기 시작했다. 그녀는 어느 것이든 명확한 선택을 하는 사람이었다.

어렵게 생각지 말라고 구 선배는 소주를 따라주며 나에게 말했다. 나는 고개를 끄덕였다. 워크숍 연출을 맡기로 하고 얼마 안 되었을 때였으니 두 달쯤 전이었을 것이다. 친절한 선배로구나 속으로 생각하던 참이었다.

"요새 연우하고는 어떠냐?"

그가 김치 조각을 씹다가 문득 물었다. 행동 다음에 나오는 대사라서 나는 속으로 주의를 기울였다. 대사 다음에 행동을 하면 행동이 중요하고, 반대 경우는 대사가 중요하다. 연극에서 그렇지만 현실에서도 그런 경우를 종종 보았다.

"잘 있죠. 아, 그러고 보니 꽤 못 봤네."

한두 달 됐나, 나는 웅얼거렸다. 구 선배가 그렇겠지, 라고 혼잣말하는 소리가 들렸다. 네? 하고 묻자 그는 아니라고 손사래를 쳤다. 그렇겠지, 라는 말의 의미를 파악하느라 내 둔한 머리가 삐그덕삐그덕 작동했다. 머릿속의 신경 회로들이 마구 뒤엉키는 듯했다.

너, 연우, 왜, 새삼스럽게. 구 선배와 모니카가 낮은 목소리로 말하는 걸 우연히 들었다. 말이라기보다 단어의 나열이었다. 지난가을의 술자리에서였다. 화장실에서 나와 이층 계단을 거의 다 올라왔을 때였다. 나는 멈칫했다. 난 가만있었어. 구 선배는 대답했다. 심드렁한 느낌이었다. 너 잘 알면서. 알았다구, 알았다구. 그들의 말이 끝나기를 기다렸다. 연극에서 등장 순서를 기다리는 것처럼. 나는 극의 흐름을 파악한 뒤 헛기침을 하며 등장했다. 애는 왜 이렇게 오래 걸려. 나보다 먼저 가놓고. 나는 과장되게 대사를 읊었다. 두 사람이 머쓱한 표정을 지었음을 나는 놓치지 않았다. 모니카나 구 선배나 서로 어떻게 알고 지내왔는지는 자세히 말하지 않았다. 그냥 그쪽을 기웃거리다 보니 알게 됐지 뭐. 두 사람의 공통된 말이었다. 나보다 나이가 많은 사람들의 지난 일을 내가 굳이 알아야 할 이유는 없다. 나는 그들과 이야기하는 것이 좋을 뿐이다. 내가 모르는 오래전의 연극판 일화들을 듣는 게 좋을 뿐이다. 그들 개인사는 거기에 포함되지 않았다. 알아도 모른 척하는 것이 낫다.

"일등석은 화장실을 한 사람만 써도 바로 청소해야 하는데 여긴 뭐. 엉망이야, 엉망. 그래서 내가 종이 타월로 세면대 물기 싹 닦고 왔지."

연우는 상기된 얼굴로 자리에 앉아 자랑스럽게 말했다. 그녀 자신이 일등석 서비스를 할 능력이 충분하다는 뜻으로 읽혔다.

"야, 집에서도 좀 그렇게 해봐라."

"그 소리가 여기서 왜 나오니?"

비행기 안에서 그녀가 어떤 모습일지 궁금했다. 그녀를 알아온 지 십 년이 넘었건만 그녀의 이미지는 잘 빗은 올림머리와 흰 블라우스와 무릎길이 스커트와 검은색 하이힐로 요약되었다. 말하자면 승무원의 모습으로서의 연우만 기억난다는 거다. 외모의 특징이 뚜렷한 만큼 도리어 실체가 없는 느낌이 드는 건 이상한 일이었다. 어느 순간부터 그랬다.

지난가을 구 선배의 공연을 보고 모처럼 넷이 모였다. 따지고 보면 넷이 만날 이유는 없었다. 불판에서 구워지는 조개와 가리비를 집어 먹으며 각자의 술을 마셨다. 주종 한번 다양하다며 구 선배가 혀를 찼다. 모니카는 맥주를, 구 선배와 나는 소주 또는 소맥을, 연우는 청하를 마셨다. 개취 아니에요? 하며 연우가 미소 지었다. 살굿빛 입술 사이로 위아래 여덟 개 치아가 하얗게 빛났다. 승무원의 미소였다.

"작년 봄인가 여름인가, 구 선배, 베이징행 비행기에서 만났잖아. 얼마나 반갑던지. 의외로 비행기에서 아는 사람 만나는 경우 드문데."

"그때 연극제 가느라고. 내 공연은 아니었고 다른 팀이 가는데 스태프처럼 해서 묻어간 거였어. 연우 너야말로 제법이던걸. 학교 때하곤 완전 달러."

연우의 비행 일화에 구 선배가 장단을 맞추었다. 모니카와 나는 술을 마시는 쪽이었다. 그사이 조개가 익어갔다. 익으니까 딱딱 벌어지는구나. 구 선배가 두 손으로 조개 벌어지는 시늉을 하며 진부한 멘트를 날렸다. 그를 바라보는 연우의 뺨이 발그레해졌다. 비행기에서 라면 달라는 사람이 제일 이상해, 왕재수야, 라는 둥 대형 사고가 나긴 해도 그래도 비행기가 가장 안전하다는 둥. 어머 나만 떠들고 있었네, 죄송합니— 연우가 거기까지 말했을 때 나는 술을 들이켜다 웃음을 터뜨리고 말았다. 입안에 담고 있던 술이 불판에 튀어 파지직 소리가 났다. 한창 구워지고 있는 가리비에도 튀었다. 드러이 짜식아. 구 선배가 구시렁거렸다. 야, 직업병 무섭다. 나는 내가 한 행동이 오버액션이라는 걸 알고 있었다. 구 선배는 연우를 귀여워 죽겠다는 듯 바라보았다. 모니카는 자주 술잔을 비웠다. 내가 천천히 드시라고 말하자 고개를 끄덕이기는 했다. 탁자 위에 빈 조개껍데기들이 쌓이기 무섭게 연우가 쓰레기통에 비웠다. 조개껍데기들이 플라스틱 쓰레기통 속에 들어갈 때마다 안쪽 벽에 부딪혀 퉁, 탁, 소리가 났다. 그 소리가 들릴 때마다 나는 가슴이 덜컥 내려앉았다. 꼭 나를 향해 던지는 것 같았기 때문이었다.

이틀간 올리는 워크숍 공연 마지막 날, 모니카를 다시 보았다. 그녀는 나와 관계없이 학교 선배니까 온 것일 뿐이다. 쫑파는 언제나 갈빗집이었는데, 인젠 변했구나. 아쉬움이 물큰 밴 모니카의 목소리가 왁자지껄한 소리 사이에서 조그맣게 들렸다. 그녀는 감자탕집의 키 작은 탁자를 여럿 붙여놓은 자리에서도 극회 선배들이 몰려 있는 쪽 맨 끝에 앉아 있었다. 나는 연출이랍시고 떠밀려 중앙에 앉게 되었다. 내 시선 끝에 그녀의 얼굴이 비스듬히 걸렸다. 옛날에는 가든이라는 형식의 갈빗집에서 연출 붙잡고 울고불고했다고 그녀들은 말했다. 제가 그러려고 한 건 아닌데요, 죄송해요, 하며 누군가는 대사를 말하듯이 옛날 일을 떠올렸다. 모니카와 그녀의 선배들이었다. 계산도 그녀들이 하고 갔다. 선배는 그러라고 있는 거예요, 연출 선생님. 모니카가 웃으며 말했다. 그녀의 눈이 일자로 감겼다. 나보다 나이가 훨씬 많은 그녀들이 나를 꼬박꼬박 연출 선생님이라고 불렀다. 곤혹스러웠다. 모니카는 그런 나를 향해 남몰래 눈을 찡긋했다. 나는 남몰래 얼굴을 찡그렸다. 남몰래 연애하는 사람들처럼, 아주 잠깐. 그녀가 태연해서 좀 놀라웠다. 거기에 순간적으로 태연하게 반응하는 나도.

지난가을 이후 밖에서 그녀를 보는 건 처음이었다. 그녀는 진회색 긴 코트와 청바지에 회갈색 앵클부츠를 신었다. 뒷모습만 보면 삼십대 같기도 하고 이십대 학생 같기도 했다. 게다가 몸피가 얇았다.

극회 선배들이 퇴장하고 난 뒤 아이들과 더불어 자리를 옮겨가며 새벽녘까지 술을 마셨다. 이른 아침, 나는 그들과 어정쩡하게 인사를 나누었다. 또 봐요, 쌤. 또 보자, 얘들아. 토니 역을 맡았던 아이가 돌아서려는 나를 붙잡았다. 여기 왜 있는지, 그런 거 생각해볼게요. 연극의 한가운데로 뛰어드는 거, 그런 거. 근데 토니가 꼭 쌤 같아요. 뻘쭘하고 무지무지 고민하는 거요. 그러곤 아이는 웃었다. 나는 순간 당황스러웠다. 또 뻘쭘하시네. 쌤 또 봐요. 아이는 다시 웃었다. 위아래 여덟 개의 치아를 보이며. 나는 괜히 멋쩍어 손만 흔들었다. 다시 돌아서자니 아침 햇살이 쏟아졌다. 눈살이 찌푸려졌다.

집 근처 전철역에 내렸어도 왠지 머뭇거려졌다. 일단 역내 화장실에 들어가 찬물로 얼굴을 씻어냈다. 거울을 들여다보았다. 기껏 높이 세웠던 앞머리는 모자 속에 눌려 보이지 않았다. 코밑과 턱에 수염이 까칠하게 자랐다. 남자들은 수염 안 깎으면 구질구질해 보여. 그 말은 모니카도 연우도 나에게 한 말이었다. 언젠 까끌까끌한 수염으로 몸 핥아주는 게 좋다면서. 그건 그거구 이건 이거지. 오래전, 이른 아침에 눈 비비며 여관을 나서면서 수염 난 내 모습을 보고 연우가 말했었다. 그녀는 그때도 말끔하게 화장을 하고 있었다. 그 일도 옛날 일이 되어버렸다. 그녀는 사랑을 하고 있다. 한때의 일탈인지 진정한 사랑인지는 모른다. 나는 거울에 대고 비죽 웃었다. 모자를 벗고 양손 손가락을 갈퀴처럼 만들어 머리카락을 헤집어댔다가 천천히 쓸어 넘겼다. 어느 순간 고개가 기우뚱해졌다. 마치 머리가 무거워 기우뚱해진 듯했다.

나는 그길로 눈에 띄는 아무 이발소나 들어가 머리를 박박 밀었다.

전남편은 앨 낳았대. 며칠 전에 전화로 알려주더라, 백일 지났다고. 모니카는 아무렇지 않게 말했다. 너무 쿨한 거 아니에요? 내가 묻자 그녀는 소리 없이 웃었다. 안 될 것도 없지 뭐. 나쁘게는 안 헤어졌으니까. 그녀가 바스러질 것만 같았다. 그 가을의 문제적 술자리를 마치고 그녀를 바래다주려 함께 택시를 타고 가던 길이었다. 한 번 가진 아가는 빛도 못 보고 가버렸어. 더 안 생기데. 그녀가 조용히 말했다. 나는 그녀의 어깨 위로 팔을 뻗었다. 작은 몸피가 한 팔에 안겼다.

그 밤에 연우는 무슨 약속이 또 있다고 서둘러 일어났다. 십 분도 안 되어 구 선배도 일어났다. 모니카와 나는 말없이 한두 잔 더 마셨다. 연우는 이쁜 너를 왜 모를까. 다시 긴 침묵 또는 긴 사이. 내가 읽은 어떤 희곡에서는 잠깐 사이와 긴 사이 두 가지가 섞여 있었다. 구 선배에게 물어보았다. 그건 나도 모르지. 배우든 연출이든 흐름 따라 적당히 알아서 하는 수밖에. 인생의 포즈도 행위도 알아서 할 수밖에 없는 건가. 모니카와 내가 몸을 나누었던 것도 알아서 한 건가. 그냥 옆에 있어줘. 모니카는 연극 대사를 하듯 읊조렸다. 어쩌면 그녀는 구 선배에 대한 모종의 감정을 품고 있었는지도 모른다. 아니면 나에 대해? 그녀의 심중을 나는 알 수 없다. 그녀가 옆에 있어달라고 해서 나는 그렇게 했다. 그녀는 몹시 떨고 있었다. 연우를 기다린다면서 그녀와 함께 더 많은 시간을 보냈다는 생각이 그제야 들었다. 그녀는 이제 나와의 일은 잊어버린 양했다. 아니면 감정을 감추려는 것인지도 모른다. 이른 봄에도 외투로 꽁꽁 몸을 싸매듯. 그녀는 몹시 추위를 타는 사람이지 않은가. 그녀는 꽤 오랫동안 혼자 모든 일을 해오고 있다. 그녀에 관해서 그나마 내가 알고 있는 것이었다.

거의 삭발에 가까운 머리를 손으로 쓸어보았다. 꺼칠꺼칠했다. 군대 이후로 머리를 짧게 깎은 것은 처음이었다. 모니카가 반기겠다. 남자는 머리가 짧아야 멋있어 보인다고 내게는 말했었다. 리젠트 헤어는 제임스 딘만의 특징이 아닌데도 그 머리 스타일 하면 제임스 딘이 가장 먼저 떠올랐다. 삐딱한 시선으로 담배를 물고 있는 모습. 가죽점퍼 안에 받쳐 입은 흰색 티셔츠. 아직도 살아 있는 느낌. 죽는 순간까지 한 여인을 잊지 못했다는 일화. 앞머리를 높이 세운 머리를 박박 깎은 게 어쩐지 아쉬워졌다. 당분간 제임스 딘은 흉내도 낼 수 없다. 아, 난 로다주를 흠모하고 있지. 이발소 거울을 마주하고 나는 열없이 웃었다.

그들 두 사람을 무엇으로 같이 엮을까. 아주 간단하다. 그건 바로 나다. 로다주를 흠모하는 나는 제임스 딘 또한 존경해 마지않는다. 제임스 딘처럼 쌈박하게 인생을 끝낼 수도 있고 로다주처럼 인생 역전 같은 걸 꿈꿀 수도 있다. 마약에 찌들었던 로다주는 유능한 두번째 아내 덕에 개과천선했다. 나는 서른을 갓 넘긴 풋내기일 뿐이다. 요즘은 이른바 백세시대라니까. 「백세 인생」이란 노래도 나온 판이니까. 인생은 오렌지라고 로다주는 말했것다. 정확히 그가 한 말이 아니라 그가 맡은 역할이 내뱉은 말이었다.

영화에서 하룻밤을 보낸 남녀가 재회한 곳이 바로 로다주의 병실이었다. 남자는 로다주의 친구였고 여자는 그의 형수였다. 그래 만날 사람은 만난다는 말인가. 그들의 하룻밤은 인생을 바꾼 하룻밤이었다. 각자의 배우자를 서로 맞바꿔 진정한 짝을 비로소 만나게 된 것이니까.

모니카는…… 청춘이 가버린 것 같다고 배시시 웃은 그녀는 어쩌면 긴 사이를 겪게 될지도 모른다. 배우들은 조명이 꺼지면 연기를 멈추지만 사람들은 그러고도 계속 인생의 즉흥극을 하지 않으면 안 된다. 연극의 마지막 대사이며 위니프레드의 대사였다. 나는 그 대사를 떠올릴 때마다 모니카가 생각났다. 나에게는 어쩌면 위니프레드가 모니카인 것 같고 모니카가 위니프레드인 것 같다. 토니가 나였고 내가 토니였던 것처럼. 극 중에서 위니프레드는 그나마 토니를 이해한 인물이었다. 모니카가 나를 이해한 사람이라는 말도 성립되는 건가. 눈빛으로, 행위로 나에게 조언을 해주고 있는 건가. 그렇다면 모니카는 정말 모니카인 것이다. 그녀는 긴 사이를 겪게 될지도 모른다. 아니 짧은 사이에 쑥, 감정에서 빠져나올지 모른다.

나야말로 긴 사이를 겪게 되겠지. 마음의 포즈가 지지부진 이어질지도 모른다. 그동안 나는 누구인지, 나는 어디에 있는

지를 매 순간 확인해야 한다. 인생은 긴 연극이라고 하니까. Good Play? 아니 Bad Play? 그래서 인생은 도무지 알 수 없는 것 혹은 알다가도 모를 것. 달콤하고 씁쓸한 것. 그런 의미에서 인생은 오렌지?

인생이란 어차피 각자가 자기 게임을 하는 거라고도 한다. 인생은 낯선 여인숙에서의 하룻밤이라고 말한 이도 있었다. 가진 것 모두 남에게 베풀어준 이였다. 그렇다면 나는? 나는, 아직 모르겠다. 짜식아, 생각을 좀 해봐, 생각을. 모니카가, 구 선배가, 연우가 나를 보고 웃을지도 모른다. 어네스트나 토니 같은 가상의 인물들도 킬킬거릴지 모른다. 어쩌면 토니 역을 맡았던 아이까지도. 웃고 싶으면 웃을지어다. 내 인생은 여전히 인생에 반하는 연극인 것 같다. 나는 아직 가슴이 열리지 않았다. 나는 좆도 모른다. 그건 내가 확실히 알 수 있는 거다. 나는 서두르지 않는다. 어떻게든 인생은 굴러가게 마련이니까.

이런 생각을 하다가 삐죽 튀어나온 보도블록에 운동화가 끼여 길바닥에 나동그라졌다. 나쁘지 않았다.

빨주노초파남보 씨

요 몇 년 사이에 아는 사람들을 우연히 보게 되는 경우가 잦았다. 재작년에는 한 달 동안 무려 세 명의 옛사람들과 우연히 마주쳤다. 고등학교 동창 두 명과 고등학교 후배이면서 직장 동료였던 사람 한 명이었다. 그들은 모두 내가 이전에 살던 동네에 살았던 사람들이었고 놀랍게도 내가 이사 온 동네에 모두 이사를 왔다. 그들과 조우하던 무렵 나는 집 안의 오래된 물건들에 치여 어쩌지 못하고 있었다. 오래된 수첩들, 책장에서 잠자는 낡은 책들, 옷장 안에 걸어두기만 하는 옷들, 그 비슷한 것들. 이건 일종의 사인 같아, 라고 중얼거리긴 했다. 하지만 어떠한 변화도 일어나지 않았다.

지난해 봄에는 춤 공연에서 두 명의 지인을 우연히 보았다.

조금 아는 소설가인 K 선생과 한때 청강한 강의를 진행한 L 선생이었다. 내가 알았던, 또는 내가 알고 있는 사람들을 어째서 연이어 마주치게 되는 걸까. 정말 일종의 사인인 걸까. 그렇다면 무슨 의미일까.

그리고 지금 그런 사람들 가운데 한 사람의 공연을 보고 있다.

무대 위에 탈을 쓰고 등장한 그는 머리에 버나를 조심스레 올린 채로 도포를 더듬더듬 손으로 만지더니 막대기를 꺼냈다. 가운데가 살짝 들어간 소고처럼 생긴 버나를 손에 들고는 다른 손에 쥐고 있던 막대기를 그 아래에 대고 받치더니 한두 번 쳇바퀴를 흔든 끝에 쳇바퀴가 돌아가게 했다. 그는 능숙하게 버나를 다루었다. 삼십 센티미터쯤 길이의 막대기에서 버나를 떨어뜨린 다음 굽힌 무릎 밑으로 막대기를 옮겼다가 버나를 받았다. 주워들은 대로라면 다리사위에 이어지는 무지개사위였다. 그는 막대기에 담뱃대를 잘 맞춰 세우곤 버나돌리기를 이어갔다. 관객들은 조마조마하면서 탄성을 지르고 박수를 쳤다. 대사 없이 관객들의 흥을 돋우는 그였다. 잠시 동작을 멈춘 그는 객석에서 남자아이를 손으로 가리켜 무대 위에 세운 뒤 막대기를 쥐여주었다. 또 다른 막대기를 꺼낸 그는 저 혼자 버나를 돌리다가 아이가 쥔 막대기에 버나를 올렸다. 한 번 실패했는데 그것은 연출인 것 같았다. 돌아가는 버나를 막대기에 받은 남자아이는 두 손으로 막대기를 꼭 쥔 채 놀라워했다. 그렇게 한 번 관객을 무대 위에 불러올린 그는 또 다른 관객을 가리켰다. 이번엔 손을 든 사람들이 많았다. 또 아이를 불러올린 그는 아까와 같은 동작을 되풀이해 보여준 뒤에 아이와 함께 인사를 했다. 그는 버나돌리기를 할 때 가장 그다웠다. 그는 그런 생활을 거의 이십 년 넘게 해오고 있다. 나는 나다운 게 뭘까를 언뜻 생각하다 말았다.

공연 시작에 맞춰 무대 위 조명이 켜지고도 관객들은 시끌벅적했다. 심지어 공연 중에 휴대전화를 받는 사람도 있었다. 그려, 지금 공연 본다, 끝나고 보자. 중년 남자의 목소리가 몇 줄 뒤에 앉아 있는 나에게까지 들렸다. 그런가 하면 꼬마 여자아이의 목소리도 들렸다. 엄마, 어딨어? 안 보이니까 무섭잖아. 시대물 드라마에서 보던 극장 풍경과 비슷했다. 몇 년 사이에 그가 이런 분위기에서 공연을 해오고 있구나. 나는 좀 서글픈 생각이 들었다.

어쩌면 들를 수도 있겠다고 오전에 보낸 문자에 그는 두 시간쯤 뒤에야 답을 보내왔다. 그 정도면 일찍 답을 준 것이다. 리허설 중에 잠깐 쉰다고, 웬 바람이냐고 그는 짧게 답했다. 그가 어떤 공연을 올리는지는 미리 알고 있었다. 시내버스 정류장에서도 포스터가 붙어 있는 걸 보았다. 나는 리뷰를 쓸 춤 공연을 보러 지방에 내려와 있다. 지난주 금요일에 E군에서 공연을 보았으므로 벌써 서울에 올라갔어야 했다. 하지만 좀 머뭇거렸다.

공연 한 시간쯤 전 분장실에서 그를 보았다. 분장실에 가보고 싶다고 이어서 내가 문자메시지를 남겼을 때, 뭐 별거 없는데, 무슨 바람이냐고 그가 다시 물어서 오랜만에 보고 싶다고 답했었다. 그가 다른 배우들에게 미리 말을 해두었던지 그를 찾아왔다고 내가 말하니, 선배님 친구분이시죠, 하며 인사를 건넸다. 나는 아, 예, 하며 어정쩡하게 그들과 인사를 나누었다. 내가 분장실에 들어갔을 때 그는 보이지 않았다. 나는 사 가지고 간 음료수 상자와 바나나를 그들 중 한 사람에게 건넸다. 체격이 커 뵈는 여자가 받아 들면서 어느 자리든 편하게 앉으시라고 말했다. 큼지막한 직육면체 같은 분장실에는 삼인용 소파가 탁자를 사이에 두고 마주 보게 놓여 있었고 거기서 기역 자로 이어지는 짧은 쪽 벽을 따라서 일인용 소파가 세 개 놓여 있었다. 나는 벽 쪽에 있는 일인용 소파에 앉은 채 배우들이 의상을 갈아입거나 분장을 하는 모습을 지켜보았다. 고개를 왼쪽으로 조금 돌리면 삼인용 소파를 등진 벽에 천장까지 닿는 큼지막한 거울 두 개가 붙어 있는 게 보였다. 나는 배우들의 얼굴을 보다가 이따금 왼쪽으로 고개를 틀어 거울에 비친 그들을 보기도 했다. 님은 가고 정만 남으니 정 둘 곳이 난감이로다…… 이런 노래를 속으로 흥얼거렸다. 요즘 자주 듣는 노래로 경기 민요 「노랫가락」을 현대적으로 편곡한 곡이었다. 그 노래가 경기 민요인 건 검색을 해보고서야 알았다.

좀 전에 음료수와 바나나를 받았던 여자 배우는 분장을 마치고 의상도 갈아입은 모습이었다. 윗옷이 꽉 낀다며 남자 배우에게 바꿔 입자고 말했다. 여자의 옷 색깔은 자주색이고 남자의 옷 색깔은 파란색인데 모두 옅은 색조였다. 남자는 속옷을 안 입었다는 말부터 했다. 땀내 나는 옷을 입겠느냐는 뜻인 듯했다. 여자는 자기는 속옷을 입어서 괜찮다고 말했다. 여자가 입고 있는 옷의 목선에서 검은색 탑의 가느다란 선이 내 눈에도 보였다. 그 말에 남자는 훌렁 상의를 벗어서 여자에게 건넸다. 여자는 일인용 소파 맞은편, 분장실 끝에 있는 불투명 유리문으로 나갔다가 돌아왔다. 여자는 파란색 상의를 입고 있었다. 언니, 어때? 하며 또 다른 여자 배우에게 묻고는 대답은 듣는 둥 마는 둥 팔을 들어 올리거나 수평으로 쭉 뻗거나 했다. 여자는 고개를 갸우뚱거리더니 거울 끝 문 오른쪽 벽에 세워져 있는 행어 쪽으로 몸을 틀었다. 2단 행어에는 여러 벌의 의상이 옷걸이에 걸려 있었다. 여자는 아랫단에서 상의 한 장을 꺼냈다. 먹빛이었다. 여자는 아하, 하며 그 옷으로 갈아입겠다고 말했다. 분장실로 돌아와서 어떠냐고 다시 물어보았다. 이어 옷 앞판을 뒤로 돌렸다가 앞으로 돌려봤다가 했다. 선배 되는 여자 배우는 글쎄, 라고 말꼬리를 흐리며 좀 더 파인 쪽이 앞이라고 지적해주었다. 웃음이 나왔다. 나도 전에 그런 적이 있었던가 싶었다.

그 순간, 그와 또 다른 남자 배우가 함께 들어왔다. 그가 나를 알아보곤 빙긋 웃었다. 가까이 다가온 그에게서 담배 냄새가 엷게 풍겼다. 그는 연두색 윗도리 위에 도포 비슷한 긴 옷을 덧입고 앞자락에 달린 세 가지 원색 끈을 뒤로 묶은 채였다. 역도 선수 같아 뵈는 여자 배우가 그에게 혹시 옷 바꿔 입을 수 있느냐고 물었다. 옷 바꾸기는 아직도 끝나지 않은 건가. 입을 수 있겠냐고 그는 되물었다. 괜찮다고 여자 배우는 좀 전과 똑같이 대답했다. 그는 좀 전의 남자 배우처럼 그 자리에서 훌렁 윗옷을 벗어서 여자 배우에게 건네주었고 여자 배우는 좀 전과 같이 옷을 갈아입고 왔다. 꾸준히 운동을 하는 모양인지 그는 뱃살이 탄탄해 보였다. 속살이 까만 건 여전했다. 이제 여자 배우는 연두색 옷을, 그는 먹빛을 입었고 젊은 남자 배우는 원래의 파란색을 도로 입었다. 연두색 옷을 입은 여자 배우는 좀 전과 같이 팔을 위로 들어 올렸다가 수평으로 펼쳤다가 했다. 어, 편한데, 하면서 활짝 웃었다. 브러시로 눈두덩에 아이섀도를 바르고 있던 다른 여자 배우는 선배도 멋지다, 도포하고도 어울린다, 고 반응했다. 한 여자 배우가 자신에게 맞는 옷을 찾아가는 걸 나는 지켜보았다. 색깔 찾기를 하는 것도 같고 짧은 공연을 하는 것도 같았다.

도포를 도로 입은 그는 분장 박스에서 스틱을 꺼내어 얼굴에 쓱쓱 문지르기 시작했다. 예전보다 더 시커멓고 이마와 눈가에 주름살이 굵게 파인 낯이 조금씩 가려졌다. 큰 거울에 배우들의 상반신과 분장실 풍경이 비쳤다. 거울 앞에 나무 콘솔이 있고 그 위에 메이크업 풀박스 두 개가 열린 채 놓여 있었다. 닫으면 하나의 육면체인데 열어서 쭉 빼면 계단식으로 연결된 네다섯 개 수납 서랍이 나오게 되어 있었다. 칸칸이 분장용품이 들어 있는 검은색 가죽 박스는 꽤 낡아 보였다. 내 쪽에서 가까운 위치에 서 있는 선배 여자 배우에게 물어보니 십 년쯤 썼을 거라고 했다. 박스 양옆으로 배우들이 스틱으로 기초 분장을 하거나 펜슬로 눈썹을 그리거나 하고 있었다. 배우들 다섯 명이 서니 큰 거울이 꽉 찼다. 그는 오른쪽 끝에 서 있었다. 그의 옆얼굴이 보였다. 콧등이 조금 꺾어진 매부리코. 그는 스틱을 쥐고 꼼꼼히 살갗에 바르고 있었다. 남자가 분장하는 모습은 언제나 낯설었다. 예전에 나도 발랐던 도란, 우리가 또랑이라고 불렀던 분장 도구. 그와 같은 것을 그는 아직도 바르고 있었다. 그는 눈썹이 잘 그려지지 않는다며 다른 배우에게 부탁했다. 연두색 상의를 입은 여자 배우가 거울 앞에 그를 앉혀놓고 펜슬로 눈썹을 그려주었다. 그의 얼굴 크기에 비해 눈썹이 길고 두터워 보였다. 나는 말을 할까 하다 관두었다. 여자 배우가 애써 그려주고 있어서였다.

행어 부근에서 배우들이 윗몸을 굽혔다 폈다 하거나 혀를 말며 아르르르, 소리를 내어 혀를 풀어주거나 하고 있었다. 손목시계를 들여다보았다. 일곱시가 되어갔다. 공연은 일곱시 반에 시작한다. 그를 눈으로 찾았다. 화장실로 통하는 문 앞쪽에서 파란색 상의를 입은 배우와 함께 몇 차례 같은 동작을 하며 합을 맞춰보고 있었다. 그가 잠깐 멈춘 사이, 나는 그에게 다가가 무대에서 봐, 하고 조그만 소리로 말했다. 그가 고개를 끄덕였다. 배우들에게도 공연 잘하시라고 말하고 분장실을 나왔다. 분장실에서 나와 복도를 사이에 두고 검은색 암막 커튼이 쳐진 곳으로 들어가면 바로 공연장이었으나 나는 복도 끝 문을 열고 로비로 나갔다. 나는 외부인이므로 정식으로 로비를 거쳐 공연장으로 들어가야 한다는 생각이었다.

공연장 안이 시끌벅적했다. 사람들이 제법 들어왔다. 사백 석이라니 웬만한 중극장 규모 못지않았다. 이층도 있었다. J 문화회관이라는 이름이 붙어 있는 걸 보면 공연만이 아니라 다른 행사들도 하는 곳인 듯했다. 나는 세 구역으로 나누어진 객석의 가운데 부분 뒤쪽에 앉아서 극장 안으로 들어오는 사람들을 자연스럽게 살펴보게 되었다. 서울 공연장의 관객들과 사뭇 달랐다. 어린아이에서부터 여든이 넘어 뵈는 노인들까지 연령대가 다양했다. 늙수레한 사람들이 젊은이들보다 훨씬 많은 듯했다. 젊은이들은 아마 연인과 함께 있거나 아니면 썸을 타는 상대를 만나러 갈 것이다.

외사위 동작을 하며 들어오는 배우들 모습에서 나는 옷 색깔에 먼저 눈길을 두었다. 언뜻 봤을 때 저지 천이라 옷자락이 처지는 느낌이었고 염색한 바지 의상은 약간 추레해 보였다. 그러나 조명을 받으니 파스텔 톤으로 따스했다. 여덟 명의 배우들은 한국 전통춤 사위로 무대를 채우는가 하면 현대무용 동작을 보여주기도 했다. 남자 배우 두 명의 2인무 장면은 짤막한 컨템퍼러리 댄스 작품 같았다. 음향도 현대무용 공연에서 종종 들었던 전자음이 주조를 이루었다. '춤으로 말해유'라는 공연 제목처럼 여러 가지 춤이 등장했고 굵은 줄을 여럿이 붙잡고 지나가는 식의 팬터마임 장면도 있었다. 장면에 따라 스토리가 있기도 하고 춤 자체를 보여주기도 했다. 대사 없이 춤 동작만으로 이루어진 연극 공연에서 이따금 추임새가 곁들여졌다. 얼쑤, 좋다, 잘한다 하는 감탄사를 배우들이 관객들로부터 이끌어냈다. 그런 가운데 그의 버나돌리기가 연희되었다. 남사당놀이의 여섯 연희 가운데 하나인 버나돌리기가 현대에 와서 연행되는 한 모습이었다. 연극적인 춤 공연도 있는 만큼 연극과 춤, 춤과 연극의 결합은 종종 이루어졌다. 연두색 여자 배우는 나이 지긋한 중년 여성으로도 등장했다. 중간에 분장을 다시 한 모양이었다.

지난주에 본 국립현대무용단 공연에서는 댄서들이 스윙 음악에 맞추어 춤을 추었다. 제목도 '스윙'이었다. 재즈 클럽에서 춤을 추는 것 같은 분위기였다. 서울에서의 초연을 놓친 터라 이번 공연은 꼭 보아야 했다. 어떤 공연은 늦었더라도 봐두는 것이 좋다. 나중에 어떻게 쓰일지 알 수 없다. 신인 비평가는 틈새를 노리듯 지역의 공연을 본다. 같은 공연이라도 지역의 극장 구조에 따른 미세한 차이가 있다. 극장의 구조 자체에 대해서도 쓸 일이 생길지 모른다. 무대 양쪽 끝에 긴 의자가 두 개씩 붙어 있고 댄서들은 때때로 거기에 앉았다가 무대 중앙으로 나왔다. 여자 댄서들은 스커트 자락이 부풀려진 원피스 드레스를 입었고 남자 댄서들은 정장 바지에 중간 색조의 셔츠를 입었다. 멜빵을 하거나 모자를 쓰거나 해서 변화를 주었다. 슈트를 입은 여자 댄서도 있었다. 녹음된 음악이 공연장 안에 흘렀다. 1930년대, 40년대를 다룬 미국 영화에서 종종 들었음직한 음악이었다. 초연에서는 재즈 악단이 현장에서 직접 연주했다고 한다. 그 음악에 맞춰 열다섯 명쯤 되는 댄서들이 군무를 추거나 2인무, 3인무를 추거나 했다. 눈을 감고 음악을 듣자니 담배 연기 자욱한 재즈 클럽의 시끌벅적한 분위기가 느껴졌다. 이런 걸 어떻게 비평적인 시각에서 풀어가야 할지 고민이 되었다. 춤 공연을 보고 평문을 쓰기 시작한 지 이제 삼 년 차다.

한 시간 남짓한 공연이 끝나고 로비에서 관객에게 둘러싸여 사진을 찍은 뒤 제 옷으로 갈아입은 배우들이 다시 로비에 모였다. 배우들 중 한 명이 자기들끼리 뒤풀이를 하러 가겠다고 말했다. 손님도 오셨는데 맛난 거 드세요, 하며 아까 의상을 바꿔 입었던 여자 배우가 호탕하게 말했다. 그는 조심해서들 가라며 손을 흔들었다. 나는 고개를 살짝 숙였다. 언뜻 여자 배우의 모습이 눈가에 담겼다.

그와 나는 공연장에서 벗어나 보도를 천천히 걸었다. 그는 쑥색 파카 차림이었고 나는 연회색 반코트 차림이었다. 아직은 가을인데 미리 겨울옷을 챙겨 입은 느낌이었다. 보도보다 낮은 천변을 따라 트랙이 조성되어 사람들이 걷거나 달리고 있었고 그 안쪽으로 길쭉하게 조성된 공원의 나무들이 가로등 빛 사이로 보였다. 밤에 봐도 근사하다고 내가 말했다. 아까 터미널에서 공연장까지 걸어오다가 봤다고 그에게 말해주었다. 나무가 우거진 모습이 보기 좋다고 그도 말했다. 나무 종류를 혹 아느냐고 물으니 이태리포플러나 은사시나무일 거라고 그가 대답했다. 그 나무를 아는 게 아니라 어디 팻말에 쓰여 있는 걸 본 것이라고 그는 굳이 밝혔다. 성격 나온다, 하며 나는 말로 꼬집었다. 어디 가겠어요, 하며 그가 너털웃음을 지었다.

"사람들이 대단해. 공연 중에 전화를 받지 않나, 어린 꼬맹이 여자애는 엄마를 찾지 않나, 무시로 공연장 밖으로 나가지를 않나. 놀라운데."

한마디 하니 그는 내가 그럴 줄 알았는지 웃기부터 했다.

"인간적이잖아. 옛날에는 그러지 않았을까. 언제부터 공연이 엄숙한 분위기였지?"

"지금은 지금이지. 서울에서는 상상도 할 수 없는 풍경이었어."

"난 좋던데. 이렇게 인간적인 분위기가 어디 또 있겠어."

잠시 더 걷던 그가 불빛으로 환해진 곳에서 잠깐 걸음을 멈추었다. 전면이 유리로 된 건물 이층 한 곳을 손가락으로 가리켰다. 외관으로는 파스타집이나 피자집인 것 같은데 곽만근갈비탕이라는 손글씨 간판이 옥상에 가로로 붙어 있었다. 글자 획 안에 든 조명으로 하얗게 번쩍거렸다. 내가 사는 곳에도 있는데, 하는 나의 말과 뭐 데이트할 사이도 아닌데, 하는 그의 말이 동시에 튀어나왔다. 그 뒤 그가 계단을 올라갔고 나는 뒤따라 올라갔다. 선 긋는 그의 말투가 조금 껄끄러웠다.

탁자의 밝은 조명 아래에서 그의 얼굴은 다시 시커멓게 보였다. 분 바르는 사람이 관리 좀 해야겠다고 말을 건네자 관리한다고 어디 나아지겠냐는 대답이 돌아왔다. 그는 앞에 놓인 작은 비닐봉지를 뜯어 물티슈를 꺼내곤 얼굴을 벅벅 문질렀다. 그사이 갈비탕과 반찬들이 탁자 위에 놓였다. 반주로 주문한 맥주를 서로의 잔에 따라주고 잔을 부딪쳤다. 오랜만. 그와 나는 동시에 말하며 웃었다.

올해 초, 그를 동숭동에서 우연히 보았다. 몇 년 만인지 헤아릴 수 없었다. 나는 한 잡지사가 주최하는 시상식에 참석했다가 아는 평론가들 몇몇과 함께 어울리던 참이었고 그는 모처럼 서울에 와 지인들을 만나는 거라고 했다. 순대 스테이크를 나이프로 잘라 한 입 먹으려던 순간이었다. 누군가 내 앞으로 다가와 목소리를 내었다. 고개를 드니 그였다. 오랜만이다. 머리가 제법 길었네. 아르코 극장이 있는 동숭동과 혜화동을 아울러 부르는 대학로 언저리에 있으면 어느 곳에서든 꼭 누군가를 만나게 된다. 그냥 지나치는 법이 없다. 백 곳이 훌쩍 넘는 소극장이 밀집되어 있으므로 무수한 공연들이 무대에 오르고 있고 사람들이 적어도 일주일에 한 번쯤 공연 끝나고 한잔할 테니까 말이다. 그와 나는 긴 이야기는 거두고 서로 손만 흔들었다. 일행이 있었으므로 그는 그의 자리에서, 나는 나의 자리에서 술잔을 기울였다. 내가 앉은 곳은 벽 쪽이었고 그가 앉은 자리는 공간의 중간쯤 되는 반찬 코너와 나란히 있어서 내가 왼쪽으로 고개를 돌리면 그가 앉아 있는 게 보였다. 그래서 나는 사람들과 이야기하는 틈틈이 고개를 왼쪽으로 돌려 거기 그가 있음을 확인하곤 했다. 그러는 사이 누군가 눈이 온다고 말했고 그 소리에 오른쪽으로 고개를 돌렸다. 눈이 펑펑 쏟아지고 있었다. 유리창이 마치 설경을 그려 넣은 샤(紗) 막 같았다. 때때로 무대 중간에 드리워지는 얇은 막. 그렇게 오후 늦게부터 내린 눈은 저녁 내내 그치질 않았다. 서설이라면 서설일 수 있었다. 입춘을 일주일쯤 앞둔 때였다. 지금은 상강도 지나고 입동을 일주일 앞두고 있다.

갈비탕은 집 근처에서 먹었던 맛 그대로였다. 달다 싶은 맛이었다. 어쨌거나 그 맛 그대로 유지하는 것이 중요할 터이다.

"너는 어때?"

숟가락을 놓으며 그가 물었다.

"공연 보고 평 쓰고 또 공연 보고 그렇지."

삼 년 전, 나는 신인비평가상에 응모해 가작으로 간신히 비평가라는 이름을 얻었다. 공연 관련 잡지사에 근무하면서 틈틈이 익힌 춤 지식이 연극판에 있었던 경험 위에 더해졌다. 연극보다 춤을 택한 건 딱히 설명할 수 없는 부분이었다. 춤이 나에게 다가왔다는 모호한 표현을 쓸 수밖에 없다.

"당신은 어때? 지낼 만한가 봐."

내 입에서는 스스럼없이 당신이라는 말이 나왔다. 그는 학번은 같아도 세 살 많은 동아리 동기였다. 너라고 부르기엔 시간이 제법 흘렀다는 생각이었다. 그도 좀 놀랐는지 눈을 동그랗게 뜨긴 했다. 그럭저럭, 이라고 말하며 그는 고개를 끄덕였다. 칠 년 전인가 그는 돌연 서울을 떠나 C시로 내려갔다. 놀이패에서 잔뼈가 굵은 그는 수장까지 맡았었다. 이제는 단체 안에서 공연을 기획하기보다 기획된 공연에 일인극 연희자로 종종 이름을 올렸다. 그의 버나가 지역에서는 알아준다고 극단 관계자도 말했었다. 대학 시절 놀이패에 있으면서 시위대 앞뒤에서 북을 주로 쳤던 그는 졸업 이후 다른 놀이패와 연합해서 극장 공연을 올리게 되면서 버나돌리기를 맡게 되었다. 짬짬이 일주일을 연습한 끝에 열두 가지 동작 중 던질사위, 때릴사위에 익숙해졌다. 막대기 위에서 버나를 위로 던졌다 다시 받아 돌리는 동작이 던질사위, 왼손으로 막대기를 쥐고 오른손으로 버나를 때리면서 돌리는 동작이 때릴사위였다. 그가 무지개사위를 할 때쯤 나는 놀이패를 나왔다.

"얼결에 맡아서 지금까지 이걸로 먹고산다."

절반쯤 채워져 있던 세 병째 맥주를 그가 내 잔과 자신의 잔에 따르며 한 말이었다. 빈 병을 내려놓더니 오른손으로 돌리는 동작까지 해 보였다.

"잘하니까. 이 지역에선 최고라며."

"최고는 뭐. 그냥 하다 보니 여기까지 온 거지."

문득 침묵이 찾아왔다. 그사이 홀에는 그와 나만 남았다. 밥집이라 일찍 문을 닫는가 보았다. 그가 일어나 계산을 마쳤다. 멀리서 오셨으니 하며 그는 아까처럼 비식 웃었다. 계단을 내려가면서 언제 갈 거냐고 그가 물었다. 그의 등을 바라보며 나는 어느 때든, 하고 운을 떼고는 내일이나 모레 올라가리라고 대답했다. 숙소는 정했냐고 물어서 이미 정해놓고 며칠째 묵고 있다고 말했다. 며칠째라는 말에 그가 깜짝 놀랐다. 왜 말하지 않았느냐는 뜻이었다. 스마트폰을 꺼내 들어 시간을 확인한 그는 한잔 더 하자고 말했다. 멀리서 오셨는데, 라는 말끝에 그가 엷은 웃음을 물었다. 나도 따라 웃었다. 하긴 말술이었던 그가 나이 먹었다고 술이 줄어들 리는 없었다. 하지만 한잔 더 하자는 말은 내가 주로 하던 말이었다.

그와 나는 음식점 부근에서 다리를 건너고 맞은편에 보이는 터미널을 지나 횡단보도를 건넜다. 그사이 그는 담배를 한 대 피웠다. 나도 피우고 싶은 생각이 들었지만 참기로 했다. 골목을 두 번 꺾고 보니 웬 작은 와인 바가 나왔다. 그가 오른손을 살짝 드는가 싶더니 바 안쪽에 있는 여자가 그를 보고 생긋 웃었다. 아는 데인가 보다고 물었다. 응. 그가 짧게 대답했다. 공연장에서도 제법 먼 거리고 그가 사는 C시에서는 더욱 먼 거리이지만, 이 지역은 그의 고향이었다. 그가 놀이패에서 밀려났을지도 모른다는 풍문이 돌기도 했었음을 나는 알고 있었다. 그래서 그는 부모가 세상을 떠난 뒤라도 고향이 아니라 고향과 가까운 곳을 일부러 택한 것일지도 모른다. 나는 그의 고향에 있는, 작고 아늑한 공간에 들어선 것이다. 나무 탁자가 너덧 개 놓인 그곳은 음식점보다 조명이 어두웠고 낯을 마주하기 한결 편했다. 어둠을 배경으로 못할 이야기가 없지 싶은 생각이 들었다.

그가 주문하지 않았는데 레드와인 한 병과 몇 가지 치즈가 오밀조밀 놓인 나무 접시가 탁자 위에 놓였다. 여자의 다정한 미소와 함께였다. 와인을 마시는 동안 음악은 주로 국악 연주곡이 흘렀다. 동서양의 묘한 조화였다. 나는 잘 모르는 곡들이었다. 팝송을 국악기로 편곡한 몇 곡은 귀에 익었다. 「노랫가락」이 다시 생각났다. 경기 민요를 록 버전으로 편곡한 곡이 있다고 내가 말하니 그는 모른다고 말했다. 요즘 핫한 밴드라고 덧붙이며 스마트폰으로 검색해서 그에게 보여주었다. 홍대 인근에서 공연하면 「창부타령」, 「난봉가」, 「떡타령」 이런 노래들에 관객들 반응이 뜨겁다고 했다. 왜 이제야 나타났느냐고 블로거들은 입을 모았다. 민요와 록의 만남이 젊은 세대들에게도 통한 것이다. 경기소리를 한다는 싱어는 종종 하이힐에 폭탄머리 가발을 쓰고 노래를 불렀다. 어느 춤 공연에서 싱어의 목소리를 처음 들었을 때 소름이 끼칠 정도였다. 그때도 싱어는 여자 한복을 입고 있었다.

"이상하게 저 가수는 여장했을 때가 더 잘 어울리고 노래도 더 잘하는 거 같아. 도포 차림으로도 노래를 부르지만."

"경기 민요는 높은음이 많아서 남자가 부르기 어려울 텐데. 그리고 이 노래는 서울하고 경기 지역의 굿에서 불렸어. 삼현육각과 장구 반주로. 그러다가 '무녀가', '무녀유가'라는 제목으로 서울의 기생과 음악인들이 부르면서 좀 통속화되었지만 경기 지역을 대표하는 민요야."

만난 뒤 그가 가장 길게 말한 순간이었다. 그를 만나면 언제나 내 얘기만 하는 것 같다. 님은 가고 정만 남으니 정 둘 곳이 난감이로다…… 이런 가사를 나는 노래가 끝났는데도 속으로 따라 불렀다. 정만 남으니, 이 부분의 음이 아닌 게 아니라 무척 높았다. 그렇게 극적으로 편곡을 했는지도 모른다. 이 몸이 학이나 되어 나래 위에다 님을 싣고/천만리 날아가서 이별 없는 곳 나리리라/그곳도 이별 곳이면 또 천만리…… 나는 나의 미욱함에 비식 웃었다. 왜 그러냐고 그가 물어서 아니라고 대답했다.

"어쨌든 편곡된 거라도 민요, 이런 걸 듣는 내가 이상해. 나이가 든 건가."

내 말에 그가 피식 웃었다.

"그래도 나보다 젊어."

"누가 그러더라, 내가 젊지도 늙지도 않았다니까 그게 중년이래. 당신과 내가 중년이니?"

그런가, 하고 그는 엷게 웃었다. 사실 그에게 묻는다기보다 나 스스로에게 확인하는 것이었다. 비운이라는 이름이 흔히 따라다니는 학번. 동기들이 취업 혈전에 뛰어들었던 것에 비하면 그와 나는 어쩌면 무풍지대에 있었는지도 모른다. 경영학이라는 전공 자리에 버나가 들어섰고 마당극도 들어섰다. 나도 비슷했다. 영문학이라는 전공과 관계없이 연극을 하고 지금은 춤 비평을 하고 있으니 말이다. 늘 가작이란 게 걸렸다. 매우 뛰어난 작품이라는 뜻의 가작(佳作)이 실상 당선 작품에 버금가는 작품이라고 하니 상충되는 느낌이 들었다. 나는 이런 이야기를 늘어놓았다.

"잘하면 되지 뭘 그렇게 따질까."

"아니 뭐, 그렇다는 말이지. 이왕 뽑을 거면 당선이란 말을 붙여주면 좋잖아."

"네 글이 그 정도도 아닌데 갖다 붙이면 곤란하지 않을까."

그가 쿡, 찌르듯 말했다. 사실 나도 충분히 알고 있는 점이었다.

"나는 지금도 색깔 찾기를 하는 것 같아."

"색깔 찾기?"

당신도 해봤을걸, 하며 나는 색깔 찾기 놀이에 대해 말해주었다. 한 사람이 파란색, 하면 방이나 마루를 돌아다니다 찾아놓고 그 색깔을 말한 사람에게 보여주는 것이다. 아이들은 몇 번 하면 지루해했지만 나는 지루하지 않았었다. 빨주노초파남보, 아, 색깔 많다.

"무지개 색깔은 뉴턴이 처음 발견했다지."

그렇지, 하며 그가 잔을 들려니 비어 있었다. 나는 그의 잔을 채워주었다.

"처음에는 다섯 가지였는데 주황색과 인디고를 추가했고, 그 일곱 가지 색을 기억하기 쉽게 미스터 로이 지 비브라고 불렀대. 각 색의 이니셜을 따서. 레드, 오렌지, 옐로우, 그린, 블루에다 남색은 인디고, 보라색은 바이올렛이라고 하니까 그런 단어가 만들어진 거지. 로이 지 비브(Roy G Biv). 빨주노초파남보 씨지 뭐야."

그는 치즈 한 조각을 씹으며 잠자코 내 말을 들었다.

"원래 오색이었는데 색깔을 더 쪼갰다잖아. 일주일은 7일이고 음계는 7음계니까 거기에 맞추느라. 오렌지색은 그렇다 치고 왜 인디고를 추가했을까. 이건 내 얘기가 아니라 내가 읽은 책에 그렇게 쓰여 있었어. 그 책이 아니었다면 무지개 색이 처음에 다섯 가지였던 것도 몰랐지. 그러고 보니 한국 사람들이 정확해. 오색 무지개라고 했으니까."

뭔 색깔 이야기냐고 그가 핀잔을 주었다. 그러곤 잔을 들어

와인을 한 모금 마셨다. 색깔 찾기가 내 전공이잖아, 라고 말하곤 나도 잔을 들었다. 달콤씁쓸한 맛이 입안에 감돌았다. 담배를 피웠으면 했으나 참기로 했다. 나는 치즈를 포크로 쿡 찍어 우물거리면서도 귀고리를 만지작거렸다. 달랑거리는 모조 터키석이 박힌 귀고리였다. 파르스름한 그 색깔은 주워들은 대로라면 자급자족, 독립적이라는 의미를 가지고 있다. 그건 에너지가 균형을 이룰 때의 말이고 에너지가 없을 때는 분리불안, 의존적이라는 의미를 가지고 있었다.

그가 줄곧 버나돌리기를 하는 동안, 나는 이른바 순수 연극이 좋다고 놀이패를 뛰쳐나갔고 춤이 좋다고 연극판을 떠났다. 돌이켜보면 결국 공연판에서 이리저리 움직인 것일 뿐이었다. 그 울타리 안에서. 나는 그 이후 작은 극단에 들어갔다. 「찌꺼기들」, 「보잉보잉」, 「세츄안의 선인들」 같은 번역극을 주로 올렸고 사이사이 드물게 창작극도 올렸다. 하지만 어느 순간 나 자신이 매몰되는 느낌이었다. 언제는 연극이 좋다고 시켜달래놓고 이제 와서 아니라고 하네. 하긴 십 년쯤 되면 한번 돌아볼 법하지. 대표는 담배 연기를 길게 내뿜었다. 어디, 갈 데는 정했어? 다른 극단 이야기가 아님을 나는 알고 있었다. 아직 모르겠다고 대답했다. 잘해, 뭘 하든. 오래 붙어 있다 보면 뭐가 보여도 보인다고 대표는 말했었다. 더 버티면 뭔가 보일지도 모르는데 나는 또 다른 길을 찾았던 것이다.

"요즘 들어 우리 노래가 좋아져. 옛날 가요도 듣고 판소리나 민요도 가끔 들어. 오리지널이나 퓨전이나. 이런 내가 낯설어."

"나이가 든 거야."

그런 건가, 하며 나는 잔을 비웠다. 그가 빈 잔을 채워주었다. 예전엔 읽어도 모를 책들, 들어도 모를 소리가 이제야 비로소 궁금해진다는 말은 그에게 하지 않았다.

그와 나는 어느 순간부터 다른 길을 가게 된 걸까. 내가 내 길을 간 거겠지. 그런데 내 길을 간 거라고 말할 수 있을까. 나는 그와 함께 작업하는 것은 좋았지만 내 것이 아니라는 느낌에 내심 껄끄러웠었다. 북, 장구, 꽹과리, 징, 이름하여 사물을 조금씩 놀기는 했지만 어쩐지 서걱대는 느낌이었다. 놀이 자체만이 아니라 시위대와 함께 발맞추어야 했던 시간들. 나는 그런 것이 내 것은 아니라는 생각이 들었다.

"나는 그냥 연극이 하고 싶어. 엔엘, 피디 이런 거, 아무리 해도 몰라. 알고 싶지도 않아. 차라리 유랑 예인 집단의 역사나 버나돌리기 유래나 살판 죽을 판이 어디서 나왔는지 이런 게 더 궁금했어."

대학 졸업 후 일 년쯤 지나 놀이패를 탈퇴하면서 나는 그렇게 말했었다.

"너 좋다고 들어왔고 너 싫다니 나가는 수밖에."

그는 나를 잡지 않았었다.

홀에서는 어느새 음악이 바뀌어 밥 딜런의 목소리가 흘러나왔다. 조안 바에즈가 뒤를 이었다. 언젠가 그의 자취방에서 들었던 노래도 흘러나왔다. FM 라디오에서 이따금 들었다고 그에게 말해주었다. 합창이거나 바이올린 연주로 들었었다. 「왈칭 마틸다(Waltzing Matilda)」였다.

그의 작은 방에는 턴테이블과 그가 없는 돈에 하나둘 사 모은 LP판이 한쪽 구석에 빼곡했다. 조안 바에즈를 좋아한다며 음악을 들려주었는데 듣고 보니 나도 들어본 적 있는 노래였다. '와칭(Watching) 마틸다' 부분만 아는데 '왈칭(Waltzing) 마틸다'였네. 오호, 한 끗 차이네. 나는 그렇게 감탄했었다. 그는 웃으며 가볍게 입을 맞추더니 말을 더 들어보라고 했다. 호주 민요인데 우리나라의 「아리랑」 같은 노래고 가사가 무슨 전투와 관계있다며 그가 대학 노트에 지도를 그려가며 자세히 알려주었지만, 내 귀에는 잘 들어오지 않았다. 그냥 그 전투에서 호주 젊은이들이 많이 전사했다 정도로 알아둬. 그가 알려주지 않았으면 가사 내용도 몰랐거니와 내내 '와칭 마틸다'로 흥얼거렸을 것이다. 그가 일러준 제목에서 왈칭이 왈츠(waltz)에서 나온 거냐고 묻자 그렇다고 대답했다. '왈츠를 추다'라는 뜻이 아니라 '방랑하다'라는 의미라면서. 그러면 나는 '방랑하는 마틸다'를 '바라보는 마틸다'로 안 거네. 확실히 '방랑한다'라는 말이 '바라본다'라는 말보다 낫네. 움직임이 있잖아. 그때도 그렇게 나는 말했을 것이다. 마틸다가 등에 지는 식량 자루를 뜻하며 그 자루를 등에 짊어지고 많은 유럽 이주민들이 일을 찾아 떠돌아다녔던 역사를 담고 있다는 건 나중에 알았다. 방랑한다는 뜻의 왈칭(waltzing)은 사람이 걸어갈 때 식량 자루가 흔들거리는 모양에서 딴 거라는 것도. 그렇게 나는 뒤늦게 배우는 것 같다.

얼마 전 봄과 여름에 걸쳐 도서관에서 인문학 강좌로 동양고전에 관한 강의를 들었을 때 다른 건 몰라도 상우(尙友)라는 말은 머릿속에 새겨졌다. 옛사람을 벗 삼는다는 말이었다. 그에게도 말해주었다. 뭔 공부를 그렇게 하냐며 그가 말했다.

"들어본 적 있어. 맹자가 한 말이잖아. 독서상우라고. 시오노 나나미가 마키아벨리에 대해 쓴 책에도 나와. 낮에는 저잣거리에서 나돌다가 밤이면 의관을 정제하고 글을 썼다는 말도 있었지."

"강사도 그 이야길 하데. 그러면서 현재 친구가 없다 해도 우울할 필요가 없어요, 그죠? 하는 거야. 나는 그 말이 확 꽂히더라고. 나, 남자 좋아했잖아. 당신도 알다시피."

그랬던가, 잊었다, 하고 그가 피식 웃었다.

한편으로 내 마음을 그가 모를 리 없을 것이다. 잠깐의 스침 같은 관계는 가슴 저 밑바닥에서 건져내야 할 터이다. 나는 심호흡을 했다.

"아, 심 선생님 돌아가셨더라. 나는 한참 뒤에 알았어."

"나는 8월 그날로 소식 듣곤 넋 놓고 울었다. 잠깐."

선생은 한국의 민속극 연구의 태두이며 남사당패 등 전통

연희를 정리한데다 일인극 배우로도 활동했던 인물이다. 아마 선생이 없었다면 한국의 민속극 연구는 시도조차 되지 않았을지도 모른다. 한국의 전통음악 하면 사물놀이를 흔히 떠올릴 법한데 바로 그 사물놀이란 이름을 지은 인물이기도 했다. 꽹과리, 징, 북, 장구 이 네 가지 악기를 가지고 어떤 놀이패가 공연을 하려는데 딱히 이름이 없다니 그가 지어준 것이다. 네 가지 악기를 뜻하는 말로 사물(四物)을 말하고 뒤에 놀이를 붙인 것이다. 그 놀이패에서 사물을 놀던 한 사람은 지금 대가급에 이르렀다. 나는 잡지사 사무실에서 선생을 보았었다. 내가 교정을 한 잡지에 그분이 칼럼을 썼다. 여든에 가까운 나이에도 정정해 보였다. 선생에 관한 말끝에 지금은 전통연희에 대한 연구가 지나치게 세분화되어 있는 것 같다면서 전체를 보는 시선이 부족한 걸 그는 염려했다.

직접 해보는 게 어떠냐고 물었을 때, 그는 어림없다며 손을 내저었다.

"한번 생각해봐. 언제까지 버나만 붙잡을 수는 없는 일이잖아."

그런가, 하며 그가 잠시 입을 다물었다. 어쩐지 서글픈 마음이 들었다. 아니, 그가 말하지 않았을 뿐 어쩌면 모종의 작업을 시도하고 있을지 모를 일이다.

"나야말로 여전히 뭘 찾고 있나 봐. 당신이 버나를 돌리는 시간 동안 난 뭘 했나 싶기도 해."

"그런 게 인생 아니겠어?"

"너무 쉽잖아. 그렇게 말해버리면."

"그것도 인생이겠지."

"이제 슬슬 정주의 깃발을 굳건히 박아야 하는 게 아닐까."

그런가, 하며 그가 비죽 웃었다. 그의 시커먼 얼굴이 조금 슬프게 보였다.

나는 그곳을 나온 뒤 입구에서 결국 담배 한 대를 피웠다. 어둡고 조용한 골목에 그와 내가 피우는 담배 연기가 두 개의 선을 그리며 허옇게 퍼져갔다. 일그러진 무지개 같기도 했다. 비정형의 무지개도 있다는 말을 사전에서 보고 알았다.

사실 나는 지난주 춤 공연을 본 다음 날 정말 무지개를 보았다. 가을비가 소나기처럼 잠깐 내리고 갠 뒤였다. 대학 시절 여름마다 농촌활동을 한답시고 우르르 몰려갔던 그의 옛집 근처를 가보았다. 터미널이 있는 J군 군청 소재지에서 버스로 십 분도 안 걸리는 거리였다. 자전거도로가 정비되어 있는 걸 보았고 그곳을 조금 걷다 보니 무지개가 눈에 들어왔다. 이쪽 마을과 저 멀리 산 능선에 거대한 무지개가 걸려 있는 걸 나는 지켜보았다. 일곱 색깔의 구분이 차츰 흐려져 엷게 번지다가 사라질 때까지.

요 몇 년 사이에 사람들을 우연히 마주치면서 어쩐지 봉인된 과거의 문이 열리는 느낌이었다.

내가 마주친 고등학교 동창 중 한 명은 그림을 그린다고 말했고 또 다른 동창은 쌍꺼풀수술로 외모가 몰라보게 달라졌다. 후배는 이전보다 몸피가 늘어난 모습이었다. 그래픽 디자이너인 고등학교 후배와는 같은 직장에 다닐 무렵 나중에 독립해서 출판사를 만들자고 의기투합했건만 그녀는 결혼과 동시에 직장을 그만두었다. 그녀의 결혼식에 어떤 놈팡이하고 같이 간 듯한데 기억도 나지 않는다. 그녀의 아들은 지금 아마 고등학생이 되었을 것이다.

조사를 아껴 쓰며 문장을 이어가는 소설가 K 선생의 작품을 읽으며 문장과 구성을 배웠다. 소설이나 평문이나 같은 산문이니까 어느 면에서는 궤를 같이할 수 있을 것이다. 한때 청강했던 강의에서는 팀별 발표를 했던 대학생들로부터 탐구하는 자세를 새롭게 배웠다. 그런 것들을 되새겨볼 기회가 지금 나에게 주어진 듯했다. 일종의 사인처럼. 내가 가는 길의 어느 한 지점에서.

그는…… 여전히 버나돌리기 솜씨를 관객들에게 보여주는 그는 드러나지 않게 무언가를 찾고 있을 것이다. 말만 앞서는 나와 달리 예전이나 지금이나 혼자 고심하면서. 자신에게 맞는 옷을 찾기 위해 여러 차례 옷을 갈아입었던 여자 배우는 색깔 찾기를 여전히 계속하려나. 어느 무대에서 그렇게 옷을 갈아입으며 자기가 아닌 다른 인물로 무대에 나서겠지. 도란 같은 것을 바르고 눈썹을 그리고 하는, 순간의 변화들. 이제는 더 이상 내가 가질 수 없는 것들.

그런 것들이 내 마음의 얇은 막에 아로새겨지고 그 막이 열리면 어쩌면 거기 무지개가 있을지도 모른다는 생각이 막연하게 들었다. 순진하게도 그럴 것 같은 생각이 들었다. 내가 실제로 무지개를 본 것처럼.

이제 내 등에서는 마틸다가 춤을 출지도 모른다. 이 공연장에서 저 공연장으로 방랑하듯 돌아다니는 것이 일상이 되었다.

그리고 생각한다. 때때로 내 귀에 달랑거리는, 파르스름한 모조 터키석이 박힌 귀고리. 무지개 색에 속하지는 않는, 내가 좋아하는 색깔.

* 취재를 허락해주신 (사)예술공장 두레 측에 마음 깊이 감사드리며, 이 단체 및 관계자들과 작품 내용은 무관함을 밝힙니다.

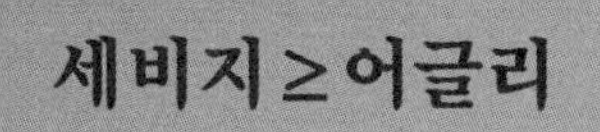
세비지≥어글리

어쩌면 내 마음이 조각조각 흩어져 있기 때문인지도 모른다. 쓰고 싶은 것들은 쏟아졌다. 하지만 엮이지 않았다. 쓰고 싶은 것이 이렇게 쏟아지기도 드문 일이었다. 이 년여 동안 나는 단편소설 한 편도 제대로 완성하지 못했다. 좋아도 탈이었다. 이 고비만 넘기면…… 밀려오는 생각들 사이에서 나는 허청거렸다. 인생의 어느 한 시기를 맞닥뜨렸다, 는 생각이 들었다. 이 시기를 벗어나면 나는 더 나아지리라. 순진하게도 나는 그렇게 생각했다. 마음은 여전히 조각조각 흩어져 있다. 나는 거의 몸부림을 치고 있다. 설득력이 없다. 그건 내가 나를 보고 하는 말이니까.

얼마 전 한 편을 완성한 듯하여 지인에게 보여주었다. 완성한 듯하다고 말한 것은 웬만한 단편소설의 분량을 넘었다는 뜻이다. 그러나 뭔가 많다 싶은 만큼 정작 중요한 건 드러나지 않았다. 그것까지는 알겠다. '옛날 통닭을 먹었다'라는 제목과 '축구와 별과 나'라는 제목을 봐달라고 그녀에게 말했다. 그녀는 '축구와 별과 나'는 '축구, 별 그리고 나'라는 표현이 맞는다고 바로잡아주었다. 하지만 문제는 그게 아니었다. 장치들 간의 연관성이 없었다. 축구에 대해 쓰자면 인물이 어떻게든 축구와 연관성이 있어야 하는데 나는 축구 보는 장면에 치중했다. 그런데 관람객이 되면 안 될까. 나는 웅얼거렸다. 그녀에게 보여준 대목은 이런 식이었다.

7월 16일 0시 2018 FIFA 러시아월드컵 결승전을 보는 가운데, 오래전의 그 경기가 어떤 경기였는지 알 수 있을까 생각했다. 새벽이었고 우연히 스쳐 가듯 텔레비전 화면을 보았었다. 불을 켜지 않은 거실, 한 사람의 희미한 실루엣, 그런 것들이 판화처럼 머릿속에 새겨졌다. 문득 생각나곤 했으나 그뿐이었다. 나는 다시 화면에 눈길을 두었다.

위아래 파란색 유니폼을 입은 프랑스 선수들과 빨강 하양 바둑판무늬 상의에 흰색 팬츠를 입은 크로아티아 선수들이 초록색 잔디 구장 위에서 달리고 있었다. 후반 13분쯤 크로아티아 진영에서 포그바가 음바페에게 길게 패스했고, 음바페는 그리에즈만에게, 그리에즈만은 골문으로 쇄도하는 포그바에게 넘겼다. 포그바의 논스톱 슈팅. 수비수 몸에 맞고 튕겨 나온 공을 포그바가 다시 슈팅. 고오오오올! 캐스터가 목이 터져라 외쳤다. 스코어 3 대 1. 프랑스를 월드컵에 한 걸음 더 가깝게 하는 골이라고 캐스터는 목 쉰 소리로 덧붙였다. 앞서 전반 19분쯤 그리에즈만의 코너킥이 상대 팀 선수 만주키치의 머리에 맞고 자책골이 되었다. 프랑스가 운이 좋았다. 크로아티아가 반격해 한 골을 넣었지만 십 분도 안 되어 골을 넣은 선수가 핸들링 파울을 범했다. 비디오 판독 결과였다. 주심 한 명, 부심 두 명, 대기심 한 명에 기기의 힘이 더해졌다. 더 정확한 판정을 위해서였다. 나는 세부적인 경기 규칙은 잘 모른다. 캐스터와 해설위원의 말을 듣고 그런가 보다 한다. 페널티킥을 줘도 할 말 없는 상황이라고 해설위원은 말했다. 전반 38분 프랑스는 페널티킥으로 한 골을 얻었다. 키커는 그리에즈만. 그 중차대한 순간에 침착하게 공을 찬 선수의 이름은 외래어 표기법에 따르면 그리즈만이다. 그러나 선수 자신은 이름 철자 Griezmann에서 e에 악센트가 있다고 해외 신문 인터뷰에서 직접 밝혔다. 그의 부계가 독일계라고 한다. 우리말 표기는 그리에즈만이 된다. 그렇게 표기하는 매체도 더러 있다. 선수가 원한다니 나도 그렇게 표기한다. 비더제엔(wiedersehen)과 같은 경우인 줄 알았는데, 그건 아니었다. 그 단어는 '다시 보다'라는 뜻이었다. 나는 그리에즈만이라는 단어 자체에 무슨 뜻이 있는지 궁금해 하프타임에 독일어 사전을 찾아보았다. 그 철자 그대로는 없고 발음과 철자가 비슷한 gries, grieß가 있었다. 전자는 '회색의, 백발의'라는 뜻이고 후자는 '거칠게 간 곡물'이라는 뜻이었다. grieß는 중세고지독일어로 griez라고 하니 넓게 보아 griezmann은 방앗간을 운영하는 사람일지도 모른다고 혼자 생각했다. 뭔가 한 가지를 알게 된 것 같아 우쭐해져 캔 맥주를 한 모금 길게 들이켰다.

다시 중계 화면으로 돌아가려다 문득 주위를 둘러보았다. 책상 위에는 TV 수신 칩이 장착된 컴퓨터 본체와 옆으로 긴 모니터와 키 스킨으로 덮인 키보드가 있고 그 주위로 스탠드와 개봉 안 한 캔 맥주 두 개와 감자칩 봉지와 구운 김이 담긴 작은 나무 접시가 놓여 있다. 어느 책에 따르면 내성적인 사람의 전형적인 작태다. 그건 몇 년 전 내가 번역한 책에서 알게 된 것이다. 내성적인 사람이 실은 강하다, 이런 내용을 담고 있는 책이었다. 지금까지 처음이자 마지막 번역이다. 편집자 사이트를 뒤진 끝에 걸린 것이었다. 초짜에게 일을 맡긴 출판사에 감사한다. 그 책 번역료로 두 달쯤 버텼다. 나는 밖으로 안 나가는 것도 아니고 타인과 소통을 않는 것도 아니다. 지금은 혼자 조용히 집 안에서 축구 중계를 보는 것일 뿐이다.

"'희미한 실루엣'에 대해 말하려는 건 알겠는데 나머지 부분은 다 쳐내거나 줄여야 해." 그녀는 말했다. 나보다 훨씬 먼저 소설을 써온 사람의 말이었다. '내성적인 사람의 전형적인 작태'도 걸린다고 그녀는 덧붙였다. 모니터를 앞에 두고 캔 맥주를 마시는 것이 '내성적인 사람의 전형적인 작태'라고 할 수 없다는 거다. 나는 배달 음식만 먹고 컴퓨터 모니터 앞에 웅크리고 있는 모습을 말하는 거라고 웅얼거렸다. 그건 정말 내가 번역한 책에서 나온 걸 차용한 것이다. 모르는 걸 쓰는 것보다 아는 걸 쓰는 게 나을 터이다. "작태도 맞지 않아. 모습 정도로 해도 돼." 그녀는 사자 머리에 주홍색 립스틱을 바르고 크지 않은 눈을 동그랗게 힘주어 떴다. 나는 피식 웃었다. 그녀는 '희미한 실루엣'은 잘 살려보라고 말했다. 뭔가 희망이 생겼다. "실제로 아버지하고 이렇게 축구를 본 적이 있어요. 그걸 옛날 통닭과 연결 지으려 했던 거예요." 오래전에 우연히 아버지와 함께 축구 경기를 보았던 것과 무뚝뚝한 아버지였지만 한 달에 한 번쯤 통닭을 사왔던 걸 어떻게든 연결하려고 했다고 덧붙였다. 최근에 '옛날 통닭'이라고 판매하는 것을 먹어본 적이 있는데, 그때 그 맛이었다고. 거기에 아버지가 내게 세비지(savage)라고 말했던 걸 연결 짓고 싶다고. 세비지는 '야만적인, 흉포한, 몹시 사나운'이라는 뜻이었다. '결과를 생각지 않고 행동하는'이라는 뜻도 가지고 있었다.

그녀는 내가 출력해서 가지고 간 원고를 차르륵 한 번 더 훑어보더니 다시 생각해봐야겠다는 말로 결론을 내려주었다. 나는 조금 홧홧해진 얼굴로 고개를 끄덕였다. 뭔가 나와도 나올 테니까 한번 다시 써봐. 그녀는 나를 위로해주었다. 나는 그녀가 카페 앞 비탈진 언덕에 세워진 차의 운전석에 오르는 것을 지켜본 뒤에야 어두워져가는 남산길을 내려가기 시작했다. 붉게, 노랗게 물든 이파리들이 벌써 아스팔트 위로 나뒹굴고 있었다. 땅도 하늘도 지글지글 끓었던 여름은 어느새 지나갔다. 들끓는 내 마음도 여름처럼 지나갔으면 좋겠다는 생각이 들었다.

나는 그 작품을 두 달 가까이 끌고 왔다. 쓰고 싶은 이야기 몇 가지 중에서 선택한 것이다. 축구를 중심으로 엮을 수 있겠다 싶었다. 그러나 실상 제목도 그렇고 마지막 부분이 미심쩍어 마무리를 짓지 못한 채였다. 그녀의 말마따나 변죽만 울리고 있었다. 너무 소소한 내용이어서 그럴까. 그동안 내가 썼던 소설처럼 인물이 직장을 그만두었거나 실연을 했거나 옛 남자를 우연히 만나게 되었거나 하는 이야기를 벗어나지 못하고 있었다. 그런 걸 보완하려고 정보에 치우쳤던 건 사실이다. 예를 들어 이런 식이다.

오래전 그날의 축구 경기는 얼떨결에 본 것이므로 그 순간에 맥주나 감자칩이나 치킨 따위는 없었다. 새벽녘이었고 강마른 아버지가 마루의 창 쪽에 등을 댄 삼인용 소파 가운데 앉아 있고 나는 맞은편 벽 유리문이 마주 열리는 낮은 장식장 위에 놓인 텔레비전 앞에 바투 앉아 있었다. 두 팔로 양 무릎을 감싼 채였다. 축구도 모르면서 나는 어찌하여 그 경기를 보고 있었던 것일까. 그 무렵 아버지의 얼굴은 불시에 터져 나오는 웃음과 울음으로 자주 일그러졌었다. 뇌졸중의 한 증상이었다. 그런 아버지가 축구 경기를 그 새벽녘에 보고 있었다니. 보았다기보다 보이니까 본 것이었을 게다. 나는 또 어떠한가. 혹 물을 마시려고 이층에서 내려왔다가 텔레비전이 켜져 있어서 잠깐 앉았던 것일지도 모른다. 아버지가 왜 그 새벽에 깨어 축구 경기를 보았던가는 둘째 문제고 나는 그 경기 자체가 궁금했다. 물에 흠뻑 젖듯 월드컵 경기에 젖어 있던 며칠 동안 짬짬이 오래전 그날의 경기의 단서를 검색해보았다. 그런 순간에 나는 소설을 쓰는 사람이 아니라 검색업체 직원 같은 느낌이었다. 혹 그런 직업이 있다면 말이다.

새벽에 중계하는 축구 경기라면 우리나라 표준시와 많이 차이가 나는 국가에서 치러지는 경기일 것이고 요 몇 년간 축구 중계를 보아온 경험에 따르면 유럽일 확률이 높다. 그리고 중계를 할 정도라면 메이저급 대회일 터이니 월드컵일 것 같다. 월드컵에 버금가는 유럽 축구 선수권 대회인 유로 경기는 2000년부터 중계되었다. 지금은 유로 경기만이 아니라 유럽 클럽 축구 대회인 챔피언스리그나 유로파리그 같은 것, 더 소소하게 유럽의 국가별 클럽 축구까지 중계되고 있다. 영국의 프리미어리그, 스페인의 라리가, 독일의 분데스리가, 이탈리아의 세리에A 경기들이 중계되어 재방송이나 다시보기까지 포함하면 하루 종일 축구 경기를 볼 수도 있다. 그러나 그 당시에는 오로지 공중파 방송밖에 없었다. 내가 언뜻 스쳐 가며 보았던 경기로 다시 돌아가자면 1990년, 1994년, 1998년 월드컵 경기였을 터이다. 여름이었던 것은 기억난다. 1998년이라면 아버지 건강이 악화되어 자리보전할 때였다. 두 해 뒤 아버지는 세상을 떠났다. 그러면 1990년 아니면 1994년일 것이고 내가 고등학생 때거나 대학에 갓 입학한 신입생일 때다. 1990년에는 이탈리아에서, 1994년에는 미국에서 월드컵이 개최되었다. 유럽은 우리나라보다 여덟 시간쯤 늦으니 그곳 시각으로 저녁에 경기를 치른다면 한국에서는 새벽에야 볼 수 있다. 대개 한국 시간으로 밤 열한시, 새벽 한시, 새벽 네시에 경기를 볼 수 있다. 조별 리그전은 밤 열한시에도 볼 수 있고 준결승부터는 대개 새벽 네시에 중계될 것이다. 내가 경기를 보게 된 게 새벽이었으니 밤 열한시나 새벽 한시에 중계하는 경기가 아닌 건 확실하다. 그 경기는 결승전일 것 같다. 왜냐하면 지금처럼 축구 중계가 자주 있는 일이 아니었을 테니 중요한 경기가 아니면 중계하지 않았을 것이다. 1990년 월드컵 결승전은 서독과 아르헨티나의 대결이었고 서독이 승리했다. 1994년 월드컵에서는 브라질과 이탈리아가 겨뤄서 브라질이 우승했다. 1990년 월드컵이라면 좀 전에 내가 언급한, 축구는 어떻게 해도 독일이 이기는 게임이라고 리네커가 말했다던 때다. 설마 내가 본 게 그 경기였을까. 짚이는 구석은 있다. 아버지는 젊었을 때 독일 유학을 했다. 젊은 아내와 어린 두 아이를 집에 남겨둔 채. 그 뒤로 네 명의 아이들이 더 태어났다. 병든 와중에도 자신과 관계된 나라를 잊지 않은 걸까. 그렇다면 그 새벽녘의 경기가 어쩌면 1990년의 그 경기였는지도 모른다. 물론 아버지는 보겠다는 의지를 가지고 본 건 아니었을 테고 보이니까 봤을 거다. 그런데 정말 그 경기가 그 경기였을까.

이건 정보도 아니고 생각을 줄줄이 나열한 것일 뿐이었다. 그래도 나는 그 경기가 정말 궁금했다. 어쩌면 그것이 아버지와 나의 유일한 추억 같은 것일지도 모르기 때문이다. 육 남매 중 넷째는 이리 치이고 저리 치여서 아버지의 관심 같은 건 받기 어려웠다. 내가 살가운 성격이냐 하면 결코 그렇지 않다. 아버지가 다정한 위인이었냐 하면 역시 아니었다. "그런데 정말 그 경기가 그 경기였을까" 하는 대목에는 설명이 필요하다.

"축구란 단순한 게임이다. 22명이 공을 쫓아 90분 동안 달리는데, 마지막에는 언제나 독일이 이긴다"는 말의 마지막 부분은 "마지막에는 독일이 더 이상 늘 이기지 않는다. 이전 버전은 역사 속에 묻혔다"로 수정되었다고 얼마 전 인터넷 기사에서 읽었다. 게리 리네커라는 사람이 한 말이다. 멕시코 월드컵 때 득점왕을 차지한 영국 축구의 전설적인 명 공격수로, 지금은 스포츠 해설가로 활동하고 있는 사람이란다. 리네커의 최초 버전은 H로부터 처음 들었다. 스물두 명이 치고받고 하다 결국에는 독일이 이기는 게 축구라고 그가 말했었다. 나는 그 말이 H가 지어낸 말인 줄 알았는데, 아니었다.

그 말은 1990년 이탈리아 월드컵 4강전에서 잉글랜드가 서독을 만나 스코어 1 대 1에서 승부차기 끝에 패배한 뒤에 게리 리네커가 한 말이었다. 2018년 러시아 월드컵 때도 리네커는 한마디 했다. 독일과 스웨덴의 조별 리그 예선 경기에서 스코어 2 대 1로 독일이 승리하자 그가 SNS에 글을 남긴 것이다. "축구는 단순한 게임이다. 22명의 선수가 82분 동안 공을 쫓아다니다가 독일 선수 한 명이 퇴장을 당해, 21명의 선수가 13분 동안 공을 쫓아다니는데, 마지막에는 빌어먹을 독일이 이긴다." 그런 독일을 이번에 박살 낸 게 대한민국이다. 조별 리그 경기에서였다. 국가대표 대항전인 A매치에서 독일을 꺾은 유일한 아시아 국가도 대한민국이다. 대한민국과 독일 경기가 있던 날, 꺅! 소리를 지르고 싶었지만 참았다. 잠든 노모가 깰지 모른다. 이 밤에 뭔 소리를 그리 지르느냐고 옆집에서 욕할 거라고 한소리 할 터이다. 2002년 한일월드컵 때 대한민국 경기를 함께 거실에서 보다 내가 꺅, 소리를 질렀을 때에도 엄마는 말했었다. 다 큰 처녀가 우악스럽게 소리 지른다고, 조용히 좀 보라고. 축구의 축 자도 모르면서 골이 들어가고 안 들어가고 할 때마다 나는 꺅, 소리를 질러댔다. 역시 나는 거칠고 광포한가. 음, 이 시점에 세비지라는 단어를 붙여볼 수 있겠군.

여기서 내가 쓰고 싶었던 것들이 연결되었다고 여겨 나는 혼자 히죽 웃었었다. 축구와 옛날 통닭과 아버지와 세비지까지. 그런데 나는 무엇을 위해서 이런 걸 쓰려고 했을까. 그것이 가장 중요한데, 좀 막힌다. 그렇기 때문에 마무리가 안 되는 거라고 사자머리의 그녀는 말했다. 그녀 말마따나 이 모든 것은 변죽을 울리는 짓거리가 되고 말았다. 아, 별이 빠졌군. 나는 축구 선수들이 그라운드에서 골을 넣기 위해 헉헉대며 죽어라고 뛰는 모습과 무대에서 춤추는 댄서들의 모습을 연결 지었던 것이다.

크로아티아 선수들은 16강부터 4강까지 계속 연장전을 치렀고 그중 두 번은 승부차기까지 갔다. 정규 시간 90분, 연장전 전후반 15분씩 30분, 총 120분을 뛰었고 그런 경기가 연속 3회이니 한 게임을 더 뛴 셈이다. 게다가 크로아티아는 월드컵 출전사상 최초로 결승에 진출했다. 선수들은 죽을힘을 다해 뛰고 있는 것이다. 태클을 걸거나 공을 놓고 경합하다 퍽퍽, 몸이 부딪치는 소리가 중계 화면의 오디오로도 생생하게 잡혔다. 선수들이 헉헉, 숨을 몰아쉬는 소리가 들리는 것 같았다.

지난해 늦가을에 본 춤 공연에서도 그런 느낌을 받았었다. 나는 종종 춤 공연을 본다. 공연 보는 것이 언제부턴가 습관이 된데다 언젠가 쓸 소설을 위한 취재라고도 여기고 있었다. 제목이 '슈팅 스타'여서 축구와 관련된 내용인가 했는데, 아니었다. 'shooting stars'가 별똥별이란 뜻인 건 프로그램을 보고서야 알았다. 처음에는 영어 단어 발음 그대로 제목을 쓰기보다 우리말 뜻으로 썼으면 좋았겠다 싶었고 그다음에는 그 단어가 별똥별인 걸 내가 몰랐다는 데 생각이 미쳤다. 아무튼 희뿌연 연기에 싸인 무대에서 댄서들 여섯 명이 앞쪽 무대에서 각자의 머리 위로 핀 조명을 받으며 원 투 스트레이트, 복싱 동작을 취하는 것이 마지막 장면이었다. 그때 조명 에어리어는 점점 좁아져 댄서들의 얼굴만이 빛을 받았고 빛을 받지 못하는 위치에서도 그들은 쉭쉭, 원 투 스트레이트를 날렸다. 마치 죽을힘을 다해 연기하는 댄서들의 모습이 인상적이었다. 텔레비전 화면에 선수들의 얼굴이 클로즈업될 때 느꼈던 것보다 훨씬 강렬했다. 나는 그들처럼 죽을힘을 다해 삶에 뛰어든 적이 있었던가. 있긴 있었겠지만 기억이 나지 않는다. 나는 혼자인데도 멋쩍어 다시 맥주를 입에 부었다.

그래도 슈팅 스타가 별똥별이라는 뜻인 걸 이제는 알게 되었지 않나. 내 신조 가운데 하나가 늦게라도 아는 것이 중요하다, 이다.

축구가 뭐라고 나는 그 좋은 나날을 두고 방 안에 웅크리고 있었을까. 물론 오매불방 축구 경기만을 기다린 건 아니었다. 나대로의 일상은 있었다. 주중 오전에는 나의 유일한 일

거리로 원고를 교정하고 오후에서 저녁 무렵까지는 도서관에서 책을 읽었다. 돌아오면 저녁을 먹고 소설을 조금 썼고 한밤에야 축구 경기를 보았다. 월드컵이 시작된 게 6월 중순이라 "오, 인생은 즐거워라 6월이 오면" 이런 시를 중얼거리기도 했다. 고등학교 영어 교과서인가 참고서에 나왔던 영시였다. 기억하는 건 언제나 그 대목뿐이었다. 어느 해 6월에 H를 만났기 때문에 더 또렷한지도 모른다. 당시 내가 다니던 출판사의 대표와 같은 건물에 프로덕션 사무실이 있는 방송국 PD가 고등학교 선후배 사이여서 자연스럽게 어울리게 되었다. 편집자이거나 디자이너거나 방송 작가들 사이에 H가 끼어들었다. 작은 프로덕션에서는 그를 진행자로 여행 프로그램을 만들고 있었다. 그 무렵 사무실 부근의 주택가 담장 너머로 붉은 덩굴장미가 탐스럽게 피어나고 도로변에 놓인 긴 화분들에는 자잘한 돌단풍 꽃이 하얗게 웃고 있었다. 이십대 후반의 여자와 삼십대 중반의 남자는 무리 속에서 눈웃음을 주고받았었다.

사십대에 이른 나의 일상은 평온해 보여도 머릿속으로는 여러 가지 상념이 얽혀 있었다. 소설에 관계된 것이 큰 부분을 차지했다. 축구 선수들이 공을 패스하는 것처럼 나는 내 소재들을 머릿속으로 굴렸다. 퍼뜩 생각나는 몇 문장은 수첩에 적어놓거나 파일을 만들어 입력해두었다. 그렇게 해서 한 편의 작품을 완성한 적도 있었다. 그리고 때때로 H가 떠올랐다. 충분히 잊을 법도 하건만 여전히 그가 내 삶에 관여하고 있는 느낌이었다. 잠깐씩 살갗에 새겨지는 자국 같았다. 오래전부터 내 피부는 뭔가에 긁히면 부어올랐다. 언니나 동생이 장난 삼아 손톱을 세워 팔뚝에 줄을 그으면 몇 분 뒤에 어김없이 그 부위 살갗이 부어올랐다. 어머, 얘 이상해. 약간 당기는 느낌만 들 뿐 아프지는 않았다. 그래서 병원에 가지 않았다. 궁금하기는 했다. 나는 그 증상이 무언지도 모른 채 형제들 사이에서 이상한 아이로 여겨졌다. 삼 년 전인가 사 년 전인가 우연히 그 증상이 뭔지 알게 되었다. 한 남자 방송인이 건강 프로그램에서 진단을 받았는데 같은 증상인 걸 인터넷의 토막 기사로 알게 되었다. 피부묘기증이었다. 그때의 묘기는 묘기(妙技)가 아니라 묘기(描記)였다. 그림을 그리고 글씨를 쓴다는 뜻이었다. 검색을 해보니 이런 증상을 가진 이는 우리나라 인구의 약 5퍼센트라고 하며 그 증상의 원인은 아직 확실하게 밝혀지지 않았다고 한다. 피부에 압력을 가하거나 자극을 주지 않는 것이 최상의 치료법이라고 하는데 나는 좀 신경이 쓰였다.

여름에도 나는 얇은 긴팔 카디건을 가지고 다녔다. 눈썰미 좋은 H가 부풀어 오른 팔뚝의 자국을 손가락으로 가리키며 뭐에 물렸느냐고 물었다. 나는 아니라고, 긁혀서 부어오른 거라고 얼버무렸다. 그럴 수도 있죠 뭐. 그가 대수롭지 않게 말하니 정말 그런 것도 같았다. 주택을 개조한 맥줏집의 마당에 놓인 테이블 위에 로스트치킨과 거기에 곁들여진 과일을 안주로 여럿이 맥주잔을 부딪치던 어느 날이었다. 사람들은 베컴과 지단이 소속된 레알 마드리드의 경기가 볼만하다는 둥, 록은 역시 롤링 스톤스라는 둥, 마리안느 페이스풀이 안됐다는 둥, 앞으로 2002년 국가대표 축구팀만 한 선수들은 한국에서 나오지 않을 거라는 둥, 역시 차범근이 우리나라 축구선수로는 최고라는 둥, 말들을 이어갔다. 나는 내가 알지 못하는 시절의 이야기를 들으며 사이사이 맥주를 홀짝였다. 그날 H는 헝가리제 동전 지갑을 선물로 주었다. 프로덕션 사무실의 여자 작가들 두 명에게도 주고 남은 것이었다. 얼마 전에 동유럽 몇 나라를 돌았다며 기념이라고 그는 말했다. 헝가리 지폐는 작아서 쏙 들어가던데 우리나라 건 그보다 크죠, 하며 그는 싱긋 웃었다. 나는 그 지갑을 아직도 가지고 있다. 낙타색 가죽에 테두리에 은색 스틸이 덧붙은 그 지갑은 우리나라 지폐를 넣기에는 좀 작아서 몇 번 쓰다가 종이 상자 안에 넣어두었다.

그 뒤 H는 여행에서 돌아올 때마다 내게 작은 선물들을 내밀었다. 란조우에서 샀다는 작은 빗, 파리의 호텔에서 안 쓰고 가져왔다는 작은 갈색 곽에 담긴 비누, 기모노 여인이 손잡이에 달린 대나무 귀이개 같은 것들, 아르헨티나에서 소녀로부터 샀다는 작은 손거울 같은 것들. 일본을 서너 차례 다녀온 그는 기모노를 사다주기까지 했다. 연한 살구색 바탕에 그것보다 좀 더 짙은 색 꽃이 듬성듬성 수놓인 기모노였다. 색깔과 디자인이 무척 마음에 들었다. 이런 천의 원피스가 있으면 입고 다닐 수 있을 거라고 나는 완곡하게 말했다. 그리고 하나의 티켓. 독일의 현대무용 단체인 부퍼탈 탄츠테아터의 「카페 뮐러」 공연 티켓과 프로그램이었다. 피나 바우쉬가 안무한 춤 작품을 언젠가 함께 보자고 내가 말했던 걸 그가 기억하고 있었던 것이다. 공연 보는 내내 너와 함께 있는 것 같았어. 그는 그 말을 하고 내게 깊게 키스했다. 티켓 오른쪽 아래에 당일 유효라는 뜻의 독어가 인쇄되어 있는 걸 나는 유심히 들여다보았다. 진청색 프로그램 표지에는 작품 제목과 안무자의 원어명 아래 한 여인의 모습이 보였다. 슬립 형태의 긴 드레스를 입은 여인이 눈을 감은 채 손바닥이 보이게 두 팔을 내밀고 있었다. 간절함 같은 것이 느껴졌다. 그것은 마침 등단을 축하하는 선물이 되었다. 몇 년 뒤인 2010년 그 작품이 우리나라 무대에 올랐을 때 나는 혼자 가서 보았다. 그리고 얼마 전에 우연히 텔레비전 여행 프로그램에서 그를 보았다. 그는 페루의 한 해안가 마을 간이식당에서 한국식 생선 매운탕 같은 음식을 먹고 있었다. 턱수염이 좀 자랐고 마른 낯이었으나 건강해 보였다. 그가 등받이 없는 긴 의자에 앉아 음식을 먹으면서 옆자리 단발머리 여자와 웃으며 다정하게 이야기하는 장면이 몇 분 이어졌다. 현지 코디네이터라고 자막으로 나왔지만 나는 그 여자를 유심히 살펴보았다. 잠깐이었다.

나는 들고 있던 닭다리를 마저 뜯었다. 낮에 먹고 남은 치킨을 맥주와 함께 들던 참이었다. 술상과 야식상을 겸한 책상에서였다. 옛날 통닭집은 장사가 안 되었는지 곧 문을 닫았고 다른 통닭집이 문을 열었다. 그곳의 치킨은 쌀가루를 묻혀 튀긴 것이었다. 칼칼한 음식을 좋아했던 그는 잘 먹지 않을 것이다. 그와 나는 무얼 먹으며 즐거워했을까. 온몸을 떨며 서로를 먹고 먹었던 기억이 내 곁을 스쳐 지나갔다.

H와 만나고부터 나는 정말 연애라는 걸 하는 것 같았다. 그 이전에는 느낄 수 없었던 감각의 열림, 몸과 몸이 굵은 사슬로 두텁게 엮이는 느낌, 두텁게 엮여서 비바람이 몰아쳐도 안전할 것 같은 느낌…… 그렇기 때문에 그를 만날 수 없게 된 상황이 견디기 힘들었다. 그가 아닌 다른 남자와 설익은 채 관계를 한 적이 있었다. 술과 이야기와 약간의 관심이 있다면 가능한 일이었다. 그가 돌아오면 나는 그의 곁에 있었다. 내가 쉽게 남자를 만나는 상황에 대해 너는 원래 그런 사람이야, 라고 그가 말했을 때 나는 아니라고 부인했었다. 하지만 어쩌면 그런 성향이 내 몸에 배어 있는지도 모른다. 헤어지기 몇 개월 전쯤 "내가 얼마나 더 견딜지, 더 버틸지 모르겠다"고 그는 힘겹게 말했었다.

*

사자머리의 그녀는 이제 제집으로 돌아가 아내와 엄마 역할을 해내겠지. 그녀는 요리하기를 즐기던데 오늘은 무얼 해서 가족들을 먹이려나. 홀몸인 나는 노모의 집에서 하숙생처럼 지내고 있다. 나는 어둠에 잠긴 남산길을 걸어 내려갔다. 저 아래로 주택가에서는 다글다글 불빛이 끓는 듯했다. 어느 지점에 사람들이 모여 있는 게 보였다. 사람들의 눈길을 따라가니 한 카페의 이층과 루프탑이 내려다보였다. 한쪽은 산길을 아스팔트로 덮은 길이고 다른 한쪽은 평지에 세워진 이층 건물인데 골목을 사이에 두고 길과 건물이 마주하는 모습이었다. 카페가 하늘에 둥둥 떠 있는 것 같았다. 그곳에서 더 시선을 뻗치니 자잘한 불빛들이 깜박거리는 게 한눈에 들어왔다. 마치 어느 미드의 오프닝에 나오는 장면 같기도 했다. 사막에 세워진 건물들에서 뿜어져 나오는 휘황한 불빛들. 범죄가 난무하는 공간. 그 공간 곳곳에 뉘어진 피범벅된 시체들. 그중 하나가 나였어도 좋겠다고 생각한 적이 있었더랬다.

*

집안의 아들을 얻기 위해 나는 갓난아이 때부터 사내아이 옷을 입었다. 삼 년 뒤 정말 아들이 태어났다. 이후 내내 나는 용도 폐기되었어야 하지 않을까 하는 생각에 골몰했다. 용도 폐기라면 모호하니까 잊혀졌다고 표현하는 것이 맞을까. 아버지는 언제나 책상 앞에서, 책들에 싸여 지냈다. 강의를 마치고 오면, 책장에 둘러싸인 방에 들어갔다. 나는 어릴 적 습관대로 줄곧 바지를 입어왔다. 초등학교 때였나, 골목에서 축구인지 다방구인지를 하는 아이들 사이를 지나가다가 한 아이가 하는 말을 언뜻 들었다. 쟤 여자야 남자야? 짧은 머리에다 아직 가슴이 봉긋해지기 전이었으니 오해를 살 만도 했다. 그때 목에 둘렀던 흰색 바탕에 검은색 물방울무늬가 박힌 작은 스카프가 아직도 또렷하다. 계절에 맞지 않는 얇은 스카프를 나는 왜 둘렀을까. 추웠기 때문일까, 여성스럽게 보이고 싶었기 때문일까.

*

그 세비지란 말은 어떤 이유에서인지 기억에 남아 있다. 게다가 며칠 전에 어느 책에서 그 단어를 맞닥뜨렸다. 그 책에는 '쌔비지'라고 표기되어 있었고 그것은 영국 문필가 이름이었다. 18세기 중반까지 활동했던 사람이라는데 "사생아로 버려져 온갖 고초 속에 성장했고 존슨 박사와 포프 등과 사귀면서 문인이 되었으나 살인을 저지르고 옥사했다"는 말이 괄호 안에 역주로 들어 있었다. 그 단어를 이렇게 보게 되는군. 험한 뜻을 가진 단어가 어떻게 성으로 쓰일까 웅얼거리며 모르는 인물들에 대해서도 검색을 해보았다. 읽어도 모를 소리여서 그 작가 이름만을 머릿속에 담아두었다.

세비지(savage)라는 단어는 다시 한번 찾아보니 산림, 삼림, 숲과 같은 뜻도 있었다. 아마 그런 의미로 성에 쓰였으리라 추측했다. 그 단어가 신조어로는 '끝내주게 멋진, 기막히게 좋은', 이런 뜻도 가지고 있단다. 인생유전처럼 단어유전인가. 언제부턴가 그런 뜻으로들 쓰기 시작해서 알려진 모양이다. 그런 뜻으로 누가 처음 썼는지 궁금하다. 아니 그것보다 아버지가 왜 나에게 세비지라고 말했는지 궁금하다. 아버지가 그 말을 언제 했는지 모르니 나의 어떤 모습을 보고 그 말을 했는지도 모른다. 어렴풋한 기억에 식탁에서였고, 가족들도 있는 자리에서 아버지는 그 말을 했었다. 말끝에 웃음을 머금었던 듯도 했다. 아버지가 뇌졸중으로 쓰러지기 전이라는 건 확실하다. 그러면 내가 고등학생이거나 대학에 갓 입학할 무렵일 것이다. 대학 시절에 나는 성적에 맞춰 간 독문과 공부보다 무대 위에서 다른 인물이 될 수 있는 연극 동아리에 빠져들었다. 그리고 나는 늘 여행을 떠나는 것처럼 백팩과 청바지와 운동화 차림으로 집 밖으로 나돌았다.

*

H는 예고 없이 떠났고 예고 없이 돌아왔다. 늘 그랬던 대로 나는 혼자 전시회나 공연장을 돌아다녔다. 나는 그런 시간이 사실 H와 함께하는 시간만큼 기다려졌다. 오롯이 나를 위한 시간이었기 때문이다. 소설은 조금씩 썼다. 한 해 한 편 또는 두 편쯤 발표했다. 언제나 소소한 이야기들이었다. 이따금 가슴속에 불덩이가 조금씩 끓어오르긴 했었다. H는 그런 걸 모를 리 없었다. 소설은 마라톤이라고 누가 그러더라. 너무 조급해하지 마. 그가 나를 위로해주었다. 그런 만큼 그는 내가 움직이지 않기를 바랐는지도 모른다. 일 년에 몇 차례씩 행장을 꾸리는 생활에서 돌아오면 그는 잘 움직이지 않았고 그의 곁에 내가 있기를 바랐다. 그런 틀이 때때로 나를 옥죄었다. 그럴 때의 나는 세비지스럽지 않았을 것이다.

*

나는 세비지가 어떤 뜻인지를 말하려는 게 아니었다. 세비지(savage)란 단어를 아버지가 나에게 말해주었다는 사실, 그것이 더 컸다. 아버지가 나에게 어글리(ugly)라고 말했어도 상관없는 일이었다. 미운 오리 새끼가 실은 백조였단다, 하는 건 동화일 뿐이다. 내가 원한 건 나에 대한 인간적인 관심이었다.

*

나는 축구 경기를 본다. 큰 대회 경기를 주로 본다. 축구에 대해서 조금씩 알아가고 있다. 공이 선수들에 의해 연결되고 연결되는 걸 보았을 때 어쩐지 눈에 익은 느낌이 들었다. 문장과 문장의 연결, 장면과 장면의 연결 같은 것이 연상되었다. 소설. 그런 생각이 든 순간부터 축구는 나에게 또 다른 의미로 다가왔다. 하나하나의 구성 요소가 촘촘히 짜여 한 편의 작품이 완성되듯 축구도 한 팀, 열한 명의 선수가 각자 제 위치에서 제 몫을 다한 결과로 승리를 이루는 것이기 때문이다. 승리하지 못하더라도 감동을 줄 수 있는 일 아닌가. 소설도 마찬가지가 아닐까. 소수의 독자에게라도 공감을 얻는 것, 그것이 중요한 것이 아닐까.

내가 사자머리 그녀에게 보여준 소설의 거의 마지막 대목이었다. 축구를 보면 소설이 떠오른다고 말했을 때 좀 나이 든 여자 동화 작가는 재미있다고 반응했다. 내 또래 번역가는 여자가 축구를 본다고 신기해했다. 그녀를 통해 알게 된 사람들이었다. 이따금 나는 그들과 함께 남산의 작은 카페에서 와인을 마시거나 차를 마시거나 음악을 듣거나 했다. H가 월드컵이나 챔피언스리그를 이야기하며 언급했던 선수들은 도무지 낯설기만 했는데, 차츰 친숙해졌다. 룰이나 전술에 대해서는 당최 모른다. 오프사이드는 그가 아무리 설명해줘도 이해가 되지 않았다. "여기 상대 팀 골대 앞에서 공격하는 선수가 있고 그 선수 앞에 공이 있지. 이 선수랑 골라인 사이에 상대 팀 선수가 두 명 이상 없으면 오프사이드 위치에 있는 거야. 이때 뒤에 있는 자기 편으로부터 패스를 받으면 반칙인 거고." 그는 A4 용지에 볼펜으로 선수들을 개미처럼 가늘게 그리곤 줄을 그어가며 설명해주었다. 저녁 무렵 그의 작은 작업실에서, 연한 살구색 기모노 안에서 나는 나른했다. 어디선가 프라이드치킨 냄새가 나는 것도 같았다. "혹시 옛날에 먹은 통닭, 그 맛 기억해요? 껍질은 얇고 기름기가 적당히 배고 고소했는데." 나는 방바닥에 앉아 있다가 몸을 점차 누이며 그의 몸을 두 팔로 안았다. "기억하지. 그땐 그런 거밖에 없었잖아." 어느 틈에 그는 옆에 비스듬히 누워 내 가슴을 만지고 있었다. "가끔 그 맛이 생각나. 이상하게." 어느 틈에 그의 입술은 내 아랫도리를 파고들었다. 이 맛은 어때.

그가 4-2-3-1이니 4-3-3이니 하는 포메이션에 대해서도 말해주었는데, 귀에는 익숙해졌지만 그것이 어떻게 기능하는지는 모른다. 하지만 염려하지 않는다. 오래 보다 보면 보일지도 모르니까. 내가 한동안 글도 못 쓰고 날품 팔듯 음식점으로, 도서대여점으로, 출판사로 비정규직의 세계에서 허청거릴 때도 그는 염려하지 말라고 나를 다독여주었었다. 그래도 네가 세상을 알아가는 모습이 보기 좋다. 그가 염려하지 말라고 말하면 정말 염려하지 않아도 될 것 같았다. 그는 내 곁에서 사라졌다. 담배 연기처럼 사라졌다. 어두운 밤, 그를 기다리며 담배를 피웠던 것을 기억한다. 그 깊은 밤, 나는 그를 기다리며 길 위에 서 있었다. 그 진한 맛을 기억한다.

2018년 월드컵 조별 리그 예선 대한민국 대 독일 경기에서 후반전 추가시간에 대한민국이 골을 넣었다. 그런데 두 팔 벌려 환호하는 선수 앞에서 부심은 깃발을 들어 올려 오프사이드를 선언했다. 어느 쪽이든 골이 절실한 상황이었다. 대한민국 선수들이 주심에게 항의했고 비디오 판독 결과, 골로 인정되었다. 오프사이드 오심 사례가 특히 많다고 한다. 그것 말고도 상황을 더 정확히 판단하기 위해 비디오 판독 시스템이 도입되었다. 내 인생에도, 그의 인생에도 잘못 판단한 사례들이 있었겠지. 판정을 번복할 순 없지만 다시보기는 할 수 있겠지. 다시보기가 독어로 wiedersehen인지는 모르겠다. 그 경기가 있던 날 저녁, 집 근처에 있는 옛날 통닭집에서 통닭 두 마리를 사 와서 엄마와 함께 먹었다. 껍질이 얇고 고소하긴 했지만, 그때 그 맛과는 미세하게 달랐다. 옛날 맛이 아니라고 내가 말하자 엄마는 엉뚱하게, 내가 있어서 이런 것도 사 먹을 수 있다고 말했다. 어떨 땐 먹고 싶어도 혼자 있으면 사 먹기 어렵다고 엄마는 덧붙였다. 나에게 주어진 그런 역할이 나는 나쁘지 않았다.

*

짙은 어둠을 뚫고 나는 내가 사는 곳으로 돌아왔다. 겨우 반나절 외출했다 돌아온 것일 뿐인데 긴 여행을 하고 돌아온 기분이었다. 버스 정류장에 내렸을 때 안개 같은 모래바람이 한차례 불었다 잦아들었다. 사막에 있는 것 같은 느낌이 잠깐 들었다 사라졌다. 사막엔 가본 적도 없는데, 하며 나는 피식 웃었다.

늦은 저녁을 먹고 책상을 마주했다. 컴퓨터 본체와 모니터와 키보드는 여전했다. 여독을 풀듯 축구 기사를 들여다보았다. 결승전 하이라이트 장면을 다시보기로 보았다. 2018년 월드컵 결승전에서는 축구에서 일어날 수 있는 상황이 거의 다 일어났다. 자책골이 나오고 페널티킥이 나오고 필드 골이 나왔다. 경기장에 관중이 쳐들어와 잠시 소동이 벌어졌다. 자책골을 기록한 만주키치는 후반 20분쯤 프랑스 골키퍼가 방심한 사이 한 골을 넣었다. 자신의 실수를 만회하는 골이었다. 그리에즈만이 강력한 왼발 슈팅으로 꽂아 넣은 페널티킥은 월드컵 사상 결승전에서 최초의 비디오 판독에 의한 페널티킥이 되었다. 월드컵 우승 축하 세리머니 중에 그리에즈만은 함박웃음을 지으며 조끼에 새겨진 두 개의 별을 손가락으로 가리켜 보였다. 월드컵 우승국 국가대표 선수의 유니폼에는 별이 새겨진다. 프랑스의 우승으로 별이 하나 더 새겨진

조끼는 용도 폐기되지 않고 제 기능을 다하게 되었다. 그리에즈만은 아틀레티코 마드리드 소속이다. 만주키치는 한때 아틀레티코 마드리드 소속이었고 지금은 유벤투스 소속이다. 포그바는 현재 맨체스터 유나이티드 소속이지만 한때 유벤투스 소속이었다. 나에게는 선수들이 하나의 문장이고 한 권의 책인 것 같다. 어떤 식으로든 엮어 한 편의 소설을 완성하고, 한 권의 책을 읽고 그것이 연결 고리가 되어 또 다른 책을 읽게 되니 말이다. 이런 것도 늦게라도 알게 되는 것들이겠지.

올봄이었나, 읽은 몇 편의 단편소설에서 공통점을 발견했다. 인물들이 하고 싶은 말을 하지 못한다는 것이었다. 그래서 나는 내 소설의 인물들에게 말할 기회를 충분히 주려고 했다. 현실에서 말하지 못하는 것을 소설 속 인물에 기대어 말하게 하는 것이다. 하지만 나 또한 쉽게 하지 못하고 있다. 현실에서 할 수 없는 말은 소설 속에서도 선뜻 하기 어려운가 보다.

생각하며 팔뚝을 긁었다. 가려워서 긁었다. 몇 분 뒤에 살갗이 부어오를 것을 알고는 있었지만 신경 쓰지 않았다. 게다가 요즘엔 전보다 살갗이 덜 부풀어 올랐다. 누군가의 이름 따위를 팔뚝에 써넣는 짓은 하지 않는다.

*

그녀가 떠올랐다. 사자머리 그녀는 몇 시간 전에 크지 않은 눈을 동그랗게 힘주어 뜬 채 나에게 조언을 해주었다. 여리여리한 체구의 그녀는 약해 보일까 봐 일부러 사자머리를 하는 거라고 언젠가 술자리에서 고백하듯 말했었다. 나는, 짧은 머리를 아예 더 바짝 깎을까 봐요, 라고 말하며 까르르 웃었다. 한번 해봐. 그녀는 사자머리로 웃었다. 웃음 머금은 얼굴로 그녀가 잠깐 나를 눈여겨보았음을 나는 놓치지 않았다.

그러고 보면 그녀와 나는 제법 오랜 시간을 두고 가까워진 듯하다. 무리 속에서 한두 마디 이야기를 나누면서 시간과 함께 거리를 좁혀갔다. 친밀감이라는 감정이 싹트는 것이 미세하게 느껴졌다. 그러나 그녀와 나 사이에는 적당한 간격이 있다. 그 거리 덕분에 나는 충분히 숨을 쉴 수 있다. 그녀 역시 마찬가지일지도 모른다. H와 나 사이에는 그런 게 없었다.

어쩌면 그는 나를 바라보는 자신의 모습이 더 중요했는지도 모른다. 어느 순간부터 나는 그런 생각이 들었다. 그러니까 그는 나를 사랑했다기보다 나를 사랑한다고 믿는 자기 자신을 더 사랑했는지도 모른다는 말이다. 나는 그가 나를 만나지 않을까 봐 불안했다. 그게 어쩌면 솔직한 심정이었는지도 모른다. 그런데 그와 나 사이에 사랑이라는 말을 넣어도 될까. 그런 감정을 더 정확히 판단하기 위해서 비디오 판독을 할 수는 없는 일이다. 다시보기는 할 수 있다. 하지만 다시보기를 한다 해도 판정은 번복되지 않을 것이다. 그는 축구를 좋아하니까 좋아하는 경기를 다시보기로 거듭 볼지도 모른다. 그런 어느 사이, 하프타임 같은 어느 사이에 나와의 일을 혹 다시보기로 되돌려볼까. 다시보기가 독어로 비더제엔(wiedersehen)인지는 모르겠다. 아우프 비더제엔(auf Wiedersehen)이 독어로 '안녕히'라는 뜻인 건 알고 있다. "다시 보자"고 하는 말은 그저 말일 뿐일 것이다.

*

나는 그녀가 다시 생각해봐야겠다고 말해준 원고 파일을 모니터 화면에 불러올렸다.

나의 골목길

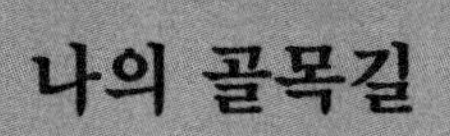

나는 자세를 바르게 취한다고 취했는데 똑바로 선 것이 아니었다. 시선을 앞으로 하고 옆으로 서서 두 팔을 몸과 나란히 양옆으로 쭉 뻗는 자세였다. 제대로 서 있는 게 쉽지 않았다. 옆으로 서서 오른쪽 다리를 구십 도 각도로 굽히고 왼쪽 다리는 뒤로 뻗은 상태에서 두 팔을 몸과 나란히 쭉 뻗는, 요가의 여러 자세 중 전사자세. 벽에 붙어 있는 거울에 내 모습이 비쳤다. 살집이 붙은 내 몸이 보였다. 발을 땅에 굳건히 붙이고 시선을 멀리 둔 채 두 팔을 쭉 뻗고 있다. 무언가를 향해 진격하고 있다는 느낌이 들었다. 그러나 몸은 아직 바른 자세를 취하지 못했다. 몸이 앞으로 쏠려 있네요. 강사가 바로잡아주었다. 두 달째 하고 있지만 여전히 잘되지 않았다. 나는 한 걸음 내딛기 전에 제대로 서는 자세를 익혀야 한다. 어떤 자세든 땅 위에 굳건히 서는 것이다.

머릿속이 터무니없이 복잡하게 느껴지던 무렵 나는 몸을 움직이기로 했다.

뭔가 움직여야겠다는 생각이 든 것과 요가원을 우연히 본 것은 거의 동시의 일이었다. 생각대로 되는 일처럼. 도서관을 오가는 길에 요가원을 보았다. 올 1월 초였고, 그 언저리를 자주 지나치던 끝이었다. 요가원은 넓은 먹자골목 사이, 참숯화로구이 '돼지집' 위에 있었다. 그곳 강사와 원장이 요가 자세를 취한 사진이 큼지막하게 창문에 붙어 있었는데도 발견하지 못했다. 돼지집은 늘 눈에 들어왔다. 빨간색 바탕 간판에 명도가 가장 높은 노란색으로 상호가 쓰여 있었다. 그 옆집은 '해적선'으로 자연산 어패류 전문이라고 간판에 쓰여 있었다. 만약 내가 수영장을 우연히 보았다면 수영을, 테니스장을 우연히 보았다면 테니스를 택했을지도 모른다. 그리고 나중에야 '아쉬탕가 요가' 간판이 비로소 눈에 들어왔다. 흰색 바탕에 세로로 새겨진 검은색 글자가 청춘체인 것이 이채로웠다. 간판에 잘 쓰이지 않는 서체이지만 이름처럼 청춘의 느낌이 풍겼다. 나는 뒤늦게 청춘의 전사라도 되려는 것인가.

전사자세를 마친 열한 명의 수련생들은 저마다의 매트 위에 앉았다. 그다음부터는 앉은 자세다. 그때쯤 땀이 사르르 나기 시작한다. 요가를 하면서 흘리는 땀에는 영양분이 있어

닦아내지 않아도 좋다고 한다. 나는 앉아서 다리를 뻗고 두 손은 엉덩이 옆에 놓고 매트를 짚었다. 하나, 둘, 셋, 넷, 다섯. 코로 숨을 들이쉬고 내쉬었다. 들숨과 날숨이 하나의 카운트에 교차되는 호흡이 이어졌다. "자세, 시선, 호흡, 이 세 가지가 요가에서 중요합니다. 사실, 호흡, 호흡, 호흡입니다. 호흡이 가장 중요합니다." 수련생들이 자세를 취하는 사이 강사가 조곤조곤 말해주었다. 호흡, 호흡, 호흡. 나의 호흡!

산을 올라가고 있는 내가 보인다. 지금처럼 헉헉거리며 산길을 올라가고 있다. 나는 머리를 흔들었다. 지금은 호흡이다. 온몸의 독소를 빼내는 수련의 시간이다. 강사는 지난 시간에 '착'에 대해서 말했다. '착'을 떨치라고. 어느 하나에 애착을 가져서 다른 부분을 못 보는 걸 방지하라고. 그건 『바가바드 기타』 번역본에서도 읽은 내용이었다. 요가를 시작하고 얼마 되지 않아 읽었다. 지침서가 필요했다. "이 세상에 대한 무지에서 나오는 애착으로부터 벗어나라"고. "자아(ego)에 대한 집착을 떨쳐버릴 때 비로소 사람은 자기실현을 이룰 수 있다"고. "이 'i'(나)가 사라질 때 비로소 사람은 자기실현을 성취할 수 있다"고. 이런 구절들을 종종 다이어리에 옮겨 적어놓곤 한다. 일기가 아니라 다이어리라고 부르는 수첩이다. 좋은 말은 어렵지 않은 단어로 쓰여 있지만, 언제나 어렵다. 지키기도 어렵고 받아들이기도 어렵다.

몸을 움직이는 건 그에 비해서 어렵지 않아. 움직여라, 움

직여라, 움직여라!

오른쪽 다리를 굽혀 왼쪽 다리 위에 올려놓고 오른손을 등 뒤로 돌려 최대한 뻗는다. 오른쪽 엄지발가락을 잡아야 하는데 잘 안 된다. 하나, 둘, 셋, 넷, 다섯. 강사가 원, 투, 스리 하는 소리를 들으며 나는 나대로 수를 세었다. 들숨과 날숨이 교차하는 호흡, 호흡, 호흡. 자세와 자세 사이는 호흡으로 끊임없이 연결된다. 그것이 하나의 흐름이라고 한다. 내 인생에서 한 시절과 다른 한 시절을 연결해주는 것은 무엇일까.

이제 서른여섯. 36. 내가 좋아하는 숫자 12의 배수. 12, 24, 36…… 그런 숫자 중 24는 비디오아티스트 백남준이 좋아하던 숫자라고 한다. 그의 정신을 흠모했던 어느 빡빡머리 무용가는 그의 이름을 딴 상을 받으면서 수상 기념 퍼포먼스로 열두 달의 신부를 연출했다. 백남준과의 영혼 결혼식이라며. 내가 한 번도 입어보지 못한 웨딩드레스를 그녀가 열두 벌 입고 찍은 사진은 등신대보다 더 큰 사이즈로 인화되어 전시도 되었다. 사진마다에는 백남준의 비디오아트 작품이 조그맣게 포토샵 처리가 되어 신부와 함께 있다. 그녀는 빡빡머리를 한 것으로도 유명하고 공연에서 때때로 옷을 벗는가 하면 알록달록한 물방울무늬 옷으로도 유명하다. 짧은 영상에서 본 그녀의 춤은 유연하고 에너지가 넘치고 자유로웠다.

자료 조사 아르바이트를 하다 알게 된 것들이었다. 자료 조사 일은 얼마 전 인터넷 구직 사이트에서 발견했다. 음식점

샐러드 보조 자리에서 잘린 직후였다. 이제는 무슨 일이든 할 준비가 되어 있었다. 몸을 움직이는 거라면. 그래서 그 일도 덥석 물었다. 이름만 알던 무용가이자 안무가인 A에 관한 자료를 찾는 것이었다. 그동안 원서 프리뷰도 하고 공연 관련 잡지사에서 근무한 경력 등이 일을 얻는 데 긍정적인 영향을 미쳤다고 본다. 뭐든 찾아도 좋다는 말을 춤 연구소 관계자로부터 들었다. 그녀에 대한 자료 확보 차원이기도 했고 연구원 한 명이 논문을 쓴다고 했다. 연구원 한 명이 출산휴가로 자리를 비워야 해서 보충 인원이 필요하다고도 덧붙였다. 보름이라는 기간이 주어졌다. 일주일쯤 되었는데 책상 위에는 출력된 A4 자료가 쌓여갔다. 책은 온라인 서점에서 구입했고 신문 기사, 잡지의 인터뷰 기사는 기본적으로 인터넷 검색을 활용했다. 유럽 공연이 많았으므로 할 수 있는 한에서 외국 공연장 홈페이지나 리뷰 기사들을 찾아보았다. 최근인 지난해 여름 그녀는 할머니들과 자신의 컴퍼니와 함께한 작품을 프랑스에서 올리고 극찬을 받았다. 그들로서는 듣도 보도 못한 춤이었을 것이다. 이른바 막춤. A는 막춤을 '막 피어나는 춤'이라고 한 인문예술콘서트에서 말했다. 그녀만의 시선이 독특했다. A에 대해서 관심을 갖게 되었다. 그녀가 가지는 자유로움, 그것이 나를 그녀에게로 이끌었다.

어느새 나는 어깨서기를 하고 있다. 허리를 두 손으로 받치고 두 다리를 하늘을 향해 쭉 뻗었다. 하나, 둘, 셋, 넷, 가끔 나를 털어서 거꾸로 봐야 한다. 뒤집어도 봐야 한다. 다섯, 여섯, 카운트가 길어진다. 나는 내가 보이지 않는다. 아니 머뭇거리고 있는 것이다. 망설이고 있는 것이다. 일곱, 여덟. 내가 저기 있는데 나는 나에게로 가지 못하고 있다. 다른 사람에게 닿으려고 하기 때문에 나에게로 가지 못하는 것이다. "당신과 관계된 일을 모두 잊어도 좋겠어요?" 내가 물었을 때 영민이 대답했다. "잊어도 좋겠지." 그걸 곱씹었던 날들이 있었다……

어, 물고기자세가 나에게 온 것 같다. 물고기자세는 바닥에 누워서 결가부좌한 상태의 다리를 팔을 쭉 뻗어 잡는 자세다. 수련이 마무리 단계에 이른 것이다. 그리고 들숨과 날숨을 교차하는 호흡. 하나, 둘, 셋, 넷, 다섯. 처음으로 그 자세가 되는 것 같다. 수련생들의 자세를 바로잡아주던 강사가 문득 말했다. 자세가 나에게 오는 순간이 있다고. 자세를 취하는 것에 치중하지 말라는 뜻이었다. 자연스럽게, 되는 순간이 있다는 뜻이기도 했다. 모든 일이 그렇지. 한 번에 이루어지는 일은 없지. 알면서도 잊어버리지. 이어지는 또 다른 자세들을 위한 몸의 움직임을 느낀다. 강사는 다시 말한다. 자세를 취하는 것보다 호흡이 더 중요하다고. 나에게 하는 말 같았다. 내가 선불리 자세를 취하는 데 급급했던가 싶기도 했다. 일단 흐름을 버티는 힘은 생긴 것 같다. 요가를 시작한 지 두 달 만이었다. 물고기자세가 나를 찾아온 건가. 그런 걸 희망이라고 하는 건가.

물에 빠진 고기만 아니면 돼요. 비린 생선이랑. 내 말에 그랬었나, 하고 영민이 반응했던 게 새삼스럽게 떠올랐다. 결국 그를 떠올릴 수밖에 없다. 올해 2월 말 대학 선배의 상가에서 그를 보았다. 그는 친구의 장례식에 온 것이다. 나보다 일곱 살 위인 마흔셋, 충분히 아까운 나이였다. 그날 나는 검은 코트에 단추를 다느라 시간을 보냈고 그러고도 더 뭉그적거리다가 저녁 무렵에야 상가에 들어섰다. 문상객들 가운데 그가 있었다. 삼 년 만이었다. 내가 들어갔을 때 사람들이 그와 나를 번갈아 바라보았다. 잠깐이었다. 사람들의 시선이 이제는 따갑지 않았다. 내가 느끼는 것도 그들이 느끼는 것도 그런 것 같다. 지난 일에 대해 사람들은 관대해지는 것도 같다. 삼 년, 그사이 나는 잊을 만하면 영민에게 문자를 보냈었다. 그는 때로 답을 보냈고 대개는 묵묵부답이었다. 상가에서 몇몇이 어울려 이야기하던 끝에 한번 보자고 그가 슬쩍 말했다. 그저 지나가는 말이려니 했다. 일주일 뒤 그로부터 전화를 받았다. 뜻밖이었다. 꽉 찬 십 년을 만나왔지만 거기에 더해지는 삼 년이란 시간은 서로 뭘 좋아했는지 잊어버리기에 충분한 시간이었다.

"여전히 짧은 머리군."

그가 입을 열었다. 좁은 먹자골목을 두어 번 걸어 다니다 붐비지 않는 아무 술집에나 들어간 뒤였다. 한식과 일식이 뒤

섞인 모호한 술집이었다. 음악도 가요와 팝송이 맥락 없이 흘렀다.

늘 짧은 머리인가? 처음 보았을 때도 그는 같은 질문을 했다. 네. 내가 대답했다. 마침내 그와 나 사이에 탁자만 있던 순간이었다. 늘 단답형인가? 그가 다시 물었다. 네. 내가 다시 대답했다. 간명한 건 좋은 거죠. 구질구질하지 않으니까. 그는 그러면서 맥주를 조금 마셨다. 예외도 있다는 걸 모르시는군요. 나는 이기죽거렸다. 사람은 겪어봐야 아는 법이죠. 그 말을 덧붙이며 나는 입을 활짝 열어 웃었다. 그때 홀에서는 제니스 이언의 「열일곱 살에」라는 노래가 흐르고 있었다. 열일곱 살에 진실을 배웠다는 노래였다. 이쁜 것들은 원하는 건 얻지만 사랑은 잃고 나같이 미운 오리 새끼는 애인이 있는 척하고 결국 고독 속에서 우리 자신을 속인다는 그런 내용. 고등학교 시절 그 노래가 담긴 LP를 어떤 남자애로부터 선물로 받았다. CD도 아니고 LP라 더 놀랐다. 요즘 말로 썸을 타던 친구였는데 나에게 턴테이블이 없다는 걸 그 아이는 알지 못했다. 알 리도 없었다. 그 아이가 양다리를 걸치고 있다는 걸 나중에 알았다. 그런 일도 있었구나, 하며 나는 속으로 웃었다.

"그래, 요가는 잘하시나."

"잘하구말구요."

대구탕과 삼치구이를 시켜놓고 막걸리를 한 잔씩 새로 따라 조금 마신 뒤였다. 고등어도 있었는데 오래 두면 비릴까 봐 삼치구이를 시켰다는 둥 대구가 좋다는 둥 먹는 이야기를 잠깐 했다. 그리고 나는 요가 무드라와 연꽃 자세에 대해 말했다.

"가부좌로 앉아서 두 손을 등 뒤로 합장하고 이마를 바닥에 대고 호흡하는 거예요. 나를 가장 낮추는 자세라고 할까. 하심 같은. 그리고 그다음에 연꽃 자세가 이어지죠. 등 뒤로 합장한 손을 푼 다음 엄지와 검지로 고리를 만들고 세 손가락을 쭉 펴서는 무릎 위에 놓는 거예요. 턱은 쇄골에 최대한 가깝게 대고 호흡. 요가의 상징 자세라고도 하더라구요. 난 두 자세의 연결이 아주 좋아요. 봉오리 상태에서 꽃이 피는 자세의 연결."

그는 나를 지켜보기만 했다. 빙긋 웃는 낯인 듯도 했다.

"그러면 나를 들어 올리는 거예요. 무릎 위에 놓여 있던 손을 바닥에 단단히 붙이고 내 몸을 들어 올려요. 에너지의 상승!"

"잘됐군."

그가 겨우 한마디 했다. 그러곤 서로 주거니 받거니 술을 마셨다. 전사자세가 아직 안 된다는 것과 물고기자세가 찾아온 것 같다는 것과 또 무슨 이야기를 했더라.

"너무 요가에 빠지지 말라구. 뭐든 너무 빠지면 안 좋아."

나는 술잔을 들려다 멈칫했다. 내가 그에게 빠졌던 것도 그는 안 좋다고 여겼을까.

"당신과 관계된 일을 모두 잊어도 좋겠어요?"

"잊어도 좋겠지."

"여전히 삐딱하시네요."

나는 반쯤 차 있던 막걸리 잔을 비웠다. 그가 빈 잔을 채워 주었다. 그에게 당신이라고 말한 것도 오랜만이라는 생각이 그 순간 들었다.

내 앞에 그가 앉아 있다. 그를 바라보았다. 눈가에 잔주름이 파여 있고 눈 밑이 좀 퀭했지만 혈색은 나빠 보이지 않았다. 뭐, 왜? 그가 물었다. 눈이 참 작구나 싶어서. 그 말을 하고 보니 그의 눈이 전보다 작아진 것 같았다. 오래전에도 나는 그를 바라보곤 했었다. 그는 검은색 라운드넥 풀오버 안에 흰색 셔츠를 받쳐 입고 있었다. 검은색은 자기를 보호하는 동시에 자기를 드러내고 싶을 때 주로 선택하는 색깔이라고 알고 있다. 마른 체구 탓에 강팍해 뵈는 건 여전한데, 왜소해 보였다.

그때 홀에는 연이어 가요가 흘렀다. "조용히 비가 내리네" 하는 노래는 "생각을 말아요 지나간 일들을" 이런 노래로 이어졌다. 같은 영화에 나온 노래들이었다. 일흔 넘는 할머니가 한 사진사의 마법 같은 사진 촬영으로 스무 살이 되어 벌어지는 해프닝을 다룬 영화였다. 손자를 살리기 위해 다시 원래대로 돌아온다는 내용이었다. 그 영화 알지 않느냐는 말에 그가 고개를 끄덕이는 걸 보며 물었다.

"당신도 과거로 돌아가고 싶어요?"

"아니. 돌아가고 싶지 않아. 지긋지긋해."

그 지긋지긋하다는 말이 왠지 나를 가리키는 것 같았다. 내가 아무 말도 않자 그가 덧붙였다.

"반복법 별로 안 좋아해. 한 번 한 일은 두 번 겪고 싶지 않다는 뜻이야."

"그건 나하고 같네요. 웬일로 같은 점이 있다, 새삼스럽게."

그런가, 하며 그가 비식 웃었다.

인제 다시 보지 말아요. 전철역 계단을 내려가기 직전이었다. 나는 스스럼없이 그 말을 내뱉었다. 보도와 전철역 출입구 사이가 좁아 이따금 사람들과 몸이 부딪치기도 했다. 그 부근 편의점, 화장품 가게 등에서 내쏘는 형광등 불빛이 거리의 어둠과 대조를 이루었다. 인제 다시 보지 말아요. 그 말은 거의 진심이었다. 백 퍼센트는 아니었다. 내 가슴 저 밑바닥에 도사리고 있는 무의식 속에서는 아니라고 말하고 있음을 부인하지 않는다. 그는 대답이 없었다. 대답이 없다는 건 대개 부정하지 않는다는 뜻. 나는 그에게 다른 말을 건넸다. 수염 좀 깎아요. 추레해 보여. 그가 내 말에 턱수염을 손으로 쓸었다. 까슬까슬한 감촉이 나에게도 전해지는 듯했다. 내가 전철역 계단을 내려가기 직전 그와 나는 서로 손을 흔들었다. 내일이라도 다시 만날 사람들처럼. 내가 읽은 어느 소설에서는 여자 친구들이 한쪽은 터미널에서, 한쪽은 시외버스 안에서 손을 흔드는 장면이 있었다. 잘 가라, 잘 있어라 하는 인사가 어서 빨리 헤어졌으면 하는 느낌이라는 식으로 묘사되었다. 어쩌면 그와 나의 인사 또한 그런 느낌이 아니었을까. 그와 처음 만났을 때엔 악수를 했었다. 서로 맞잡은 손이 조금 뜨거웠었다. 내가 전철역으로 내려가려고 몸을 돌리려는 찰나 그가 잠깐 머뭇거렸다. 주점에서 시간을 보냈던 건 이 순간을 위해 판을 깔아둔 것. 그와 나는 언제나 길 위에서 가장 중요한 이야기를 했던 것 같다.

"너는 네 길을 가고 나는 내 길을 가는 거야. 이제 그만 물어봐. 나도 그럭저럭 지내고 있다구."

그가 말했다. 그는 아이가 둘이라고 했던가. 둘 다 아들이라고 했던가.

"요가 잘하라구. 전사자세도 잘할 거야. 너무 빠지진 말구."

나는 그 말에 큭, 웃었다. 이미 계단을 내려가고 있었으므로 뒤돌아보지 않았다. 대신 손을 흔들었다.

물고기자세를 할 때마다 아마 그 장면이 떠오를 것 같다. 감정은 차츰 묽어져가겠지. 이미 조금 묽어졌겠지.

어느새 나는 바닥에 엉덩이를 댄 채 두 손과 두 발을 사십오 도 각도로 뻗어 올린 자세를 취했다. 뻗은 발 자세. 다리가 부들부들 떨렸다. 호흡이 더 거칠어졌다. 그 거친 호흡은 작년 봄의 어느 장면으로 나를 이끌었다.

나는 산길을 올라가고 있었다. 길가를 서성이는 청년이 보였다. 나이 차가 얼마 안 날 것 같은데 그 사람을 청년이라고 불렀다. 청년은 어깨에 검은색 천이 배색된 흰색 얇은 점퍼를 입고 백팩을 메고 있었다. 방향이 같아서 혹시? 하는 생각을 품게 되었다. 올라가는 동안에 청년은 보이지 않았다. 바닥의 흙은 물기 없이 발이 닿을 때마다 퍼석 부서졌다. 땀이 흘렀다. 소나무인지 향나무인지 참나무인지가 우거진 가파른 산길을 한참 올라가다 잠시 쉬고 있을 때였다. 낯익은 점퍼가 보였다. 청년이었다. 나는 일순 안도의 한숨을 내쉬었다. 올라가는 사람이 혼자가 아니라는 사실에서 나온 안도였다.

가파른 산길을 내려서니 아스팔트 길이었다. 낯익은 길이었다. 오후 세시가 가까워가는 시간이었다. 산에 오르기엔 좀 늦은 시각일 수도 있었다. 나는 산에 오르려던 게 아니라 절에 가려던 거였다. 머릿속에든 몸에든 저장된 기억이 나를 그곳으로 이끌었던 것일까.

절에서 그 청년을 다시 보았다. 청년이 절 안의 찻집에 들어가는 것을 보고 뒤따라 들어갔다. 찻집 안에 들어가서 보니 앉을 자리가 마땅치 않았다. 나는 잠시 두리번거렸다. 그때 가장 안쪽 낮은 다탁 앞에 앉아 있던 그가 성큼성큼 걸음을 옮기더니 가장 앞쪽의 다탁 앞에 앉았다. 마치 나를 위해 자리를 비워준 것 같은 느낌이 들었다. 그가 자리를 옮긴 덕분에 나는 찻집의 가장 안쪽 자리에 앉을 수 있었고 맨 앞쪽에 앉아 있는 그가 차를 마시는 모습을 지켜볼 수 있었다. 다도에 익숙지 않은 나는 보살에게 물어보아야 했다.

나는 간신히 찻잔에 차를 따라놓고 앉았다. 오른쪽으로 나

있는 유리문을 물길이 한가득 채우고 있었다. 나는 세운 무릎 위에 엎디었다. 늦은 오후의 나른함이 한꺼번에 몰려왔다. 이미 졸음에 겨워 눈을 감고 있었다. 그때 찻집 문소리가 타탁, 울렸다. 그가 가는구나. 나는 속으로 생각했다. 잠시 뒤 눈을 떴을 때 청년의 모습은 보이지 않았다. 니가 옆에 있어서 좋다. 영민의 말이 언뜻 떠올랐다 사라졌다. 그와 처음 어울리던 무렵, 여기였던가. 그와 만난 첫해 봄. 그때 나는 스물넷, 흔히 어여쁜 나이라고 하는 나이였고 첫 정규 직장에 간신히 들어갔던 때였다. 그는 갓 결혼한 때였다. 머리 좀 길러보라고 그가 자꾸 말해서 꽁지머리를 간신히 묶었었다. 영 나 같지 않아서 곧 머리를 깎았다. 커트 형태를 유지하면서 옆머리가 귀를 덮을 정도로 아주 짧지는 않게. 니가 옆에 있어서 좋다, 는 말의 달콤함은 치명적이었다. 그러나 제법 오랜 세월이 흘렀다. 나는 너른 유리창을 바라보았다. 유리창 가득 강물이 보였다. 강물은 유유히 흘러가고 있었다. 멀리 분홍색 꽃잎이 유리창에 어룽졌다.

산에서 내려오던 길에 석양 속에서 진달래꽃을 보았다. 무리 지어 피어 있는 건 처음 보았다. 꽃의 연보랏빛이 몹시 창백해 보였다. 가슴속으로 서늘한 기운이 흐르는 게 느껴졌다. 소월의 시가 자연스럽게 떠올랐다. “말없이 고이 보내드리오리다”, “죽어도 아니 눈물 흘리오리다.” 그런 대목이 이전과는 다르게 가까이 다가왔다. 오랜 세월이 걸렸다.

두 팔을 등 뒤로 합장하고 가부좌를 튼 채 앉아서 이마를 바닥에 대고 있는 나. 지금까지의 과정을 모두 담아서 고개를 숙였다. 그리고 호흡. ……일곱, 여덟, 아홉, 열. 다른 자세에서보다 카운트가 더 많다. 그것은 어쩌면 그 모든 걸 받아들이라는 뜻이 아닐까. 어느새 자연스럽게 팔을 풀어 무릎 위에 놓는다. 그리하여 벌어지는 꽃잎. 쇄골 사이로 흐르는 땀방울들. 한껏 피어난 몸을 들어 올린다. 하나, 둘…… 여덟, 아홉…… 죽을 것 같은 찰나 강사가 열을 셌다. 오십 분 남짓의 수련이 끝났다. 모든 것을 내려놓고 휴식. 물론 휴식까지가 하나의 과정이었다. 바닥에 편안히 누워 있는 나. 그리고 찔끔 눈물을 흘리는 나. 그렇게 내 눈에 가끔 보이는 나. 움직이는 나. 호흡하는 나.

강사가 그제야 창문을 열었다. 밖에서 빵빵거리는 차 소리가 들렸다. 음식 냄새가 스며 들어왔다. 아직은 이른 아침이지만 먹자골목에는 이미 점심시간을 준비하는, 보이지 않는 냄새와 보이지 않는 움직임이 있었다.

그렇게 넉 달이 지나갔다. 훈풍이 불고 있다. 지금처럼만 하면 된다고 강사는 말했다. 아직도 하지 못하는 자세는 많이 남았다.

FM 라디오에서 흘러나오던 「타이스의 명상곡」이 막 끝났다. 이 곡은 김연아 선수의 밴쿠버 동계올림픽 갈라 프로그램 음악이다. 감사의 뜻을 담은 것이라고 한 외국 방송국 해설자는 말했다.

나는 어느새 내 책상 앞에' 앉아 있다. 무용가 A를 만나고 있다. 보름 만에 끝내기로 한 작업이 더뎌졌다. 연구소 측에서 시간이 충분하다고 했으므로 나는 더 알뜰히 자료를 그러모아야 했다. 짬짬이 한 연구원의 논문이나 소소한 원고들을 교정해주기도 했다. A에 관한 자료 수집은 계속되었다. 영상물도 보았다. 그 가운데에 그녀가 '인문예술콘서트 오늘'이라는 큰 타이틀 아래 '몸의 인류학'이라는 강연을 한 영상이 있다. 그녀는 말했다. "작품은 놀이터다. 슬로 슬로 퀵 퀵. 이것이 어둠을 헤쳐가는 방법이다. 오늘 어떻게 살아남을까 고민한다. 스스로 자유로워져야 남의 얘기가 들린다." 또 다른 영상에서도 자유에 대해서 말했다. 몇 년 전 경기도미술관에서 열린 '미술과 춤' 강연이었다. "백남준, 그는 인터넷이 우리의 정신세계를 지배할 것이라고 예견했다. 한국에 이런 사람이 있다는 것이 다행이다. 젊은 작가들에게 희망을 준다"고 하면서 무엇보다 자유로운 정신으로 인종차별을 뚫고 작품으로 승부한 백남준의 용기에 진한 공감을 표시했다. 열두 달의 신부 사진에 관해서도 말했다.

더 충격적인 장면은 백남준 이름을 딴 상을 받고 펼친 수상 기념 퍼포먼스였다. 5분 정도 편집된 영상으로 나왔지만 A는 하루 종일 걸린 거라고 설명했다. 그녀는 백남준이 75세에 타계한 것에 의미를 두고 준비한 75대의 피아노를 공중에 매

달린 채 도끼로 부쉈다. 백여 개의 흰색 넥타이로 만든 웨딩 드레스를 입은 그녀는 지상으로 내려와 넥타이를 가위로 잘라 관객들에게 나눠주었다. 이 대목에서 A는 그 유명한 백남준의 넥타이 퍼포먼스와 피아노 퍼포먼스를 잠깐 언급했다. “아무도 생각하지 않은 발상이었고 그가 넥타이를 자르면서까지 어쨌든 살아남기 위해 노력했다”는 점을 말했다. “백남준의 외국 친구들이 무척 좋아했다. 남준이가 돌아온 것 같다고” 했다면서 A는 생글생글 웃으며 그 퍼포먼스를 다시 하고 싶다고 덧붙였다. 몽골 들판에서 유목민의 에너지로 피아노 천 대를 놓고 하고 싶다고. 그녀는 24개 크레인에 묶여 안전장치 없이 18미터 높이에서 도끼를 들고 피아노를 부쉈다. 자기 몸을 보호하는 안전장치라곤 아무것도 없었다고 뒤늦게 무서워했다. 나는 그 장면을 사진으로 먼저 봤는데 입이 다물어지지 않았다. 그래 A를 국내외 막론하고 crazy girl이라고 하는구나 싶었다. 우리말로 미친년이다. 그녀 스스로 미친년이라는 표현을 서슴없이 썼다. 그녀가 빡빡머리에 알록달록한 옷을 입고 지나가면 동네 사람들이 “저기 미친년 간다.”고 말했단다.

그런 이야기를 A는 강연에서 유쾌하게 했다. 그녀는 말을 잘한다. 입에 짝짝 붙는다. 안무가가 갖추어야 할 덕목 중에 말솜씨도 포함된다고 도리스 험프리라는 미국인 안무가가 자신의 책에서 말했다. 험프리는 안무가가 지녀야 할 요소로 신체에 대한 지식과 호기심을 먼저 꼽았다. 안무가란 관찰력이 예민한 사람이라고 말한 데 이어, "좋은 눈과 예민한 음감"에 "말솜씨"를 꼽았다. 명확하게 의사 표현을 하는 안무가와 작업하는 것이 표현을 분명히 하지 못하는 사람과 하는 것보다 훨씬 고무적이며 안전하다고 했다. 관심 뒤에 말이 온다. 언제 어디서든 누구에게든 분명히 말해야 한다. 개인의 관계에서야 말할 나위 없는 일.

거기에 빡빡머리까지 A를 특이한 사람으로 만드는 데 한몫한다. 도리스 험프리는 안무가들이란 특이한 사람들이라고 말한다. 뭔가 특이한 사람들이 뭔가 남다른 시선으로 뭔가 남다른 작품을 만들어내는 것인가. 그럴 수도 있고 아닐 수도 있다. 다만 그때 그 시선은 요가에서 말하는 '시선'과는 다를 것이다. 요가 할 때 시선은 집중하기 위한 것이다. 코끝에 집중. 눈을 감으면 잡생각이 많아진다며 눈을 뜨라고 요가 강사는 말한다. 머리를 박박 깎은 그의 첫인상이 일본 승려 같다고 느껴졌다. 초등학교 때 본 만화책 『유리가면』에 그려진 일본 승려와 비슷했기 때문이다. 그 만화책에는 연극을 하는 여자애의 성장 스토리 밑에 그녀를 향한 한 남자의 츤데레식 사랑이 깔려 있다. 나는 그런 사랑을 꿈꾸기도 했었다. 그런 것이 현실에서는 이루어지지 않음을 알고 있다. 작품마다 고비를 겪는 여자애는 하룻밤 연기 연습으로, 한순간의 깨달음으로 안 되던 연기를 해낸다. 현실성은 없지만, 설득력은 있었다. 여자애를 다그치는 스승, 그리고 여자애가 연기를 잘하도록 교묘히 이끌어주는 한 남자. 나는 그런 것을 부러워했던 것 같다. 그 이야기는 아직도 끝나지 않았다.

그런데 내가 지금 어디 있는 거지?

나는 물론 내 방에 있고 내 방 책상 앞에서 안무가 A에 대한 자료를 찾고 있던 와중에 여러 가지 생각을 하고 있는 것이다. 좀 전의 「타이스의 명상곡」에서 시작된 잡생각이 다른 생각들을 불러 여기까지 왔다. 지금은 한밤중이다. 기역 자 책상 양 끝으로 여러 가지 파일들이 세워져 있고 거기엔 A에 관한 자료와 지금까지 내가 언급한 책들이 놓여 있다. 눈이 빠질 지경이었다. 안무가 A는 1990년대 초에 한 안무자 경연대회에서 솔로 작품을 하며 머리를 밀었다고 했다. 작품을 위해, 그녀 자신의 비상을 위해서였다고 한 책에 실린 인터뷰에서 밝혔다. 성적인 이미지도 없는, 인간 그 자체로 보여서 기분이 좋았다고. 과감한 선택의 연속인 그녀에 대해 책을 읽고서야 더 세세히 알게 되었다. 내가 도저히 할 수 없는 것들을 행한 그녀의 모습은 책에 고스란히 담겨 있었다. 또 다른 책에서 책에 대한 대화가 실린 걸 읽었다.

'넌 그런 걸 다 어디서 알았니?'

'책에서 읽었어요.'

'너, 책에 모든 게 다 씌어 있다고 생각해서는 안 된다.'

'거기에 안 씌어 있는 게 또 뭐가 있는데요?'

'뭐? 안 씌어 있는 게 뭐냐고?'

『왼손잡이』라는 소설집에 수록된 한 편에 나오는 내용이다. 도서관에서 그저 제목을 보고 골라서 읽은 것이었다. '그런' 것에 대한 내용까지는 적어놓지 못하고 '마르크 알렉산드로프와 레본치의 대화'라고만 적어놓았다. 무엇에 대한 것인지도 다시 한번 살펴서 적어놓아야겠다는 생각이 들었다. 매사에 정확해야 한다. 나 자신을 위해서.

사실 그 책은 내가 가지고 있는 책과 제목이 같아서 읽었다. 그 책도 제목이 '왼손잡이'다. 심리학 책이고 '왼손잡이는 예술에 뛰어난가'라는 부제가 표지에 쓰여 있다. 왼손잡이인 나는 은연중에 그 책들을 손에 들었던 것일까. 2013년에 '숨어있는책'에서 구입했다고 책의 면지에 적어놓았다. 나는 책을 사면 으레 날짜를 기록하고 서명을 해둔다. 헌책방에서 산 것은 서명 대신 서점 이름을 밝혀둔다. 내가 처음 산 사람은 아니므로. 기억하기 위해서다. 그 서점은 신촌에 있는, 아주 잘 알려진 헌책방이다. 가끔 영민과 함께 그곳을 들렀던 기억으로 지금도 들르곤 한다. 그 골목에는 사주, 관상, 이런 간판을 달고 있는 집들이 고깃집과 오토바이 가게와 조그만 술집과 카페들 사이에 있다. 어느 날, 책방에서 나오던 길에 그런 간판을 달고 있는 어느 한 집에 들어가려 한 적이 있었다. 이층 계단을 올라갔는데 문은 굳게 잠겨 있었다. 보지 말라는 뜻 같아서 발길을 돌렸다.

결국 영민에 대한 이야기로 돌아오는군. 이젠 씁쓸할 것도 없다. 기억은 전혀 뜻밖의 순간에 살아나는 법이다.

이 밤에 먼 길을 걷고 있는 것 같다. 먼 길을 걷는 것이 아니라도 이 골목 저 골목을 돌아다니는 것 같다. 오전에 요가를 하고 온 뒤부터 안무가 A와 관련된 자료를 한 번 더 살펴보고 그녀의 강연 영상을 또 보질 않나, 엉뚱하게 책 이야기를 늘어놓질 않나…… 실제로도 나는 골목골목을 기웃거렸겠다. 이 골목에서 요가원을 우연히 발견하고 저 골목에서 영민을 만나고 그와 함께 헌책방을 들르고 그와 이별하고 또 어느 한 골목에서 안무가 A를 만난 것이다. 내가 가진 자유로움으로.

나의 한 시절과 또 다른 시절을 이어주는 것은 무엇일까. 고비마다 맞닥뜨리는 골목과 그 골목에서 맺어지는 이야기들인가. 혹 책에 씌어 있지 않은 것들을 만나기 위한 인생의 골목인가.

요가의 자세와 자세 사이를 잇는 것은 호흡이라고 했다. 자세와 호흡이 하나의 흐름이라고 했다. 긴 흐름 속에 마디처럼 자세가 있고 마디와 마디 사이에 호흡이 있다.

골목과 골목은 어디에서는 갈라지지만 또 어느 지점에서는 만나진다. 그리고 그 길은 막다른 골목이 아닌 다음에야 끝없이 이어진다.

나는 숨을 깊게 들이마셨다가 길게 내뱉었다.

나는 지금 어느 골목, 어느 귀퉁이에 서 있는가. 아마 지금은 알 수 없을 거다. 모르긴 몰라도 이것만은 분명하다. 그는 그가 갈 길을 가고 있고 나는 내가 갈 길을 가고 있다는 것.

호흡을 가다듬는다. 앞을 바라본다. 나는 걸어간다. 두 발을 땅 위에 굳게 내딛는다.

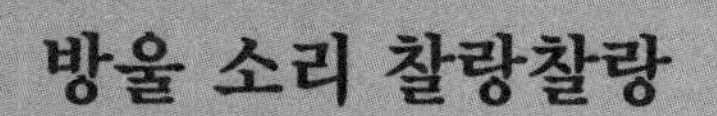

방울 소리 찰랑찰랑

봉투 하나에 잡지 한 권, 또 봉투 하나에 잡지 한 권, 그렇게 내 손은 움직이고 있어. 열 개씩 쌓아서 십자로 엇갈려놓은 게 열두 덩어리가 넘는가 봐. 백이십 권 넘게 했다는 것이지. 어두운 창밖으로 이따금 내 모습을 마주해. 머리 짧고 몸집 작은 여자가 동동거리는구나. 피식 웃을 기운도 없어. 팔 년 전에 했던 짓을 다시 하고 있는 거니까. 잡지 겨울호가 나왔고 그 발송 작업을 하고 있어. 책을 기다리는 사람들에게 전해지도록 봉투에 잡지를 넣어 봉하는 것은 멋진 일이지만 실제 작업은 엿 같아. 나는 왜 여기 다시 왔을까. 내가 싫어서도 나간 곳인데 내가 필요하다는 말에 다시 왔어. 잠깐이라고 사장은 말하면서 육 개월쯤 일해달라고 했어. 내가 필요한 게 아니라 만만히 일할 사람이 필요했던 게지.

그런데 놀라운 건, 잡지사 일이 그리웠다는 거야. 갑작스럽게 해고당했거든. 이제 하면 왠지 잘할 것 같은 막연한 느낌과 함께. 그사이에 나도 세상 물을 좀 더 먹었고 앎도 조금 늘었거든. 그래서 거창한 포부까지는 아니라도 의욕을 가지고 나오기 시작했어. 늦가을의 일이야. 출근 첫날, 내가 놓고 간 물건들이 그대로 있는 걸 보고 깜짝 놀랐어. 경상비 지갑, 전자계산기, 필기도구, 파일, 방석 커버, 심지어 도넛 가게에서 사은품으로 받은 볼펜까지. 여긴 시간이 멈춘 곳 같아. 근무한 사람이 여러 명이었을 텐데 그들은 그런 걸 하나도 버리지 않은 거야. 그것 말고도 이곳엔 오래 묵은 것들이 많아. 책들, 공연 프로그램 같은 것들. 이곳은 어쩌면 시간이 죽은 곳 같아. 누군가 와서 박살 내지 않는 한 이곳의 시간은 그냥 머물러 있는 거지. 한 세계를 깨뜨려야 이전과는 달라진다고 누군가 말했지. 앎이 아무리 늘었어도 내가 아는 말은 여전히 한정되어 있어. 그런데 나는 이곳에 왜 왔을까. 정직원으로, 객원 교정자로, 그리고 지금까지 세 차례나 들고 나고 했는데 말야. 앞으로 나아가도 시원찮을 판에 내가 혹 뒷걸음질하고 있는 건 아닐까 싶은 생각이 들어. 하지만 꼭 그런 건 아니야. 여기를 거쳐야 비로소 앞으로 나아갈 수 있다는 느낌이 들어. 막연한 느낌이지만. 너를 거쳐야 비로소 과거와 작별하는 것처럼.

이런, 양면테이프 붙인 봉투를 다 썼어. 봉한 봉투는 이제 열다섯 덩어리쯤 돼. 백오십 개 봉투에 백오십 권을 각각 넣은 셈. 내내 서서 몸을 굽히고 일하다가 이제야 조금 허리를 폈어. 오른쪽으로 눈을 돌리니 창밖으로 치킨집 전경이 보이는군. 베이지색과 갈색 중간쯤 되는 색깔의 나무 틀 사이로 유리창이 칸칸이 끼워져 있는 치킨집 안에는 세 개의 탁자에 사람들이 모여 앉아 맥주잔을 기울이고 있군. 너와 그녀와 함께 오래전 언젠가 치킨집에서 한잔했던 기억들이 떠오르네. 예나 지금이나 치맥인가 봐. 그땐 치맥이라는 말이 없었지. 줄여 말할 필요가 없었겠지. 그만큼 삶에 속도가 붙지 않았다고 할까. 아마 휴대폰이 생기고부터 말을 줄이는 습관이 붙은 거 같아. 휴대폰 사용 초기에는 기본 백 자 이내로 메시지를 보내야 추가 요금이 안 붙었으니까. 지금은 스마트폰으로 장문의 메시지를 보낼 수 있지. 그건 그렇고 너는 치킨집에서 소주를 마셨지. 벌컥벌컥은 아니고 홀짝홀짝. 네 체구와 어울리지 않게. 너는 팔도 길고 다리도 길지. 그런 너를 나는 작년 여름 전철역 승강장에서 우연히 보게 되었지. 그 뒤로 너를 사회관계망서비스에서 만나오고 있지. 그리고 올여름에는 너의 공연을 보게 되었지. 너의 새로운 그녀도.

젠장, 손과 머리가 따로따로야. 손은 가위를 쥔 채 양면테이프를 잘라 봉투 덮개 안쪽에 붙이고 있고 머리로는 너를 생각하고 있으니까. 아, 유튜브로 노래도 듣는구나. 나는 세상이 바라던 사람은 아냐 그렇지만 이 세상도 나에겐 바라던 곳은 아니었지…… 이런, 이런 큰일이다 너를 내 안에 둔 게…… 이런 노래. 90년대 말 2000년대 초에 인기 있었던 밴드라는데 어느 블로그에서 이 밴드에 관한 글을 스치듯 읽고 나서 노래를 듣기 시작했어. 얼마 안 돼. 꽤 오래된 밴드인 건 알고 있었어. 너는 더 오래된 6, 70년대 록이 아니면 잘 듣지 않지. 연주도 그 시대 노래를 선호하지. 아, 너는 블루스를 좋아하지. 나는 그냥 이런저런 노래를 들어. 일할 때 듣는 거니까 노동요이기도 하겠구나. 그런 표현을 또 다른 블로그에서 봤어. 인터넷에서 글을 읽으니까 얼굴을 마주하지 않아도 사람들을 만나는 것 같아.

나는 너에게 가고 있었어.

여름 어느 날, 네가 연주하는 공연장을 찾느라 무척 헤맸었지. 햇볕은 뜨겁고 따가웠어. 찜통 속에 있는 것 같다는 말이 괜히 있는 게 아니더라. 공연장이 세 겹의 도로 끝에 있어서 더더욱 찾기 어려웠어. 물어물어 길 끝까지 찾아 들어갔지. 공중에서 보면 그 세 겹의 길이 다 보였을 테지만 지상에 있는 나에게는 보일 리 없지. 아무리 핫한 거리라도 내가 그곳을 모르니 스마트폰의 약도도 소용없고. 환승역에서 내리지 않고 한 정거장 먼저 내린 게 탈이었어. 그래서 더 헤맸어.

얼마 전엔 꿈에서도 헤맸어. 공항에서 비행기 탑승을 기다리고 있었어. 일행 사이에서 나는 문득, 일이 있다고 잠깐 다녀오겠다고 했지. 걷다가 무속인 거리로 접어들게 되었어. 누군가 나를 반갑게 맞아줬어. 중년의 단발머리 여자였어. 내가 두어 번 갔던 점집의 무당이더군. 내가 어디를 가야 한다고 말하니 태워주겠다며 차량을 보여줬어. 하나는 승용차였고 다른 하나는 거기에 딸린 누워서 타는 자전거였어. 어느새 나는 누워서 타는 자전거를 타고 있었어. 그런데 그녀가 돌연 무속인 거리로 되돌아가 차를 세우는 거야. 어리둥절했지. 나에게 기다리라 말하곤 사라졌어. 시간은 흘러갔어. 도저히 안 되겠다 싶어 부랴부랴 신발을 찾았어. 나는 마루에 앉아 있었거든. 비슷해 뵈는 운동화는 보였어도 내 것은 없었어. 두리번거리다 아무 신발이나 발에 꿰었어. 공항에 가야 하는데, 비행기를 타야 하는데, 그런데 나는 어디를 가야 한다고 말했을까.

전날 밤, 무당이 등장하는 영상을 봐서 꿈을 꿨던가 봐. 내가 본 짧은 영상은 한 여자 배우가 영화 속에서 무당을 흉내 내는 상황을 비하인드 컷으로 찍은 거였어. 흰색 치마저고리 위에 붉은색 쾌자를 덧입고 붉은색 갓을 쓴 여자 배우는 방울을 흔들었어. 찰랑찰랑, 방울 소리가 잠깐 들렸다가 사라졌지.

예전에 함께 일했던 동료들에게 말했다면 개꿈이라는 말을 들었을 거야. 내가 종종 꿈 이야기를 했었거든. 꿈은 공통 화제가 될 수 있지. 팔 년 전, 정직원으로 근무했을 때 나 말고 차장 직함을 단 남자 직원과 나보다 보름쯤 늦게 들어온 여자 직원이 있었어. 그들과 함께 점심을 먹고 들어오는 길에 소소한 이야기들을 나누곤 했어. 돌이켜보니 나쁘지 않았지만 그들과 오래 같이 있고 싶지는 않았어. 그들 사이에 내가 끼인 느낌이 들었거든. 오래전 너와 그녀 사이에 끼었던 것처럼. 지금은 사무실에 나 혼자야. 사장은 건강이 안 좋아서 출근을 할 수 없어. 전화로 업무를 지시해. 나는 하루에 스무 통이 넘는 전화를 받고 있어. 점심 먹고 커피를 사 들고 사무실로 들어오는 일 따윈 없어. 사무실에서 도시락을 까먹어. 낡은 커피 머신으로 원두커피를 내려 마시지. 팔 년 전과 다름없이 작동이 되데. 근무했던 곳에 다시 오니까 자연스레 옛일이 떠오르는군. 두 명의 직원은 함께 일한 지 얼마 안 되었을 때부터 죽이 잘 맞았어. 그들의 책상은 창밖을 옆으로 바라보며 마주하는 모양으로 놓여 있고 내 책상은 출입문 가까이에 있었어. 그들의 책상 측면 절반과 맞닿아 있는 책상에는 팩스가 놓여 있고 팸플릿이나 여러 책들이 높이 쌓여 있었어. 마치 그들과 나 사이에 장벽이 버티고 있는 느낌마저 들었어. 지금은 그 책상 위에 잡지를 넣은 봉투와 빈 봉투가 쌓여 있지. 나는 남자 직원이 쓰던 자리를 쓰고 있어. 예전에 앉았던 자리에서 보면 대각선 위치야. 나는 예전에 앉았던 자리에서 가끔 창밖을 보는 척하며 그들을 지켜보았지. 너와 그녀를 지켜보았던 것처럼.

다시 봉투 하나에 잡지 한 권, 또 봉투 하나에 잡지 한 권.

A4 용지보다 좀 작은 책을 봉투 안에 집어넣으면 끝. 엿 같은 일이지만 단순노동이라 명료하지. 하지만 손이 곱고 발이 시린걸. 온풍기 하나와 전기난로 하나가 사무실을 데우고 있지만 화력이 약해서 온기가 별로 없어. 맞은편 치킨집 안은 따뜻하겠지. 나도 그 틈에 끼여 한잔하고 싶군. 잘 모르는 사람들이 때론 더 편할 때가 있어. 조금 아는 사람들이 도리어 어렵지. 너처럼.

작년 여름, 전철역 승강장에서 우연히 너와 마주쳤지. 꼽아보니 십사 년 만이더군. 네가 결혼할 때 본 게 마지막이었으니까. 왜 이렇게 늙었니? 내가 말하자 너는, 하고 네가 말했지. 그날 이후 나는 너를 사회관계망서비스에서 만나고 있지. 덥다, 춥다, 비 온다, 눈 내린다, 꼬리뼈가 아프다, 이달 운세가 좋다, 그런 소소한 이야기들을 하지, 예전처럼. 속내를 말할 수 없으니까.

여전히 공연을 하는 걸 보면 너는 네 길을 잘 가고 있는가 봐. 오랜만에 공연하는 거라고 네가 말하긴 했지만 넌 예전과 다름없어. 악기점에서 일하고도 있으니까. 나를 대하는 것도 여전하고. 너하고 나는 언제나 적당한 간격을 유지했지. 그러다 툭툭 던지는 말 속에 진실이란 게 담겨 있었을까. 그런 너와 나였으니 네가 나를 공연에 초대했을 때 좀 놀랐어. 그런데 공연장을 찾느라 무척 헤맸어. 왠지 공연장에 가지 말라는 뜻인가도 싶었어. 그래도 나는 갔지. 거의 한 시간 동안 헤맸지. 걸을 때 꼬리뼈가 좀 신경이 쓰였어.

올봄에 자전거 타다가 뒤로 나자빠져서 꼬리뼈가 되게 아팠다고 내가 말했잖아. SNS를 통해서. 자꾸 꺼림칙한 느낌에 열흘쯤 버티다 결국 병원에 갔어. 엑스레이 확인 결과 의사는 정상이라고 진단했어. 자전거 타도 되냐고 물어보니까 타도 된대. 그러고 보니 꿈에서도 자전거를 탔군. 비행기는 못 타고 자전거를 탔네. 누워서 타는 자전거는 실제로도 본 적 있어. 이따금 멀리까지 자전거로 달릴 때 봤어. 한두 사람은 꼭 타더라. 누워서도 바퀴를 잘 움직여. 앞이 잘 보일라나 웅얼거리며 나는 내 속도로 타. 토요일이나 일요일 하루에 왕복 서너 시간쯤 자전거를 탔었어. 그건 내가 혼자 할 수 있는 몇 안 되는 일 중 하나야. 그래서 좋아해. 사람들은 거의 다 나를 제치고 앞서가. 각자 타는 거니까 뭐. 날씨가 풀렸다 하면 사람들은 너도나도 자전거를 끌고 나와. 지금은 노면이 언 데도 있고 추워서도 못 타지만 곧 탈 수 있을 거야. 달리고 싶어. 요 몇 년 동안 꾸준히 했던 건 자전거를 타는 것밖에 없었던 듯해. 일은 했지. 알음알음으로 교정. 사이사이 드럼도 잠깐 배우고 요가도 잠깐 배웠지. 어느 하나를 끈기 있게 물고 늘어져야 하는데 말이야. 네가 말한 대로 나에게는 지구력이 필요한가 봐. SNS에서 네가 말했지. 지구력을 키우라고. 예전에도 네가 그런 말을 했었어. 기억할지 모르지만.

올해 운세에서 말야, 일상생활에서 자연스럽게 만나는 사람들이 '스승'이 되어줄 거라는 내용을 읽었어. 일본의 한 점성가가 뽑은 운세야. 여러 블로거들이 그 점성가의 운세를 실어. 주마다 달마다 해마다. 심지어 삼 년간 별들의 흐름까지. 별자리 운세, 이런 걸 내가 말해도 너는 별로 궁금해하지 않더라. 네가 무슨 별자리인지 아는 정도일 뿐. 그런 것에 의지하는 내가 이상한 건지도 모르지. 반백을 앞둔 나이에 아직도 구름 위를 걷고 있으니 말이야. 그래도 그 운세가 문득 떠올라. 내가 자연스럽게 어떤 사람들을 만났나, 하는 생각과 함께. 내년에는 더 많은 사람들과 만날 것이고 다른 세계를 여행하게 될 거라는군. 여름이 지나면 벌써 다음 해 운세가 뽑아져 나와. 누가 명확하게 나 같은 사람에게 갈 길을 알려주면 좋겠어. 뒤돌아보지 않고 앞으로 나아가자고 마음은 먹었지. 그런 시기에 공교롭게도 너를 우연히 보게 된 거야. 따지고 보면 너와 나는 아무 사이도 아닌데 어째서 나는 너를 우연히 다시 보게 되었을까. 어쩌면 너는 내가 털어버려야 할 마지막 과거인지도 모르겠어. 이도 저도 아닌 모호한 과거를 떠나 더 명확한 현재와 미래로 나아가는 것이지.

봉투에 잡지를 넣는 작업이야말로 명확한 일이야. 명확한 현재와 명확한 미래에 속하는 건지는 모르지만, 딱 그것만 하면 되니까. 이제 족히 스무 덩어리는 되는 것 같아. 예전에 셋이 나누어 하던 일을 지금 혼자서 해치우고 있는 참이야. 나 자신을 칭찬해줘야겠는걸. 차장이라는 직함을 가지고 있던 남자 직원은 잡지 일 말고도 거래명세서 작성이며 계산서 발행이며 경리부 일도 도맡아 했었어. 그 일을 지금 내가 하고 있다는 사실. 달리 근무자가 없으니까. 출근하고 며칠 안 되었을 때에는 어리바리했는데 금방 익숙해지더라. 도매서점 지급일에 계산서를 작성하고 구독 단체에 필요한 계산서를 써주는 일 같은 게. 그런 일은 안 복잡해. 딱 그것만 하면 되니까. 추우나 더우나. 아, 잡지사는 추위로 먼저 기억돼. 난로를 켜도 발이 시렸어. 책들이 없으면 더 썰렁했을 것 같기도 해. 사무실은 사방으로 책장이 빼곡해. 내 왼쪽에도 두 직원의 등 쪽에도 오래된 책들이 가득했어. 그 안에서 오후에는 각자의 컴퓨터를 끼고 모니터를 노려봐. 가끔 남자 직원은 여자 직원에게 뭘 물어. 잠깐잠깐 운세 이야기는 나하고 해놓고 정작 일 이야기는 여자 직원과 나눠.

나는 너에게 이런 소소한 이야기를 할 수 없으니 덥다, 춥다, 비 온다, 눈 내린다, 꼬리뼈가 아프다 하는 더 소소한 일들을 말할 뿐이지. 할 말이 턱까지 차 있는데 말야.

"너무 따지지 말고 늘 먹고 자는 것처럼 조금씩 조금씩, 그러나 반복하여 추어라."

그 말은 어느 춤 스승이 제자에게 한 말이야. 잡지에서 전통춤 비평 원고를 읽다가 관심이 생겨서 관련된 책도 읽게 되었지 뭐야. 뒤늦게 공부를 다 한다, 내가. 여기 다시 오기 전까지 어떤 무용 이론가의 원고를 교정해왔는데 제법 재미가 있었어. 그 일은 사장이 내가 객원 교정도 그만둔 지 몇 년 지났을 때 소개해준 거야. 고맙지 뭐야. 어쩌면 사장이 나에 대해 믿는 구석이 있었는지도 모르지. 그래서 선뜻 나에게 일해달라고 말했는지도. 아무튼 너무 따지지 말라는 그 말이 올해의 운세와 겹쳐져. 간접적이지만 왠지 내가 스승을 만난 것 같은 느낌이 들어. 너도 그런 존재를 혹 찾고 있을까. 그런데 너라고 하니까 좀 색다른걸. 나는 너를 형이라고 불렀잖아. 그녀는 너를 오빠라고 불렀고. 친오빠가 없어도 오빠라 부를 수 있는데 나는 그게 안 돼. 지금은 다른 사람들이 너를 '샘'이라고 부르데. 네가 일렉기타 레슨도 하니까. 기타와 음악에 관한 이야기들, 너의 홈페이지에서 봤어. 너를 알고 시간이 꽤 흘렀구나 생각하며 나는 마침내 공연장으로 내려가는 계단에 섰었지.

공연장 입구에 어떤 문양이 네모난 아크릴 간판에 인쇄되어 있는 게 눈에 들어왔어. 귀면(鬼面)인가 했어. 물고기 두 마리와 연꽃이라고 냅킨에 쓰여 있는 걸 어두운 조명 아래에서 뒤늦게 알아보았어. 천장에는 큼지막한 종이 오리기가 붙어 있었어. 2절지 크기의 종이가 잘린 크기나 형태에 따라 비정형의 무늬를 그리고 있었지. 빨간색, 분홍색, 노란색 한지가 그렇게 천장을 군데군데 메우고 있었어. 그것 말고는 초라한 지하의 모습이었어. 딱딱한 사각 탁자와 딱딱한 의자 예닐곱 쌍이 놓여 있을 뿐이더군. 무대와 나란히 탁자 세 개가 놓여 있었고 그걸 둘러싸고 열 명쯤의 사람들이 앉아 있었지만 내 눈에는 좀 삭막해 보였어. 그 때문에 더 천장에 눈길이 갔는지도 몰라. 문양을 이루는 한지를 보니까 넋전이 생각나데. 굿할 때 망자 대신 흰 종이를 오려놓은 거래. 사진으로만 봤는데 사람의 형체임을 알아보게 머리와 귀와 팔다리를 잘라놓은 거였어. 눈과 입은 뚫려 있고. 그것과 영 다른데도 종이라서 언뜻 연상이 되었던가 봐. 너의 연주를 들으면서도 이따금 머릿속에 넋전이 떠올랐어. 오랜 시간이 지나 만나게 된 네가 앞에서 노래를 부르고 있는데도.

코끼리처럼 체구가 큰 너는 땀을 뻘뻘 흘리며 기타를 연주하고 노래를 불렀지, 예전처럼. 네가 좋아하는 브랜드인 펜더의 기타, 그중에서도 텔레캐스터였지 아마. 바디는 파란색이고 픽가드 부분은 검은색인 종류였어. 네가 근무하는 악기점 홈페이지에서 봤어. 지하의 그 허술한 공연장에서도 너의 모습은 도드라졌어. 그 공간 안에서 내가 아는 사람이 네가 유일했기 때문이야. 체구는 예전 그대로인데 어딘지 모르게 달라진 것도 같았어, 너.

너는 이십 년도 더 전에 불렀던 노래들을 이십 년이 더 지나서도 부르고 있었지. 나는 무척 놀랐어. 새로운 레퍼토리를 개발하지 왜, 하는 생각이 들었어. 아니면 네가 오래전에 발표한 노래를 부르던가 하는. 그건 네 노래니까. 그런 걸 나는 은근히 기대했어.

나는 네가 노래하는 모습을 보는 걸 좋아했었지. 예전 그녀야 말할 것도 없었고. 그녀는 너와 헤어지면 다른 멋진 남자를 만나겠다고 했지만 실상 너와 헤어지고 싶어 하지 않았어. 내 느낌으로는 그랬어. 나는 너보다 그녀를 먼저 알았고 그녀와 더 많은 이야기를 나누었지. 그녀는 나보다 너를 먼저 알았고 너와 더 많은 이야기를 나누었지. 이사하는 것도 오빠가 도와줬어, 언니. 그녀의 자취방에 갔을 때 들은 이야기였어. 방벽엔 너와 그녀가 웃으며 입 맞추는 사진이 붙어 있더군. 다른 사람의 손이 함께 찍힌 걸 보면 여러 사람 사이에 너와 그녀가 있었던 듯해. 나는 그녀 모르게 주먹을 꽉 쥐었어, 잠깐.

"좋으면 더 확 땡기세요. 여친 마음이 아니라 본인 마음이 중요한 거 아닌가요."

"나야 원하지만. 알 수 없어요, 여자 마음은. 운세대로 잊어버려야 하나."

마지막 말에는 남자 직원이 말꼬리를 흐리더군. 잡지사에서 보낸 어느 늦은 오후의 시간이었어. 여친이 양다리를 걸치고 있는 것 같다며 남자 직원이 말을 꺼낸 거야. 어떻게 하면 좋겠느냐고 나에게 물었어. 오늘의 운세도 그렇고 말이죠, 라고 덧붙이더군. 서로 멀찍이 떨어진 채로 이야기를 하는 거야. 나는 그런 것이 더 편해. 누군가 너무 가까이 다가오면 나는 뒤로 물러서게 돼. 내가 누군가에게 다가갔던 건 잊어버리고. 어쩌면 나는 내가 당한 일을 또 다른 누군가에게 갚아주었던 건지도 몰라. 내가 당했다고 여기는 것이 나의 무모함에서 빚어진 걸 잊어버리는 거지. 가끔 남자 직원은 나에게 연애사를 털어놓곤 했어. 그런 일에 대해 속 시원히 알고 싶어서 다른 사람에게 털어놓는 거겠지. 자기 자신의 일인데도 다른 사람에게 물어보는 경우가 종종 있지.

"저질러요. 그 사람이 좋다면. 같이 살든 뭘 하든."

언젠가의 단발머리 무속인이 나에게 했던 말이야. 누군가를 마음에 품고 있을 때였어. 놀랍게도 그 점집 부근에 그의 이름과 같은 이름의 교회를 보곤 뭔가 인연이 있을 것 같다고 혼잣말하기까지 했다니까. 그런데 그뿐이었어. 상대가 한 걸음 다가왔을 때 나는 세 걸음 더 다가갔어. 깜짝 놀란 상대는 뒷걸음질해 사라져갔고. 너를 잊었다고 생각한 어느 순간이었어. 그러면서 나는 누군가 내 옆에 있기를 바랐어. 지금은 그 사람이 너이기를 나는 바라고 있는 거야. 비록 사회관계망서비스에서 만나는 거라도. 그러나 너와 나의 거리는 좀처럼 좁혀지지 않았지. 그 거리만큼 너는 내 마음속에서 전혀 다른 모습으로 부풀어갔지. 내가 원하는 모습으로.

내 또래 사람들이 재테크에 관심을 두고 아파트 분양가를 입에 올릴 때 나는 내 옆에 누군가 있기를 바랐고 그걸 알자고 한 해 한두 번쯤 무당을 찾아갔어. 무당으로부터 공부해보지 않겠느냐는 말을 듣기도 했어. 그 어느 순간이 어쩌면 내 인생이 달라졌을 수도 있는 순간이었을까.

삼 년 전 봄, 무척 흐리고 텁텁한 날이었어. 점집은 상가 건물의 이층이었고 문을 열자 후끈한 실내 공기가 내 쪽으로 쏟아져 나왔어. 오랫동안 창문을 열지 않았는지 묵은 먼지 냄새가 풀풀 풍겼어. 나는 엉거주춤 거실에 들어섰지. 문소리에 어떤 여자가 나오더니 나에게 들어오라고 말했어. 한쪽 다리가 바닥에 조금 끌리는 것이 언뜻 눈에 들어오더군.

신당에 놓인 신령 상은 내 왼쪽 옆에 자리한 높은 단 위에 우뚝 놓여 있었어. 대개 웃고 있지만 나는 늘 무서웠어. 여자는 내가 사주를 말하는 대로 A4 용지에 적더니 요령을 흔들며 무슨 주문을 외웠어. 찰랑찰랑, 찰랑찰랑 방울 소리가 한순간 방 안에 가득했어. 여자가 말했어. 일은 잘 풀릴 거고 남자는. 거기서 여자는 잠깐 말을 끊더군. 남자 별거 없어. 살 부비고 살아도 그냥 그래. 그러곤 여자가 몇 마디 더 한 끝에 나에게 이런 걸 배워보지 않겠느냐고 넌지시 묻는 거야. 사주에 진(辰)이 있고 술(戌)이 있는 사람은 역술을 공부하면 좋다고 해. 나도 그런 경우에 속한다나. 관심이 있는 건 사실이지만 그날은 왠지 모르게 답답했어. 그곳을 얼른 나서고 싶은 마음이 솟구쳤어. 그런데 무당이 말하는 거야. 내가 용한 선생님을 한 분 알아. 그분한테 이름 풀이를 해달라고 할게. 심심할 때 자주 찾아와. 이런저런 이야길 하자구. 나는 그러겠다고 둘러대곤 얼른 그곳을 빠져나왔어. 그러곤 뒤도 돌아보지 않고 그 거리를 벗어났어. 꿈에서 본 무속인 거리가 그 거리였을까.

그 언젠가의 꿈과 그 언젠가의 제안은 문득 되살아나곤 했어. 잊고 싶은 기억은 언제나 고집스럽게 머릿속에 남아 있는 것 같아. 너에 대한 기억도. 내 모든 과거를 청산했다고 확신한 무렵 너를 우연히 보게 된 거야. 꿈에도 생각지 못한 일이었어. 그 시기라는 게 참 묘하더군. 옛일을 이젠 다 떨쳐버렸지 싶은 즈음 너를 보게 된 거니까.

너를 마주친 그날 나는 춤 공연을 보고 온 길이었어. 필진 중 한 명이 그 공연의 평을 쓴다고 미리 알려줘서 나도 보러 간 거였어. 보면 작업이 한결 수월하거든. 지난 팔 년 동안 조금씩 공연을 보기도 했어. 뭔가 끌리는 느낌이랄까. 내가 본 그 공연은 한국 춤과 서양 춤이 어우러지고 한국의 전통악기가 현장에서 연주되었어. 그 가운데 방울 소리가 어렴풋이 들렸던 게 기억나. 딸랑딸랑이었는지 찰랑찰랑이었는지 아무튼 섬뜩했어. 안무가는 그 춤 작품이 굿이라고도 말했어. 굿에 무령(巫鈴)이 빠질 수 없지. 방울은 신을 부를 때 쓰는 무구니까. 그런 것과 달리 나는 방울 소리를 그리 좋아하지 않아. 방울 소리를 들으면 이유 없이 섬뜩해, 등골이 오싹해져.

그날, 전철을 기다리는 그 짧은 사이에 너는 지난 일들을 요약해서 말해주었지. 그녀와 헤어졌고 아이는 없고 여전히 기타를 치고 있고 그 시절에 알고 지냈던 사람들 몇몇은 세상을 떠났고 또 뭐가 있었더라…… 그러곤 나는 몇 정거장 못가 내려야 했어. 몇 초간 망설이다 뒤를 돌아보았어. 너는 전철 안에서 창을 보고 있더라. 긴 팔로 손잡이를 잡은 채. 네가 기억하고 있다면 너는 가족과 친구들을 제외하고 내 이십대를 알고 있는 유일한 사람이야. 그 무렵 나는 직장 생활을 하고 있었고 동료들과 함께 라이브 카페를 드나들었지. 그런 게 유행이었잖아. 아무튼 그런 곳에서 너와 너의 그녀를 알게 되었지. 나는 은근히 너의 말에 귀 기울였지. 너는 문득 남몰래 내게 말을 걸었지. 너는 실없는 농담은 잘해도 여간해선 속내를 드러내지 않는 편이었어. 네가 참여한 밴드의 공연을 보고 한잔 술에 취하고 너와 관계할 뻔한 상황이 낯설기도 했어. 너의 그녀가 외국 유학 중이었을 때였을 거야. 그때 관계했다면 나는 두번째 여자가 되는 거였어. 나는 그게 싫었어.

라이브 연주가 벌어지던 그곳에서 너의 그녀는 서빙을 했고 너는 6, 70년대 록이나 블루스를 연주했지. 롤링 스톤스, 레너드 스키너드, 스티비 레이 본의 노래들을. 일층에 탁자가 세 개 겨우 놓여 있고 지하로 내려가면 그보다 많은 탁자가 양쪽 벽을 따라 나란히 놓여 있었지만 좁기는 마찬가지였지. 가장 안쪽 벽에 드럼 세트가 보이고 거기에 딸린 라이드 심벌이 챙그랑 소리를 냈지. 탁자와 나란한 양쪽 벽에는 무슨 스냅사진이나 영화 포스터 따위가 겹겹이 붙어 있었어. 작은 전구만 여러 개 놓여서 어둡고 음습한 동굴 같았지. 연주하지 않을 땐 그런 느낌이었어. 연주를 하면 기타 좀 쳤다 하는 사람이나 노래깨나 했다는 사람들이 스스럼없이 그 좁은 무대에 섰지. 어쿠스틱 기타를 연주하던 주인장이 단골을 불러 세우기도 하고 말야. 듣는 나는 귀가 멍멍할 지경이었어. 그녀는 근무가 거의 끝나가면 얼른 작은 병맥주 한 병을 들이붓듯 해치웠어. 여름이나 겨울이나 그 공간의 열기가 좀 뜨거웠게. 연주를 마친 너는 그녀 옆에 있었고. 너와 그녀의 팔뚝은 틈없이 맞닿아 있었어. 나는 그런 걸 지켜보았지. 때때로 네가 다른 클럽에서 연주를 하면 보러 가기도 했지. 나는 퇴근하고 부랴부랴 달려가야 했지. 공연 끝나고 한잔할 때 너와 그녀는 나란히 앉았고 나는 대개 맞은편, 다른 지인들 사이에 앉거나 했지. 새벽 한두시에 술자리가 끝나고 다른 지인들 몇과도 잘가라 인사하는 순간에 너와 그녀는 나란히 서 있었지. 나는 너와 그녀에게 잘 가라 인사를 해야 했지. 그녀가 너의 외투 주머니에 손을 넣고 있는 것을 뒤로하며. 그런데 이번에도 그렇더라. 다시 보게 되었어도 여전한 그 거리……

물론 내가 너만을 바라보는 건 아니야. 관계하는 사람은 있어. 때때로 만나 술을 마시고 몸을 섞어, 말을 섞는 것처럼. 가끔 나는 그 사람 밑에 깔려서 소리 없이 웃어. 그 사람이 섹스를 많이 안 해본 것 같아서. 그 사람은 이십대처럼 허겁지겁 몸을 움직이거든. 나는 이따금 두번째 여자가 되기도 했지. 그런 것들이 지겨워진 어느 순간, 나는 사람들로부터 멀어져서 하늘을 바라보기 시작했어. 그건 혼자 할 수 있는 일이니까. 하늘에 떠 있는 별이 내 눈에 들어왔고 별보다는 별자리 운세에 관심이 갔어. 점성학이라고 말하면 좀 거창한데 아무튼 나는 나 자신에 대해 알고 싶었어. 내가 왜 그러는지 궁금했어. 그리고 어떤 꿈을 꾸었지.

꿈에서 나는 무당으로부터 방울을 받을 뻔했어. 몇 년 전 어느 여름밤이었어. 꿈에서도 여름밤이었어. 굿판이 벌어지는지 주위가 북적북적 부산스러웠어. 소복 입은 무당이 나에게 방울을 건네려 했어. 너 가질래? 이렇게 물었을 거야. 나는 아니라고 완강하게 말했고 그러면서 꿈에서 깨어났어. 무속인의 소복이 방울과 함께 선명해. 문득 그 꿈이 생각날 때마다 등줄기가 서늘해져. 한동안 잊고 있었던 방울 소리가 불현듯 귓가에 울릴 때가 있기는 했어. 찰랑찰랑, 찰랑찰랑.

일곱 개의 방울이 달린 칠성방울, 열두 개의 방울이 달린 대신방울, 아흔아홉상쇠방울…… 또 뭐가 있다더라. 아무튼 방울은 나에게 특별한 느낌을 안겨주었어. 방울 소리는 귀신 소리라고 어느 소설에서 읽었어. 그런데 방울 소리가 무섭기도 하지만 왠지 나를 끌어당기고 있다는 느낌이 들었어. 이유는 알 수 없어.

찰랑찰랑, 찰랑찰랑, 방울이 울림을 표현하는 소리가 물이 그릇 표면에 넘칠락 말락 할 때 쓰이는 찰랑찰랑과 같은 단어라는 건 좀 낯선 일이야. 의성어이면서 의태어이니까. 내가 본 공연의 리뷰 원고를 교정하다 방울이 언급되었길래 일단 찰랑찰랑을 사전에서 찾아봤거든. 물이 넘칠락 말락 한다는 찰랑찰랑이라면 나와 연관성이 좀 있지. 기억나? 너와 내가 잘 모를 때, 너의 기타 반주에 내가 노래 부른 거. 노래 제목이 '찰랑찰랑'이었던 거. 찰랑찰랑 찰랑대네 잔에 담긴 위스키처럼…… 그대는 나를 취하게 하는 사람이었고 가까이에서 내 마음을 자꾸 흔들어요…… 뭐 이런 오글거리는 가사였을걸. 그 카페 주인장이 해마다 여름에 열혈 내방객들을 모아 하룻밤 짧은 연주 여행을 떠났었잖아. 승합차 한두 대에 승용차 여러 대가 그 밤을 달렸고. 어느 해의 여행이었을 거야. 출발을 앞두고 승합차 안에서 웬일인지 네가 어쿠스틱 기타를 잡았고 마침 가까이 있는 나에게 뭔가 노래를 부르라 했어. 내가 얼떨결에 부른 노래가 그 노래였어. 왜 하필 그 노래였는지 모르겠어. 그즈음 새로 나온 곡이라 선뜻 기억이 났던가 봐. 직장 회식에서 불렀는지도 모르지. 2차로 노래방에 자주 갔었으니까. 부르면 뻥짝이고. 재밌잖아. 우르르 몰려다니고 싶었고 그 속에서 웃고 싶을 때였어. 동굴 같은 공간에서 귀가 멍멍해지도록 연주를 들었지만, 그런 것이 몇 년 이어지지는 않았어. 너와 그녀와 어울리게 된 뒤로 안 갔으니까. 그리고 그 동굴에는 사람들이 너무 많았어. 그만큼 알게 모르게 소문도 많았고. 너와 그녀의 일도 그런 소문 가운데 하나였었지. 지금 생각하면 그런저런 일들이 다 꿈같아.

봄에, 올해 처음으로 자전거로 제법 멀리 갔을 때였어. 장미 대선을 치르고 나라 안이 뭔가 희망적인 분위기에 싸여서인지 자전거 타는 사람들이 유달리 많더라. 나는 강변 따라 왕복 네 시간쯤 걸리는 거리를 잘 달리다가 집으로 돌아오는 마지막 관문에서 그만 뒤로 나자빠진 거야. 야트막한 내리막길이고 왼쪽으로 틀면 나무다리로 연결되는 지점이었어. 강변으로 가거나 다리로 건너는 사람들이 엇갈리는 지점이어서 조심해야 해. 그럴 때 자전거의 차임벨을 울리면 되지만 나는 웬만해서는 차임벨을 울리지 않아. 그 소리가 방울 소리 같아서. 찰랑찰랑, 찰랑찰랑. 그러면 등줄기가 서늘해지지. 그날따라 왼쪽으로 붙어서 내려가다가 급하게 꺾이는 위치에서 브레이크를 손에서 놓고 말았어. 그래 뒤로 나자빠졌지. 먼지가 풀썩 날리는 것이 눈에 보였어. 나는 잠깐 동안 그대로 누운 채였어. 어떤 중년 남자가 나동그라진 자전거를 일으켜 세워주었어. 배낭이 있어서 다행이라고 중년 여자가 말했어. 나는 어기적어기적 몸을 일으켜 자전거 안장 위에 앉았어. 꼬리뼈 부분이 안장에 눌려 뜨끔거렸어. 나는 혼자서 하는 것도 못하는구나 싶었어.

"올해가 끝날 무렵 당신은 어떤 곳에 있는 자기 자신을 발견할 것입니다. 이는 먼 세계와 미지의 인물이 연결되어 있는 '항구' 같은 곳입니다. 이때까지 쌓아온 경험과 지식이 당신을 새로운 모험으로 이끌 것입니다." 이게 운세라는 건 이제 너도 알겠지. 미지의 인물은 무엇이며 항구 같은 곳은 무엇이며 새로운 모험은 무엇일까. 누가 나에게 말해주면 좋을 텐데. 너도 누군가 너 자신에 대해 가르쳐줄 사람이 필요했을까.

네가 왜 그녀와 헤어졌는지 너는 말하지 않았지. 나도 묻지 않았고. 너와 나는 SNS에서나 만날 뿐이지. 나는 너에게 꼬리뼈가 아프다고나 말할 뿐이지. 하루가 멀다 하고 내가 말해서 그만 좀 하라고 네가 말했지. 너와 나 사이에 아무도 없을 때였어. 내가 황소 뿔로 너에게 다가가면 너는 게 껍데기 속으로 숨어버리지. 내 느낌이 그랬어.

그리고 너에게는 또 다른 그녀가 있지. 네가 공연하는 날 나에게 소개해주었지. 열 명이 넘는 사람들이 함께한 뒤풀이 자리에서 그녀는 유일한 여자였어. 나를 제외하고. 뭐지? 그런 느낌이 들었어. 네가 그녀를 여자 친구라고 소개하는 말을 들었을 때 머릿속이 텅 빈 느낌이었어. 아주 잠깐. 언젠가 네가 예전 그녀와 결혼한다는 말을 들었을 때처럼. 사실 너와 그녀가 결혼한다는 말을 나에게 할 필요는 없었어. 결혼하면 그만인걸. 그 무렵 나는 너와 그녀와 이상하게 얽혀서 자주 술을 마셨었지. 그녀는 나를 언니라고 불렀고 나는 너를 형이라고 불렀지. 유사 가족도 아니고 이상한 관계였어. 내가 너와 그녀 사이에 끼인 꼴인 건 한참 후에, 그녀의 자취방에 갔을 때 알았어. 그러고도 나는 너와 그녀 사이에 끼여 있었지. 그렇게 해서라도 나는 너를 보고 싶었던 걸까. 그녀가 안 보는 사이에 문득 네가 나에게 던지는 안부의 말을 듣고 싶었던 걸까. 지금 네 곁에는 새로운 그녀가 있지. 네가 그녀를 보여 주려고 나를 초대했는지도 모르겠구나 싶었어. 너를 알아온 지난 시간과 너를 다시 보게 된 시간이 한꺼번에 사라지는 느낌이었어. 추웠어.

창밖으로 보이는 치킨집에는 여전히 불빛이 따스하군. 새로운 사람들이 들어왔나. 오백짜리 맥주잔을 앞에 놓고 두런두런 이야기하는 건 마찬가지야. 그런 것에 비하면 사무실은 동굴 같아. 책과 자료와 오래된 낡은 것들에 둘러싸인 동굴. 예전의 라이브 카페도 동굴 같았었지. 거기서 만난 사람들 몇몇은 이미 세상을 떠났고 그 라이브 카페도 문을 닫았다고 했지. 고요한 동굴 같은 사무실에서는 서로의 얼굴보다 컴퓨터 모니터를 더 많이 들여다보았었지. 나는 이따금 그들을 흘끗거렸어. 어느 사이사이에 여자 직원은 빨대를 질근질근 씹고 남자 직원은 치열이 제대로 맞물리지 않아 밥을 먹을 때마다 왼쪽 입가에 밥알이 하나 붙어 있어. 나는 그런 걸 알 뿐이었어. 어설픈 연애의 끝을 겪기도 했었지. 나는 아무래도 사람들 틈에 있는 게 힘든가 봐. 그러면서 누군가 한 사람쯤 내 옆에 있기를 바라. 그래야 내가 누구인지 더 잘 알 수 있을 거 같아. 왜, 사람은 다른 사람을 통해서 자기 자신을 더 잘 알게 된다고 하잖아.

“너무 따지지 말고 늘 먹고 자는 것처럼 조금씩 조금씩, 그러나 반복하여 추어라.”

가끔 그 말이 떠올라. 머리로는 잘 알고 있는 말.

나는 꿈속에서 비행기 탑승을 기다리듯 무언가를 기다리고 있는 걸까. 이따금 비행기 꿈을 꿔. 꿈속에서도 번번이 비행기를 못 타. 여권을 가져오지 않았거나 비행기 탑승 직전에 퍼뜩 잠에서 깨어나거나 공항까지 가는 버스 안에 있거나 했어. 꿈에 비행기를 타지 못하는 경우는 해야 할 일을 하지 못하거나 애면글면한다는 뜻이라고 해. 비행기를 타지 못하는 그 상황은 꿈속에서도 실제만큼 조바심치는 일이었어. 가슴이 졸아들고 식은땀이 흘러. 신발을 잃어버리는 건 꿈 해몽에서 스승을 잃어버리는 뜻이라고 하지만, 나는 어떤 신발이든 꿰어 신었으니까. 그런데 나는 그 꿈속에서 어디를 가야 한다고 말했던 걸까.

어느 꿈속에서는 무당으로부터 방울 받기를 거부했지. 중년의 단발머리 역술인은 좋아하면 뭐든 저질러보라고 말했지. 한쪽 다리를 좀 끄는 또 다른 무당은 나보고 역술을 공부해보라고 말했지. 그 말을 듣는 순간 숨이 막힐 듯해서 얼른 그곳을 벗어났지. 나는 여전히 내 앞날을 알 수 없고 내 곁에 누군가 있을지도 알 수 없어. 차라리 자전거를 타는 게 낫겠어. 너는 멋이 없다고 말했지만 내가 좋아하는 일이고 또 내가 혼자 할 수 있는 몇 안 되는 일 중 하나니까. 어쨌거나 바퀴는 굴러가는 것이지. 조금씩, 천천히, 내 속도로. 누군가와 함께라면 더 좋을까.

연주를 마친 너는 어떻게 해서 내 옆자리에 앉게 되었지. 얼굴은 땀에 젖었고 손은 떨고 있었어. 너에게 뭔가 말해주고 싶었지만 아무 말도 할 수 없었어. 너는 예전과 똑같은 모습으로, 예전과 똑같은 노래들을 불렀지. 그런 네 옆에 예전 그녀가 있었던 것처럼 또 다른 그녀가 있지. 변하지 않은 너의 모습에 나는 조금 질리기도 했어. 잠깐 동안 너와 나는 아무 말도 없이 앉아 있었지, 예전처럼.

늦은 시각, 어둠 속, 버스 정류장. 그 오래된 장면이 자전거에 실린 듯 지나가는군. 네가 그녀와 결혼하기 일 년 전쯤이었어. 어둠 속의 정류장에서 너와 나는 키스를 했었지. 미안해. 너는 목 쉰 소리로 그 말을 내뱉었지. 나는 아무 말도 할 수 없었지. 너와 관계할 뻔한 어느 날이 있었지. 나는 너를 거부했지, 두번째 여자가 되기는 싫다고 하면서. 그러고도 너와 나는 어정쩡하게 그녀와 더불어 만났지. 운동을 하라고, 지구력을 키우라고 너는 나에게 말했었지. 그게 마지막 말이었던가. 어쩌면 너는 내가 강해지기를 바랐는지도 몰라. 그래서 누군가에게 기대지 않는 사람이 되기를. 그래서 네가 가끔 기댈 수 있는 사람이기를. 물론 그건 내 생각일 뿐이겠지.

나는 무엇을 믿을 수 있을까. 그걸 알기 위해서라도 누가 말을 해주면 좋을 텐데. 이런 소소한 것까지 나는 누군가에게 물어봐야 하는 걸까. 그렇게 나는 헤매야 하는 걸까. 그렇게 사람들 사이를 헤매고 있는 걸까.

이백 부가 넘는 책들은 모두 봉투에 넣어 봉했어. 조금 뻐근한 어깨와 조금 부은 종아리로 나는 어둠 속을 걸어가고 있어. 내일 봉투에 주소 라벨을 붙이고 우편번호 순서로 분류하는 작업이 남았지만 그건 힘들지 않아. 예전에 남자 직원이 했던 일을 내가 하는 것이 놀라울 따름이야. 그 작업을 마치면 용달차에 실어서 우체국에 가져가면 돼. 그 일은 창고 담당자가 와서 도와줄 거야. 팔 년 만에 다시 책을 발송하는 거야. 십사 년 만에 다시 보게 된 너를 봉투에 넣어서 봉할까. 코끼리를 냉장고에 넣는 것처럼, 봉투를 열고 너를 넣고 봉투를 봉하는 거야. 그런데 어디로 보내야 하지?

밤 열시 반이 넘은 시각에 나는 써늘한 공기를 마시면서 걸어가고 있어. 전철역 입구 가까이에 있는 제과점 문에 걸린 호랑가시나무 리스 장식을 흘끗거리며. 보통 여섯시에 퇴근하면 전철역 한 정거장 거리를 걸어가. 사무실이 있는 곳에서 로터리를 지나면 크고 작은 공연장과 맥줏집과 음식점과 옷가게가 촘촘히 있고 사이사이 여관들이 숨어 있는 곳이 나와. 밤에도 사람들이 많구나. 내 옆에는 없구나 하며 걸어갔어. 그렇게 걷는 길이 나쁘지 않았어.

여름의 그 어둠이 떠오르는군. 나는 홀로 짙은 어둠 속을 걸어가고 있었어. 좀 전에 만난 너와 너의 새로운 그녀를 뒤로하고 나오던 길이었어. 탁자 서너 개를 붙여놓은 저 끝에 너는 멀찍이 앉아 있었지. 그 밤에 탁자 위 불판에서는 삼겹

살이 지글지글 구워지고 있었고 반찬이 담긴 자잘한 플라스틱 접시들이 옆옆이 놓여 있었고 소주병과 맥주병이 서 있는 사이사이로 네 얼굴이 보이더군. 이 끝에 앉아 있던 나는 너와 눈이 마주친 순간 맥주잔을 살짝 들어 보였지. 건배. 너는 고개를 비스듬히 한 채 얼굴을 조금 일그러뜨렸지. 내게 또다시 미안해, 라고 말하는 것 같았어. 느낌이 그랬어.

휘뚝 넘어질 뻔하다가 몸을 바로 세우는 어느 순간이었어. 찰랑찰랑, 찰랑찰랑 소리가 들렸어. 자그마한 몸집이 자전거로 내 옆을 스쳐 지나가는 것이 흐릿하게 보였어. 내 몸집만 했어. 이 밤에 웬 자전거를 탈까 싶은 순간 나는 움직일 수가 없었어. 희끄무레한 그것을 넋전으로 착각하면서. 이런 식의 착각을 얼마나 오랫동안 해온 걸까. 환(幻)이 멸(滅)하는 순간이라고 멋지게 포장할까. 버젓이 살아 있는 나를 죽었다고 여기는 것도 모자라 마음으로 굿을 하는. 찰나의 환, 찰나의 멸? 정말, 내가 지겨워.

그 순간 찰랑찰랑, 찰랑찰랑, 찰랑찰랑 방울 소리가 휘몰아쳤어. 일곱 개의 방울이, 열두 개의 방울이, 그보다 몇백 배 더 많은, 무수한 방울들의 소리가 하늘을 가득 채울 것처럼 휘몰아쳤어. 고막이 떨어져 나갈 것 같았어. 나는 귀를 틀어막고 그 자리에 주저앉았어. 그때, 내가 알고 있던 네 모습이 머릿속으로 스쳐 갔어. 나에게 말을 거는 너, 옛날 그녀와 입맞추는 너, 나에게 미안하다고 말했던 너, 이십 년도 더 전에 불렀던 노래를 부르고 있는 너, 너, 너…… 그리고 여전히 헤매고 있는 나. 찰랑찰랑 찰랑대네 잔에 담긴 위스키처럼 가까이에서 내 마음을 자꾸 흔들어요…… 아니 찰랑찰랑, 찰랑찰랑, 찰랑찰랑……

어느 순간 마지막 찰랑, 하는 소리가 들렸어. 잠시 사위가 고요해.

곧 나는 숨을 고르곤 아무 데로든 걸어가기 시작했어. 어디로든 간다는 것이 중요하니까. 그리고 생각했어. 다시 봄이 오면 자전거를 탈 거라고. 내 속도로 달릴 거라고. 내 옆으로 누워서 자전거를 타고 가는 사람이 있을지도 몰라. 그 사람이 말해줄까. 멀리 앞을 내다보세요. 페달을 밟고 당신의 속도로 나아가보세요. 늦게 간다고 따지지 말고 조금씩 조금씩 앞으로. 당신 옆에 똑같이 페달을 밟고 나아가는 사람이 보이지 않나요.

나는 지금도 그런 마음으로 걸어가고 있어. 언제든 방울 소리가 찰랑찰랑, 찰랑찰랑 울리는 때가 있겠지만.

인물 리스트

나오는 길을 잘못 들었다. 포장된 도로에서 오른쪽의 나무 계단으로 내디뎌야 하는 길은 턱이 좀 높아서 기억하고 있다고 여겼다. 하지만 별다른 표지가 없어 종종 지나치곤 했다. 어느 쪽으로 가든 집으로는 틀림없이 갈 터였다. 나는 터벅터벅 걸음을 옮겼다. 도로 바닥에는 내려가는 방향으로 '3km'라는 표시가 노란색 페인트로 큼지막하게 칠해져 있었다. 그녀는 짧은 여행에서 돌아오고 있을 것이다. 그리고 나는 그녀를 기다리다 길을 잃었다.

웬만한 풍경이 늦은 오후 내가 산에 갈 때마다 보았던 그대로였다. 한 여자를 빼면. 굴참나무와 아까시나무들 사이로 올라가는 사람들 가운데 한 여자의 뒷모습에 눈길이 갔다. 체구가 그녀를 닮았다. 키가 작고 몸이 암팡지다고 할까. 검은색 등산바지, 빨간색 바람막이 점퍼, 검은색 배낭, 검은색 등산 모자에다 점퍼의 후드와 모자 사이로 보이는 머리카락. 틈이라곤 없었다. 5월이건만 여자의 계절은 여전히 겨울인 것 같았다. 나는 얇은 면 후드점퍼를 입었는데도 땀이 났다.

여자는 앞만 보고 걸어갔다. 나는 여자의 속도에 맞춰 보폭을 좁혔다. 이것은 일종의 연기 연습이랄 수 있었다. 뒤쫓는 자의 심정을 느껴보는 것. 그때 남녀 한 쌍이 내 옆을 지나쳐 내려갔다. 손을 잡고 있는 걸 보면 신혼부부이거나 연인들 같았다. 아니면 불건전한 남녀이거나. 어머, 땀 좀 봐. 여자가 티슈로 남자의 콧등을 톡톡 두들겼다. 얼른 내려가서 맥주 한잔 빨자. 목소리가 우렁우렁 들렸다. 남자는 여자의 엉덩이를 손으로 툭툭 두들겼다. 어머. 여자는 콧소리를 냈다. 끈적끈적했다. 반면 그녀의 어머, 소리는 어린 척하는 느낌이었고 실제로 그녀가 어린아이처럼 느껴질 때가 있었다. 똑같은 어머, 소리라도 느낌이 달랐다. 나는 일상의 대화에서 어감의 차이를 느끼려고 노력했다. 노력하는 척했다, 의식적으로.

그녀와 함께 산에 와본 적은 단 한 번도 없었다. 내가 처음 다녀온 뒤 가보았느냐고 물었을 때, 그녀는 아니라고 대답했다. 그녀는 집과 마트, 몇 개의 술집들을 알 뿐이었다. 여기 작은 호수공원에 가봤느냐고 물었을 때도 그녀는 고개를 저었다. 여기 사는 사람 맞아? 나는 그녀를 놀려먹었다. 그녀는 시 경계를 넘어 출퇴근을 하는 사람이었다. 이곳은 서울 도심에서 전철과 버스로 약 한 시간 거리였고 그녀에게는 거의 베드타운일 터였다. 나와 말하는 사이사이 그녀의 시선은 내 눈동자를 뚫고 더 먼 곳에 닿아 있었었다.

앞만 보고 가던 여자가 걸음을 멈추었다. 내가 여자를 보고 삼십 분 만이었다. 배드민턴 코트 철망에 등받이가 기대어진 긴 나무 의자에 여자가 앉았다. 바람막이 점퍼 주머니에서 손수건을 꺼내어 얼굴을 꾹꾹 눌러 닦았다. 나는 얼른 약수터 쪽으로 올라가 여자를 내려다보았다. 삼면에 붙은 수도꼭지마다 사람들이 물을 받고 있었다. 나는 수도꼭지 중 하나를 차지한 중년 남자에게 양해를 구하고 물을 바가지에 가득 담아 마셨다. 목이 탔다. 내가 물을 다 마시고 고개를 돌렸을 때 언뜻 여자의 옆얼굴이 보이는가 싶었다. 나는 얼른 고개를 틀었다. 왠지 보아서는 안 될 것 같았다. 여성의 옆모습을 지켜보는 것은 어쩐지 어려운 일이었다.

얼굴은 마주 보아야 한다. 땀에 젖은 그녀의 얼굴을 보는 것은 기분 좋은 일이다. 반쯤 눈을 감으며 몸의 움직임을 음미하는 얼굴을 볼라치면 내 아랫도리는 성큼 데워졌다. 그녀가 내 몸 위에서 말을 부리듯 나를 부릴 때면 나는 최고조에 이른다. 채찍 맞은 말처럼 나는 맹렬히 달려간다. 그녀의 깊은 속으로. 최근 들어 그녀가 얼굴을 모로 트는 일이 잦아졌다.

다시 여자가 걷기 시작했다. 좀 가파른 구역이었다. 주위에는 흰철쭉이며 영산홍이며 봄꽃이 한창이었다. 무덤 몇 기를 지나면 팔각정까지 순환도로가 이어졌다. 행정구역상 서울의 한 동(洞)까지 계속되는 길이었다. 여자와 나 사이로 두 명의 중년 여자와 더 늙수그레한 남자 한 명이 걸어가고 있었다. 남자는 귀에 리시버를 꽂고 천천히 걸어갔다. 똑같이 파란색 선캡을 쓰고 목에 손수건을 두른 여자들은 이야기를 나누며 빠른 걸음으로 올라가고 있었다. 그 사이에서 여자는 묵묵했다. 헉헉거리는 숨소리는 귓가에 들려왔다. 들려왔을 거다. 마치 오르가슴을 느끼기 직전의 신음 소리 같았다. 그녀는 절정에 오르기까지 밭은 숨을 몰아쉬었다. 허어어헉. 마지막의 헉, 소리는 악, 소리로 바뀌며 길게 끌렸다. 그러고 나면 그녀는 푸르르 몸을 떨었고 안전하게 착지하듯 내 몸 위에 쓰러졌다.

저녁이면 그녀는 짧은 여행에서 돌아올 것이다. 여행을 다녀오겠다고 휴대전화로 불쑥 알렸다. 이틀 전, 금요일 밤이었다. 밥 잘 챙겨 먹고. 화장품 있는 데 거기 작은 상자에 비상금 있어. 써. 그러고는 전화가 끊겼다. 그런 경우가 있다. 술 마시다가 마음이 움직여 우르르 몰려들 가는. 대개는 일행 중 누군가의 집이거나 기껏해야 서울 근교일 터였다. 차량이 있다면 멀리 동해안이나 남해안까지도 갈 수 있겠지. 개가 뭐 어린앤가 하는 남자의 목소리가 언뜻 들렸던 걸 기억한다.

전주이씨주희지묘, 유인청풍김씨지묘, 김해김공의환지

묘…… 순환도로를 따라 있는 무덤 중앙 앞 비석에 세로로 새겨져 있었다. 비석과 나란히 왼쪽 옆으로 202499, 202508 같은 숫자가 스틸에 새겨져 작은 돌 위에 덧붙여 있었다. 그 많은 무덤을 관리하자면 표지가 필요할 것이다. 애국지사 묘역도 마찬가지였다. 아무리 명망을 떨친 사람이라도 마지막에는 숫자로 구분된다는 것이 어쩐지 서글프기도 했다. 루마니아식 묘비가 떠올랐다. 외국 홈스테이 광경을 보여준 방송 프로그램에서 루마니아의 묘비 공예가가 소개되었다. 그는 죽은 자의 사망 사유를 유족들로부터 들은 뒤 그에 따라 나무를 조각하고 채색을 한다. 기차가 새겨져 있는 묘비 앞에 섰을 때, 그는 이 사람은 기차에 치여 죽은 사람이라고 말했다. '나는 기차에 치여 죽었어요' 하는 묘비문 해석이 자막으로 화면에 비쳤다. 나는 길을 잃었어요, 하는 말처럼 일상적인 느낌이었다. 특이했다. 묘비는 원색으로 칠해져 있어 현란하기까지 했다. 그 나라에서는 죽음이 소소한 일상인 걸까.

그러나 그곳만 그런 것은 아닌가 보다. 순환도로에서 왼쪽 아래로 비스듬히 보이는 곳에 있는 묘지 앞에서 서너 사람들이 무덤을 향해 절을 하는 게 눈에 들어왔다. 상석 일부도 보였다. 사과와 북어가 각각 플라스틱 접시에 놓여 있었다. 사람들이 산의 한쪽에서는 건강을 위해 걷고 다른 한쪽에서는 죽은 이를 추모한다. 내가 죽었을 때 나를 찾아올 사람이 누구일까 손으로 꼽아봤다. 죽을 때 찾아오는 친구 셋만 있어도 복되다는 말이 있다. 그거야 알 수 없는 일이다. 아직은 먼 일이니까. 할머니는 지난가을 세상을 떠났다. 향년 82세. 이 년 남짓 병원에서 누워 지낸 끝이었다. 작은아버지 가족은 기계적으로 장례를 치렀다. 나는 그들 사이에 이물처럼 끼어 있었다. 내 장례식에 그녀가 오려나. 그거야말로 알 수 없는 일이다. 괜찮다. 그녀의 뇌 속 해마에 나라는 인물에 대한 기억이 저장되어 있다면, 언제고 한번쯤은 되새겨줄 테니까.

한 걸음 앞으로 내디디며 나는 눈으로 여자를 찾았다. 보이지 않았다. 이런, 뒤쫓는 것도 뭣도 아닌 게 되고 말았다. 하지만 감정은 머릿속에 새겼다. 언제든 그런 인물을 연기할 때 감정을 되살릴 수 있을 것이다. 게다가 나는 인물 리스트를 가지고 있었다. 인상적인 사람들을 대하게 될 때마다 나는 이름이며 직업, 나이, 외모 특징 등을 수첩에 짧게 정리해놓곤 했다. 전직 카 세일즈맨인 라이브 카페 주인, 항상 머리를 틀어 올리고 있는 동네 약국의 여약사, 레코드점의 힙합 청년, 칵테일 바의 어린 여자 바텐더 등 서른 명 남짓의 인물들이 수첩 속에서 잠자고 있었다. 내가 혹시 햄릿 같은 인물 역을 맡거나 낯선 방문객 역할을 맡거나 신부 역할을 맡는다면, 미장이, 교수, 도둑 같은 역할을 연기하게 된다면, 인물 리스트 가운데 어느 한 사람의 특징을 활용할 수 있을 것이다. 실제로 이용한 적은 아직까지 없다. 나는 신입 단원이고 조명 오퍼레이터일 뿐이었다. 상관없었다. 언제라도 기회는 올 테니까. 그러는 동안 인물 리스트에 새로운 인물을 덧붙이면 된다. 서른네 살. 미혼. 감탄을 잘함. 나이에 비해 귀여운 인상. 순진한 구석이 있음. 선관계 후연애. 색녀? 그녀에 관한 내용이었다.

지난 11월에 극단에서 올린 공연의 팸플릿을 디자인한 사람이 그녀였다. 새로 디자인한 것은 아니고 고정된 레이아웃에 새 데이터를 집어넣는 정도였다. 어쩌다 디자인실로 심부름을 가면서 그녀와 낯을 익혔다. 결혼은 하지 않은 것 같고 가끔씩 공연이나 연극배우 이야기를 꺼내는 걸 보면 이쪽을 영판 모르는 사람은 아닌 듯했다. 그녀는 내게 친절했다. 내가 누군가를 닮았다는 것이 이유였다. 그런 경우 대개는 만났다 헤어진 사람일 게다.

"어머, 바짓단이 깡총해요. 귀엽다."

나를 처음 보았을 때 그녀는 그 말을 가장 먼저 꺼냈다. 나처럼 바짓단을 짧게 입는 사람을 안다면서 그 사람은 바닥에 질질 끌리는 것이 싫다고 했단다. 나는 할머니 때문이었다. 낙낙하게 길이를 잡아주어도 할머니는 늘 짧게 줄였다. 할머니는 건강할 때 수선 일을 했었다. 바지를 살 때 길이에 맞추자니 허벅지 쪽이 모자랐고 허벅지에 맞추자니 길이가 넘쳤다. 남자 바지는 발등을 덮을 정도가 가장 무난한 길이라고 하는 소리를 들었다. 패션 잡지에도 나왔겠지만 연극과 관련된 책에서도 읽었다. 내가 읽은 부분은 무대 의상을 말하는 대목이었다. 스트린드베리라는 작가가 자기가 참여한 작은 극장의 단원들에게 연기부터 연출에 이르기까지 조목조목 짚어준 비망록이었다. 그녀가 사준 청바지는 줄이지 않았다. 연말 보너스를 받았다며 집 근처 백화점에서 사준 것이었다. 접어서 입어도 멋져, 괜찮아. 그녀가 말했었다. 나는 히죽 웃었다. 바보 같아. 그녀가 킥킥거렸다. 지금 입고 있는 카키색 면바지는 깡총했다. 할머니가 이 년 전인가 삼 년 전인가 줄여준 거였다. 아마 그게 마지막이었을 것이다.

그녀는 사라진 아기를 여전히 기억하고 있는 걸까. 얼마 전 일요일엔가 그녀는 판다의 출산 장면을 텔레비전으로 보았다. 큰 덩치는 고통스러워했다. 벽에다 제 몸을 부딪거나 우리의 창살을 뒤로 부여잡거나 하며 산통을 견뎌내고 있었다. 나는 화면을 뚫어져라 바라보는 그녀를 흘끔거리다 스포츠 신문의 틀린 그림 찾기에 집중했다. 빌딩 앞에 세워진 자동차 측면 그림이 중심을 이루는데, 틀린 부분 다섯 곳을 찾아야 했다. 십 센티미터 남짓한 네모 안을 뚫어지게 보았다. 건물 앞 간판, 그 기둥 사이에 비스듬한 줄무늬, 비어져 나와 있는 뒷바퀴가 있고 없음은 한꺼번에 찾아냈다. 여깄었네, 하며 잠깐 숨을 돌리는 사이에 마침내 새끼 판다가 세상에 나왔다. 어른 손바닥만 한 새끼를 낳기 위해 그 덩치 큰 판다가 몸부림쳤다는 것이 믿기지 않았다. 그래서 화면에 눈길을 주긴 했으나 곧 그림으로 돌아왔다. 자동차 유리에 붙은 사진이 서로 다름을 찾아냈다. 마지막 한 개가 남았다. 언제나 마지막 한 개를 찾는 데는 시간이 좀 걸렸다. 잠깐 고개를 들었다. 화면 속에는 어미 판다의 모습이 잡혔다. 조그만 새끼의 몸을 세심히 입으로 핥아서 막을 벗겨내고 있었다. 신기하지 않니? 그녀가 코맹맹이 소리를 냈다. 티슈를 뽑아 들고 코를 팽, 풀었다. 어쩐지 그녀의 얼굴을 바라보기가 어려웠다. 나는 별 수 없이 틀린 그림을 찾아 눈을 부라렸다. 엉뚱한 곳에서 나왔다. 자동차 측면에 놓여 있는 쓰레기통의 뚜껑이었다. 닫혀 있고 열려 있고의 차이였다. 나는 조용히 숨을 내쉬곤 담배에 불을 붙여 한 모금 깊게 빨아들였다. 틀린 그림이라면, 아니 다른 그림이라면 얼마든지 찾을 수 있다.

"그의 아내가 사무실에 왔었어. 돌이 갓 지난 아기를 안고서. 그가 좀 당황스러워하긴 했지. 아주 잠깐 동안. 세 사람은 누가 뭐래도 다정스런 가족의 모습이었어. 그의 아내는 아기를 어르고 포근하게 안아주었어. 그는 지극히 행복한 눈길로 모자를 바라보았지. 그때 나는 무슨 생각을 했을까."

한 달 전, 사타구니께가 얼얼할 정도로 몸을 섞은 뒤 자리에 누웠을 때였다. 밖에서는 고양이들이 떼를 지어 울어대고 있었다. 삼층인데도 소리가 제법 크게 들렸다. 새된 소리와 낮고 굵은 소리가 뒤섞여 한꺼번에 들려왔다. 내 말이 맞다구 이 새끼야. 이년아, 아가리 닥쳐. 제발 좀 그만 싸워. 나는 고양이들의 소리에 맞춰 머릿속으로 대사를 만들어 붙이고 있었다.

"그 아기가 나였으면 했어. 이상하지?"

뒤통수를 세게 두들겨 맞은 느낌이었다. 대응할 말이 떠오르지 않았다.

"사랑받는 아기…… 내 아긴 벌써 오래전에 사라졌는데 말야."

그녀의 말끝에 푸후후, 웃음이 물렸다. 마른 웃음이었다. 젊은 총각에게 할 이야기가 아니지, 신경 쓰지 마. 그녀는 곧 누이 같은 말투로 바꾸었다. 나는 그라는 사람이 누구인지 묻는 짓 따위는 하지 않았다. 나는 그녀를 위로해주고 싶었다. 나는 그녀의 젖가슴으로 손을 뻗어 조몰락거렸다. 그 가슴에 엎어져 젖꼭지를 빨았다. 어, 뭐야. 그녀의 입에서는 외마디 소리가 튀어나왔다. 하지만 그녀의 손이 어느새 내 머리카락을 쓰다듬고 있었다. 아, 좋아. 이뻐. 그녀가 웃어서 나도 웃었다. 내가 당신의 아기가 되어줄게. 그 말을 내뱉곤 나는 그녀의 젖꼭지를 힘껏 빨았다. 아아아, 그녀의 목을 타고 아기 고양이 소리가 새어나왔다.

"와서 있어도 괜찮아요. 내 방이 크거든요."

그 말이 너무 쉽게 나와서 당황스러웠고 펜트하우스에 산다고 자랑하는 것 같아 웃음이 터질 뻔했다. 그녀의 태도와 어울리지 않는 소박함.

그녀가 지난해 11월 말 공연을 보러 왔었다. 티켓 부스 반

달 창 앞에 디밀어진 초대권을 보고 누군가 기웃거리니, 그녀였다. 저녁을 겸한 술자리를 그녀가 먼저 청했다. 극장이 있는 대학로 언저리의 일본식 주점이었을 것이다. 약속이 깨졌다며 대타가 필요하다고 했다. 뭔가 낚이는 기분이었다. 나베요리에 맥주를 마셨다. 뜨겁게 혹은 차갑게.

그녀는 싱글이며 원룸에 살고 있고 만나는 사람은 없다고 했다, 분명히. 원룸이 부럽다고 나는 말했고 방을 구해야 한다고 덧붙였었다. 할머니가 세상을 떠난 뒤 작은아버지 집에서 압박감을 받던 터였다. 그날 그녀와 나는 자연스럽게 여관에 들었다. 한 번의 관계가 끝난 뒤 그녀의 입에서 자연스럽게 그 말이 비어져 나왔다. 와서 있어도 괜찮다는 제안이 놀랍긴 했지만 나는 이것저것 따질 계제가 아니었다. 할머니가 나에게 남겨준 약간의 돈으로 덜컥 노트북부터 사고 말았다. 데스크톱 컴퓨터로 유세를 떨던 사촌 형에게 신물이 났다. 극단 사람들에게는 내 처지를 늘어놓고 싶지 않았다. 꼴에 자존심이었다. 일 년 남짓 극단에 있으면서 그런 말을 할 만큼 가까운 사이도 없었다. 그나마 연장자인 조명감독에게 도움을 청할까 하다 그만두었다. 그의 생활이 빤한 걸 잘 알고 있었다. 아내와 사별한 그는 혼자 산 지 스무 해가 넘었고 아들은 미국에 유학 가서 터를 잡았다. 거처도 그녀의 원룸보다 조금 클까 싶은 작은 아파트였다. 그다음 날로 나는 그녀의 방으로 들어왔다. 여덟 평이 좀 넘는다고 그녀는 은근히 뻐겼다. 이

근방 원룸 중에서 이런 덴 없대. 어느 틈에 그녀는 나에게 말을 놓았다.

그녀의 말대로 원룸은 제법 넓었다. 싱글침대, 한 줄짜리 싱크대, 냉장고, 텔레비전, 세탁기로 요약되는 기본 요소에 천장에 닿을 듯한 책장 세 개와 앉은뱅이책상과 서랍장과 책상과 데스크탑이 있었다. 사진이 담긴 액자 같은 건 보이지 않았다. 나는 책장 앞 바닥에서 잤다. 발치에 텔레비전이 삐딱하게 놓여 있어 가끔 발에 건들렸다. 관계할 때는 주로 내가 그녀의 싱글침대로 기어 올라갔다. 나는 그 방에서 반년 좀 넘게 보내게 된다.

주중에 그녀는 디자인실로 출근했고 나는 오후에 극장으로 갔다. 생활비를 내지 않는 대신 그녀의 요청대로 청소와 빨래를 했다. 그녀의 속옷은 고가 브랜드와 상표 없는 것이 두루 섞여 있었지만 모두 무늬 없이 간결한 디자인이었다. 그녀는 주말엔 웬만하면 움직이지 않았다. 가끔 휴대폰을 들고 밖으로 나가 통화를 했다. 누구냐고 물으면 몰라도 된다고 얼버무렸다. 낯빛은 발그레했다. 그러곤 대개 동물이 나오는 오락프로그램에 집중했다. 올해 초에는 그중 한 프로그램에서 크고 작은 개 열대여섯 마리를 키우는 집이 소개되었다. 종류를 다 알 수 없는 개들이 마루며 방이며를 들락날락, 오르락내리락했다. 개판이었다. 주인의 발소리를 귀신같이 알아내는 모양이 재미있는지 그녀는 까르르 웃곤 했다. 재네들, 정말 귀엽다. 사자나 호랑이나 원숭이 같은 동물의 새끼들이 나오면 그녀는 환장했다. 그런 그녀 옆에서 나는 두 눈을 부릅뜨고 다른 그림을 찾았다.

이건 틀린 게 아니라 다른 거지. 틀린 그림 찾기를 할 때마다 중얼거리게 되는 말이었다. 맞고 틀리고의 문제가 아니라 같음과 다름의 문제이므로, 다른 그림 찾기가 되어야 마땅한 일이었다. 뜻이 완전히 다르잖냐고 내가 열을 올리면, 그녀는 뭐 어떠냐는 식이었다. 틀린 거든 다른 거든 찾으면 되잖겠느냐며 깐죽댔다. 그런가, 하며 나는 머쓱해졌다. 최근에 어느 무가지에서 그 제목을 쓰는 걸 보았다. 틀린 그림 찾기와 다른 그림 찾기란 말이 함께 쓰여 있었다. 다른 그림에는 대개 유형이 있다. 숫자나 글자가 나오면 거의 백 퍼센트 살펴보아야 한다. 아니면 넥타이가 있거나 없거나, 귀고리가 있거나 없거나, 벽에 액자가 걸려 있거나 안 걸려 있거나 하는 식이었다. 그런 것은 얼마든지 찾을 수 있었다.

하지만 길 찾기는 달랐다. 익숙한 길이라도 헤매는 수가 있다. 잘못 들어선 길로 내려가면 공원묘지의 정문 쪽이었다. 행정구역상 서울이었다. 니가 그렇지. 나는 속으로 마뜩잖아하며 정류장으로 갔다. 버스가 나를 집까지 실어다주었다. 나는 서울을 거쳐 경기도로 다시 돌아오는 것이다. 이것도 짧은 여행일까. 나는 피식 웃었다. 그녀는 지금 집으로 오고 있다. 손목시계를 들여다보니 이미 저녁 여섯시가 넘었다. 어쩌면 그녀가 와 있을지도 모른다.

산에 오를 때 보았던 여자의 앞모습을 마침내 전망대에서 맞닥뜨렸다. 정상에 못 미쳐 570계단 중간에 오른쪽으로 전망대가 툭 튀어나와 있었다. 폭과 길이가 이 미터쯤 되었고 마주 놓인 등 없는 긴 의자에서 사람들은 잠시 쉬어 갔다. 여자는 의자 귀퉁이에 엉덩이만 살짝 걸치고 내게서 등을 보인 채 앉아 있었다. 아마 하늘을 바라보았겠지. 저 아래로 바글바글한 집들이, 저 위로 산들이 아스라했다. 산 이름들은 전망대에 비치된 큼지막한 사진에서 알아보았다. 알록달록한 등산복 차림의 사람들 틈에서 여자는 검은색 흔들바위 같았다. 툭, 손으로 밀면 아래로 굴러떨어질 것 같은. 진짜로 굴러떨어지면 내가 잡아주어야 할까. 이런 생각에 여자를 뚫어지게 보고 있다가 그만 여자와 눈이 마주치고 말았다. 어느 틈에 여자가 고개를 돌린 것이다. 당황스러웠다. 얼굴마저 그녀와 닮았다. 약간 까무잡잡하고 주근깨가 좀 있고 눈은 땡그랬다. 땡그란 눈이 나를 아는 양 바라보는 것 같았다. 가끔 거리를 걸어가다 지하철역 에스컬레이터를 타고 올라가거나 내려가다 무심코 마주치는 눈길과 얼굴들이 있지 않나. 어쩌면 나야말로 여자가 알고 있는 누군가와 닮았는지도 모를 일이었다. 그러나 여자는 아무 느낌 없이 일어났고 몸을 쓱 돌려 계단 쪽으로 향했다. 나도 덩달아 걸음을 옮겼다. 어쨌거나 정상을 밟기 위해 올라가는 것이니만큼 나대로 걸어가는 거다.

'당신의 수명은 35분 정도 늘었으며 90kcal를 소비하셨습니다.' 마지막 계단을 올라 왼쪽 나무 팻말에 흰색으로 씌어 있는 글자들을 지나쳤다. 담배와 술로 나의 수명이 삼십오 분 이상 줄었어도 놀랄 일은 아니었다. 말하자면 나는 지금 죽으나 나중 죽으나 마찬가지라는 생각마저 하고 있었다. 루마니아식으로 내 묘비명에는 어떤 말이 쓰이려나. 히히. 나는 내가 어쩌다 세상에 나온 사람 같기도 했다. 그런 생각이 들 적마다 할머니의 한마디가 떠올랐다. 저놈 자식, 저걸 어째…… 그러곤 코를 팽, 푸는 소리에 말꼬리가 잡아먹혔다. 할머니는 피붙이 중에서 나를 염려한 유일한 사람이었다.

그녀도 나를 염려해주었다. 이따금, 누이처럼. 지난 일요일의 산책이 머릿속에서 선명했다. 한동안 그녀는 바빴었고 늦게 들어왔다. 일 때문이라고 받아들였다. 마트에 가야겠다며 그녀는 웬일로 내 팔을 잡아끌었다. 나는 얼결에 옷을 꿰어 입었다. 그녀는 청바지에 회색 긴팔 티셔츠를 입고 남색 카디건을 목에 둘렀다. 마트에 가기 전에 호수공원엘 들렀다. 오랜만에 나온다며 그녀는 밝게 웃었다. 봄빛처럼 화사한 낯. 호수 둘레길 따라 산수유 꽃이 노랗게, 명자나무 꽃이 붉게 아른거렸다. 걸어서 십 분 거리에 있는 작은 공원에는 땅콩을 쭉 잡아 늘여놓은 듯한 호수의 둘레를 따라 산책로가 조성되어 있었다. 한 바퀴 도는 데 삼십 분쯤 걸렸다. 그녀는 공원 입구에 길게 이어져 있는 지압 보도의 울퉁불퉁 박힌 돌을 밟을 때 엄마야, 소리와 함께 끙끙거리며 내 손을 부여잡았다. 그녀가 나를 의지하고 있다는 생각에 기분이 좋아졌다. 거 봐라 하는 느낌으로다. 마트를 들러 집으로 돌아오는 길에는 아이스크림콘을 사 먹었다. 양손에 비닐봉지를 들고 있어 그녀가 적당한 간격으로 먹여주었다. 이런 게 같이 사는 건가. 내가 실실 웃음을 흘리자 뭐가 그리 좋으냐고 그녀가 물었다. 그런 게 있어, 하곤 나는 다시 실실 웃음을 흘렸다. 그녀도 피식, 웃었다.

그녀가 돌아온 것은 내가 집에 들어와서도 네 시간 뒤였다. 준비한 저녁은 이미 다 식어버렸다. 나는 『세계의 현대희곡 : 영미편』 중에서 「동물원 이야기」 부분을 읽다가 맨 마지막에 수록된 「매장된 아이」를 넘겨보다가 책을 덮었다. 인터넷 사이트를 이리저리 돌아다니다 지쳐 냉장고 안에 남아 있던 깡통 맥주를 두 개 따서 마셨다. 마지막 노래가 「데스페라도」인 이글스의 CD를 네 번쯤 반복해서 들었다. 챙, 하고 음악이 끝났음을 알리는 멈춤 소리와 맞물려 철커덕, 소리가 들렸다. 문이 열렸다. 나는 벽을 향해 있는 책상에서 몸을 돌려 그녀의 얼굴을 비스듬히 보았다.

"이제 돌아와?"

"그래, 이제 돌아왔어."

그녀는 나를 보고 샐쭉 웃었다. 여행은 어땠느냐고 묻자, 방에만 있었다고 대답했다. 약간 지겹기도 했어. 그녀의 마지막 말에 나는 기분이 좋아졌다. 거 봐라 하는 느낌으로다. 재킷을 벗는 그녀에게 저녁은 어떻게 했느냐고 물었다. 그녀는 먹었다고 대답했다. 나는 그제야 내가 먹을 저녁상을 차렸다. 콩나물국은 가스레인지에 올리고, 달걀찜은 전자레인지에 데우고, 냉장고에서 참치 샐러드와 고추장아찌와 김치를 꺼냈다. 이틀째 같은 메뉴였다. 밥과 달걀찜은 새로 했다. 그녀를 위해서. 앉은뱅이책상 위에 저녁상이 차려졌을 때, 나는 굶주린 듯 퍼먹었다. 그녀가 나를 어떤 눈으로 바라보았는지는 모른다. 고개를 숙이고 밥을 먹었으니까. 먼저 먹지 그랬느냐며 그녀는 누이처럼 말을 건넸다. 나는 밥을 가득 넣은 입으로 히죽 웃었다. 곧 그녀는 돌아서서 화장을 지우기 시작했다. 나는 허겁지겁 퍼먹은 뒤에야 수저를 놓고 담배를 물었다. 연기 사이로 그녀를 흘끔거렸다. 어느 순간 슬쩍 노려보는 눈이 되었다가 원래대로 돌아왔다. 신문의 다른 그림 찾기에서 마지막 하나를 찾으려고 눈에 힘을 주었다가 푸는 것처럼. 여독 탓인지 눈 밑이 거뭇거뭇한 것을 제외하면, 그녀는 며칠 전과 다름없어 보였다.

그녀가 샤워하는 동안 나는 설거지를 마친 뒤 몇 줄 끼적여 놓은 희곡 문서창을 노려보았다. 9월에 한 극장에서 주최하는 희곡 공모전이 있었다. 어디 될까마는 시도하기로 했다. 대학로는 거의 두 달째 나가지 않았다. 가면 술이고 찐따가 되어 돌아올 터였다. 술을 퍼마시고 몸을 가누지 못하는 상태

말이다. 무쇠도 뽑을 나이에 찐따가 되고 싶지는 않았다. 극단에서는 더 이상 연락이 없었다. 전직 카 세일즈맨 라이브 카페 주인과 어린 여자 바텐더를 붙여볼까 하다 관뒀고 항상 머리를 틀어 올리고 있는 여자 약사를 주인공으로 좀도둑과의 일탈 행위를 줘볼까 하다가 싹 지워버렸다. 어느 순간 그녀가 욕실에서 나왔다. 내 등짝은 그녀를 좇았다. 소리로 느껴졌다. 나는 침대 끝과 직각으로 맞닿아 있는 책상 앞에 앉았고 그녀는 침대 머리판 옆에 나란히 놓인 거울 앞에 서 있었다. 내가 고개를 오른쪽으로 틀자 로션 따위를 바르는 그녀가 비스듬히 거울 속에 보였다. 그리고 연하늘색 가운에 감싸인 그녀의 뒷모습.

뭔가 강력한 장면이 필요했다. 나는 검은색 회전의자를 빙 돌려 그녀를 향했다.

"가운 펼쳐봐."

"피곤해."

그녀가 퉁명스럽게 대꾸했다.

"날 위해서."

나는 목소리에 힘을 실었다. 여행 혼자 다녀온 벌이라고 말하자, 그녀는 짧게 신음 소리를 냈다. 그녀가 천천히 여밈을 풀었다. 연하늘색 타월지 가운이 바다가 갈라지듯 갈라졌다. 머리 뒤에 보이는 거울이 태양 같았다. 아니 보름달 같았던가.

그녀의 맨몸이 고스란히 드러났다. 굵지도 짧지도 않은 목에서 가슴께로 눈을 내렸다. 왼쪽 것이 더 큰 짝짝이 가슴, 배꼽을 지나 거웃으로 눈길은 이어졌다. 거기에 머리를 박고 입으로 핥으면 나는 미치고 만다. 그 밍밍하고 찝찔한 냄새. 거기에 다른 냄새가 덕지덕지 덧붙어 있을까. 아니, 그녀가 깨끗이 씻어냈기 때문에 이제 다른 냄새는 없을 것이다. 바디샴푸의 라벤더 향이 그녀와 나 사이에 번져갔다. 흐흡, 그 향기를 깊이 들이마셨다. 지금 이 순간만큼 그녀는 내 곁에 있는 것이다. 의자 팔걸이를 꽉 잡은 손에 힘을 풀고 이제 됐다고 말했다. 내가 고개를 들었을 때, 그녀는 눈감은 얼굴을 모로 틀고 있었다. 입술을 깨문 채였다. 분위기를 풀어주는 대사가 필요했다.

"호, 아직 쓸 만한데."

"나…… 나 이렇게 하는 거 이제 싫어."

눈을 짧게 깜박이던 그녀가 말도 짧게 토해냈다. 내가 미처 말을 마치기도 전이었다. 그녀와 나의 눈이 공중에서 짧게 만났다 헤어졌다. 나는 또 히죽 웃었다. 그녀는 헐렁한 반팔 티셔츠와 편한 긴 면바지로 갈아입곤 침대에 누웠다. 피곤하겠다, 고 그녀에게 말한 뒤 나는 문 쪽으로 걸어가 옆의 전등 스위치를 내렸다. 곧 자정이었다. 내일 그녀는 출근을 한다.

나는 어둠 속에서 영화 「프랭키와 쟈니」를 떠올렸다. 거기서 여자는 어색한 웃음을 지으며 고개를 비스듬히 하여 남자의 시선을 맞는다. 남자가 가운 속 여자의 몸을 보는 눈빛은 그림을 감상하는 눈빛과 닮아 있었다. 아니 그것보다 더 살가웠다. 상처 입은 중년의 남녀는 함께 아침을 맞으며 양치질을 한다. 여자가 남자에게 권한 거다. 그때 영화 속에서 라디오 DJ가 음악을 틀어준다. 드뷔시의 「달빛」이었다. 그 새벽, 부드러운 음악은 창문을 넘나들고 사랑하는 사람과 함께 잠든 사람들의 모습을 달빛이 감싸주었을 것이다.

처음 그녀의 몸을 훑어보았을 때도 나는 영화 얘기를 꺼냈다. 내가 그녀의 방으로 들어온 지 얼마 안 되었을 때였고 몸으로 어우러지던 때였다. 갓 출소한 중년의 남자 셰프와 남편의 폭력으로 더 이상 아이를 가질 수 없게 된 중년의 웨이트리스 이야기는 지루하다면 지루했고 깊다면 깊었다. 남자는 여자에게 감자를 깎아 만든 장미꽃을 선사했다. 여자는 피식 웃기만 했다. 남자가 여자의 몸을 본 것은 거의 마지막에 이르러서였다. "한번 가운을 벗어봐요"라고 남자가 말했다. 여자는 두세 번 거절 끝에 수줍어하며 가운을 열어 보인다. 남자는 사랑스러운 눈길로 그 몸을 바라본다.

변태 아니야? 내가 처음에 요구했을 때 그녀는 나를 이상한 놈으로 취급했다. 한 번만, 한 번만 하며 나는 그녀에게 매달렸다. 남동생처럼. 그녀는 어이없어하면서 가운을 열었다. 나는 뚫어지게 보았다. 사실 여자의 몸을 그런 식으로 본 적은 없었다. 내가 다가가자 그녀는 얼른 가운을 여몄다. 악취미야, 너. 하지만 그녀도 어렴풋이 즐기는 듯했다. 그녀는 나보다 여덟 살이 많은 사람이었다. 나는 겨우 스물여섯이다.

벌떡, 몸을 일으켰다. 창밖에서 흘러 들어온 빛이 무대 조명처럼 그녀를 어렴풋이 비추고 있었다. 그녀는 몸을 웅크리고 이마 위에 손을 얹은 채 조용히 자고 있었다. 잠든 척하고 있었던가. 이마 위에 손을 얹고 자는 사람은 고생한다는 말을 오래전 할머니로부터 들었었다. 아무려나 상관없었다. 잠버릇이라는 것은 있는 법이니까. 최근 들어서 그녀는 점점 더 몸을 웅크리며 잠을 잤다. 아기집 속에서 웅크리고 있는 태아처럼.

나는 그녀에게서 몸을 돌렸다. 냉장고에서 물병을 꺼내 물을 들이켰다. 머리끝까지 차가워지는 느낌이었다. 냉장고 문을 도로 닫은 뒤 잠시 냉장고 앞에 기대앉았다. 등짝이 서늘했다. 서른네 살이 된 여자가 내 앞에 누워 있다. 내가 서른여섯이면 좋겠다는 생각이 문득 들었다.

올 1월의 어느 날, 우리가 여전히 깔끔하고 부담 없는 관계라며 자축 파티를 했었다. 연말에 있었던 극단의 축하연을 본뜬 것이었다. 사랑을 잃고 병을 얻은 중년 여자가 새로운 남자에 의해 자아를 찾는다는 이야기. 유명한 남녀 배우가 캐스팅된 2인극은 주부들의 숨겨진 감정을 확 일깨웠고 백 석쯤 되는 소극장이 연일 미어터졌다. 극장 로비에 칵테일파티를 위한 뷔페가 차려졌고 동료 연기자들, 의상 디자이너, 문화계 인사들이 주인공들에게 찬사를 퍼부어댔다. 겉도는 이야기들 사이에서 나는 인물들을 관찰했다. 그러나 지겨운 파티였다.

우리도 파티 하자, 하며 그녀는 들뜬 모습이었다. 전날까지도 그녀의 낯빛은 어두웠었다. 그녀의 표정은 널을 뛰었다. 그녀는 레드와인을 준비했고 카나페를 만든다며 치즈, 블랙올리브 따위를 잘라 크래커 위에 올려놓았다. 거기에 이글스와 마커스 밀러와 빌리 할리데이와 레종 블루가 곁들여졌다. 빌리는 산전수전 공중전 다 겪은 언니 같애, 푸후. 빌리라고만 하니까 정말 자기 언니를 부르는 듯했다. 그녀에게도 가족이 있을 텐데, 하는 생각을 아주 잠깐 했다. 사랑, 그 개뼈다귀. 그녀가 허물어졌다. 파티 같은 건 나에게도 그녀에게도 어울리지 않은 일이었다. 그런 파티에서 사람들은 하나같이 가면을 쓰고 있었다. 입만 웃는 웃음을 지으며. 진정한 웃음은 눈과 입이 동시에 웃는 거라고 신문 기사는 말해주고 있었다. 그녀의 웃음이 어떤지는 늘 헛갈렸다.

흐흐, 나는 웃음을 흘렸다.

곧 바지와 후드점퍼를 다시 주워 입었다. 딸깍, 문소리가 어둠을 쪼갰다. 담배가 없어. 나는 툭 내뱉었다. 그녀는 꼼짝 않고 누워 있었다. 담배가 없다는 말은 영화나 드라마나 소설에서 자주 써먹는 대사였다. 담배를 사러 나간 인물은 뜻밖의 일을 겪는다. 교통사고를 당하거나 납치를 당하거나 아니면 돌아오지 않거나. 현실의 내가 그럴 리는 없다. 좀 더 쌈박한 대사가 필요해. 모든 사람이 다 솔직하다면 이 세상은 끝장이 날 겁니다. 이런 대사를 읊을까. 그건 스트린드베리의 희곡에 나오는 대사였다.

원룸 이층의 쌀국수집 간판 불은 이미 꺼져 있었다. 모퉁이에 있는 교회 첨탑의 작은 십자가가 붉었다. 사람들은 보이지 않았다. 교회 맞은편에 있는 편의점에 들어가 그녀에게 말한 대로 담배를 한 갑 샀고 가지고 있던 돈을 탈탈 털어 깡통 맥주를 대여섯 개 샀다. 한 손에 비닐봉지를 든 채 담배의 비닐 포장을 벗겨내어 한 대 물었다. 담배 연기가 이정표처럼 앞을 향해 허옇게 번져갔다. 공원은 조용했다. 저녁나절에 배드민턴을 치거나 자전거를 타거나 했던 사람들은 모두 잠들어 있을 것이다. 공연이 끝난 뒤 그녀가 바쁜 주중에 이따금 혼자 밤 산책을 나왔었다. 달이 나를 지켜보고 있었겠지. 영화의 삽입곡 「달빛」을 다시 들은 적은 없었다. 달은 자주 쳐다보게 되었다. 나는 텅 빈 스탠드 중간쯤에 주저앉았다. 밤바람이 설렁했다. 한 깡통 따서 맥주를 입안에 흘려 넣었다.

"다 바쳐. 여자한텐 그래야 돼."

여자를 잡는 최선의 방법이 뭐냐고 대놓고 물었을 때 조명감독이 한 말이었다. 2월 중순, 쫑파티가 끝날 무렵이었다. 음식점 한쪽 구석에서 구겨지다시피 앉았다가 벌떡 몸을 일으켜서는 그에게 물어보았다. 이 녀석 연애하는구나. 그는 함박웃음을 지었다. 그래도 남는 게 있어야지 않느냐며 내가 우물거리자, 그가 굵고 두툼한 손으로 내 등짝을 후려쳤다.

"연애가 무슨 장사냐, 인마? 줄 때 확 줘. 안 그러면 아무것도 못해. 연극도 그런 거야."

좋은 때다, 이 녀석아, 하며 그는 한 번 더 내 등짝을 후려치더니 오줌을 누러 갔다. 줄 때 확 준다, 연극도 그런 거다. 그 두 가지를 머릿속으로 굴렸다. 조명감독은 돌아와서 뮤지컬 이야기를 꺼냈다. 너무 붐인 거 같어. 한번쯤 타오르는 것도 좋겠지, 하며 비죽이 미소를 지었다. 나는 맹한 눈으로 미소를 받았다. 이눔아, 그래갖고 이 판에서 어디 니 길을 찾겠냐? 그날 그가 내게 해준 마지막 말이었다. 그러게요. 나는 겨우 그 말을 웅얼거렸다. 그가 맥주잔을 채워 높이 들었다. 국물만 남은 감자탕 냄비 위에서 맥주 기포가 뽀글거렸다. 건배. 그는 삼십 년 가까이 연극판에서 단맛 쓴맛을 다 겪은 사람이었다. 꿈속에서도 조명기기를 무대 실링이나 발코니에 매달고 있을지도 모른다. 다 바친다는 건, 아주 무서운 말이다.

쫑파티가 있었던 그 새벽녘, 그녀는 집에 들어오지 않았다.

시커먼 밤하늘에 반달이 나를 내려다보고 있었다. 저건 지는 달이지, 아마. 나는 그 말을 내뱉곤 자리에서 일어났다. 한 손에 든 비닐봉지 안에서는 빈 깡통들이 서로 부딪쳐 달그락달그락했다. 다른 손을 바지 주머니에 집어넣었다. 금속제 열쇠가 차갑게 손끝에 닿았다.

거기서 문장은 끝났다. 인물 리스트와 함께 끼적였던 것들이었다. 이사하기 전 묵은 원고들을 정리하던 중에 발견했다.

밋밋하기 짝이 없군. 그래도 그 글을 토대로 나는 2인극의 희곡을 완성했고 이듬해 가을 2인극 페스티벌에서 공연을 올릴 수 있었다. 공모전에선 떨어졌지만 조명감독을 통해 알음알음으로 알게 된 연출가가 나선 덕분이었다. 영화에서 여주인공이 가운을 펼치는 장면을 차용했다. 영화의 그늘이 클까 봐 2인극의 여주인공에게 그녀의 이미지를 부여했다. 어머, 하는 대사에 어린 척하는 느낌을 준다든지, 동물의 출생 장면을 보고 여주인공이 눈물을 찔끔 흘린다든지. 영화 자체가 희곡을 각색한 것임을 뒤늦게 알고는 그녀의 캐릭터가 더욱 중요해졌다. 그리고 남자 주인공은 그런 여주인공 옆에서 눈을 부라리고 다른 그림 찾기를 한다. 2인극은, 말하자면 그녀와 나의 이야기였다. 가운을 펼치는 장면에서 여자 배우는 객석을 비스듬히 등지고 선 채 벗은 어깨 한쪽이 드러나도록 가운을 뒤로 젖혔다. 물론 가운 안에는 탱크톱을 입었다. 아무튼 내가 가지고 있던 인물 리스트를 비로소 활용한 셈이었다.

2인극의 쫑파티가 있던 그날 새벽 네시쯤엔가 돌아왔을 때 그녀는 없었다. 대신 노란색 포스트잇이 거울에 붙어 있었다. 미안해. 가고 싶으면 가도 좋아. 나는 짧은 메모를 오래 들여다보았다. 그녀는 늘 이런 식으로 관계를 끝냈을까.

그날 이후 사흘째 되던 날 나는 가방을 꾸렸다. 결국 조명감독에게 신세를 졌다. 열쇠는 며칠 뒤 상자에 담아 우편으로 보냈다. 열쇠 소리가 나지 않도록 종이 상자 바닥에 두꺼운 투명 테이프를 몇 겹 붙였다. 돌려주지 않아도 되었지만 내 것이 아니었으므로 내가 가지고 있어서는 안 된다고 여겼다. 뭐라도 한마디 쓸까 하다가 말았다. 그로부터 십 년이 훌쩍 지났다. 나는 그때의 그녀보다 몇 살 더 먹었다.

지금, 그 어느 날 밤의 공원 스탠드에 다시 앉아 있다. 그녀가 살던 집 근처로 이사 온 지 보름쯤 되었다. 그녀 때문이 아니라도 나는 이곳이 마음에 들었다. 서울은 지나치게 복닥거렸다. 연출가나 배우들은 현장에서 치고받으며 공연을 만들어가지만 쓰는 쪽은 좀 달랐다. 역시 골방이고 골방이 아니라도 떨어져 있는 것이 낫다. 인물 리스트는 여전히 계속되고 있다. 작은 수첩만 해도 스무 권 가까이 되었다. 담뱃갑만 한 크기에 쓰다 말다 한 수첩들은 내용을 솎아내서 새 수첩에 다시 정리했다. 그런 것들까지 다 합하면 더 많았을 것이다. 최근에 오른 인물은 세탁소 남자였다. 새 원룸에서 내려다보면 그가 다림질하는 게 보였다. 나와 비슷한 나이, 빼빼 마른 체구, 늘 야구 모자. 소심해 보이는 것 같아도 강단 있어 보임. 아내는 통통한 여자. 어쩌면 이제 쓰려는 희곡에 세탁소를 배경 삼을 수도 있겠다. 구겨진 인생을 쫙 펴주는 마법사 같은 인물로. 판타지 요소를 가미할까.

그녀가 어떻게 지내고 있는지는 모른다. 디자인실은 아마도 그만두었을 것이다. 동물이 등장하는 프로그램은 여전히 전파를 타고 있다. 그녀는 여전히 동물들의 새끼에 관심이 있을까. 아니면 갓 태어난 새끼처럼 오돌오돌 떨고 있을까……
다른 그림 찾기는 이제 할 필요가 없어졌다. 스포츠신문류는 인터넷의 조각 기사에 밀려났다. 다른 그림 찾기라고 나왔던 무가지는 서점에서 판매되고 있다. 사람들은 여전히 틀리고 다르고를 별로 생각지 않는다. 그러다 어느 순간 불쑥 튀어나오는 그녀. 오래전의 인물 리스트에서 툭.

지난겨울 때 이른 눈발이 흩날리던 날, 혜화동 로터리에서 낯익은 여자의 뒷모습을 맞닥뜨렸다. 작은 키에 암팡지다 싶은 몸. 나는 사람들을 헤치며 여자를 따라 횡단보도를 건넜다. 가슴속이 홧홧했다. 그녀가 아닌 건 이미 알고 있었다. 돌아서는 등 뒤로 엄마야, 소리가 울린 것 또한 내 기억 속에서 나온 것임을 나는 알고 있었다. 가끔 만나는 조명감독은 제발 장가 좀 가라고 등짝을 후려친다. 그럴 때마다 그녀가 떠올랐다. 한때의 살가움 혹은 쓸쓸함으로.

그 어느 날의 새벽처럼 어둡고 고요했다. 스탠드에는 아무도 없었다. 바닥에는 가장자리를 따라 잔설이 쌓여 있었다. 짙푸른 밤하늘에는 반달이 떠 있었다. 차오르는 달이었다.

이따금 「달빛」을 듣는다. 그것은 나의 한 시절을 일깨워주는 음악인 동시에 그냥 음악이기도 했다. 나는 자리에서 일어섰다. 손에 든 비닐봉지 안에서 빈 깡통들이 서로 부딪치며 달그락달그락했다. 한 단 접힌 청바지의 주머니에 손을 넣었다. 열쇠가 잡혔다. 내 체온만큼 데워져 있었다.

아무도 나를……

나무 계단을 딛고 서자 음악 소리가 희미하게 들려왔다. 그 속에 베이스가 있을까 생각하며 소리를 좇아 내려가 문을 열었다. 숨어 있던 소리들이 한꺼번에 달려들었다. 폭발하는 음악이 아니라 사람의 심장을 파고드는, 흔히 재즈라고 말하는 음악이었다. 벽이 검은색 커튼으로 가려진 무대에서 기타와 베이스와 드럼이 저마다의 소리를 내고 있고 여성 보컬이 노래를 부르고 있었다. 커튼 앞에 벽돌처럼 놓인 몇 개의 앰프를 통해 기타와 베이스의 소리가 증폭되고 있었다. 가장 안쪽에서 그가 연주하고 있었다. 입구에 선 채 잠깐 그를 바라보았다. 전보다 마른 듯도 했다. 호엔촐레른 성에는 가지 않았다며 미안하다고 메일에 남겼었다. 그가 나에게 미안해야 할 일은 없었다. 애초에 그 성을 입에 올렸던 건 나였으니까.

실은 그동안 그를 잊고 있었다. 그는 스쳐 가는 무수한 사람들 가운데 하나였고 나도 그에게 그런 존재였을 것이다. 그의 이메일을 받은 것은 뜻밖의 일이었다. 이제는 새 모이를 잘 먹느냐면서 소식이 늦었다는 인사로 그는 글문을 열었다. 퇴직금을 쏟아부어 만든 음악 공간으로 그가 나를 부르고 있었다. 더 이상 자동차 장사를 하지 않고 대신 베이스를 연주하겠다고, 독일의 맥줏집에서 나에게 축배까지 제안했던 그였다. 그는 그의 길을 가고 있는 것이다. 나는 두려운 마음에 주문을 외웠다.

나는 아름답다, 나는 강하다, 나는 사랑받는다.

어느 독일 영화에 나오는 주문이었다. 나는 그런 말도 내 것이 아닌 다른 사람의 것을 빌려 쓰고 있다.

그 주문을 뒤로하고 나는 웬 논문을 입력했다. 일 때문은 아니었다. 아무것도 하지 않는 것보다 무어라도 하는 것이 낫다는 말을 머릿속에 새겼다. 그렇게 해서 독일어 철자 Deutsche를 바로 입력하고 엔터키를 누르면 D덧ㄴ촌이라는 괴상한 글자가 튀어나오는 건 이제 알고 있다. Deut를 입력하고 한 칸 띄워서 sche를 입력한 다음 붙이면 되는 것은 우연히 알게 되었다. 이런 단어들이 곳곳에 있다. 'Welt'는 'W딧'으로, 'als'는 '민'으로, 'Große'는 'G개ße'로 돌변하는 걸 보면서, 잘못된 건 아니겠지만 흠이 없는 건 없구나 생각했다.

나 자신에게 미리 선사한 안식년을 보내는 어느 순간이었다. 지난가을 나는 낯선 곳을 배회하고 있었다.

영화 「황태자의 첫사랑」에 나오는 주점은 공사 중이었고 황태자라고 한자로 써놓은 한국 음식점을 지나 그다음 골목길에 자리한 곳으로 들어갔다. 차선책으로 들어간 곳은 알고 보니 꽤 오랜 역사를 자랑하는 곳이었다. 하이델베르크 구시가지의 중심지라고 입구에 붙여놓은 플래카드를 보고 알았다. 마티스인지 피카소인지를 연상시키는 그림이 한쪽 벽 가득 그려져 있었다. 그 벽을 제외한 벽면은 돌로 되어 있어서 동굴에 와 있는 느낌이 들었다. 나는 그런 것을 보고 감탄하기보다는 짙게 허기를 느꼈다.

배가 고팠다. 아직도 배고프다고 말한 어느 축구 감독의 말처럼, 먹어도 먹어도 배가 고팠다. 두어 시간 입력을 하고 난 뒤에 허겁지겁 먹을거리를 입에 쑤셔 넣곤 했다.

"감자 엄청 좋아하나 봐요."

그의 말마따나 내가 주문한 음식에는 모두 감자가 들어 있었다. 감자 샐러드가 곁들여진 비엔나식 소시지에다 감자 프라이가 곁들여진 비엔나식 돼지고기 튀김. 그가 나보고 고르라고 말해서 고른 음식이었다. 감자, Kartoffeln은 메뉴판에서 쉽게 알아볼 수 있는 독일어 단어였다. 실제로도 나는 감자를 좋아하는 편이었다. 국이나 볶음, 조림으로 해서 먹고 삶아서도 먹을 수 있었다. 메뉴판에 얇은 고딕체로 인쇄된 요리 이름을 손으로 가리켜 보이며 비엔나식이라고 하자, 먹는 곳은 하이델베르크인데 요리는 모두 비엔나식이라며 그가 재미있어했다.

"우리나라에서도 전주식 콩나물해장국을 서울에서 먹을 수 있잖아요."

그렇네요, 말하는 그와 함께 짧은 웃음을 터뜨렸다.

"근데 감자는 프리드리히 2세가가 독일에 퍼뜨렸다고 하죠."

감자령을 반포하여 농부들에게 의무적으로 감자를 심으라고 한 것이 시작이었는데 이제는 일인당 감자 소비량이 백이십 킬로그램이 된다 하니 과연 엄청난 생산과 엄청난 소비였다. 독일 음식 하면 감자라고 단순히 알고 있던 것에 의미가 더해졌다.

"독일 음식은 소박해요. 별맛은 없는데 물리지 않는대요. 치장하지 않는 것도 좋고."

많이 알고 계신다고 치켜세우자 그가 손을 내저었다.

"아니에요. 주워들은 얘기예요. 이번이 첫 외국 여행인걸요."

나도 그렇다고 고개를 끄덕거렸다. 어쩌면 마지막 여행이 되지 않을까 조심스럽게 짐작하며. 감자 얘기와 관련해 뜻하지 않은 순간에 프리드리히 2세가 등장한 것이 마음속 발걸음을 재촉하는 듯했다. 그 인물의 동상을 볼까 생각은 하고 있었다. 한 번이라도 본 것과 안 본 것은 완전히 다르니까.

해답 없는 의문을 계속 품어오던 중에 얄팍하나마 얻은 결정이었다. 나는 아무것도 할 수 없었다. 하고 싶지가 않았다. 기껏해야 내가 할 수 있는 것은 스무 살도 안 된 피겨스케이팅 선수의 연기를 보며 감탄하는 것뿐이었다. 동작을 보노라면 감탄사가 절로 나왔다. 점프와 스핀 등의 기술 동작이 정확한데다 음악적 해석 능력 또한 탁월하다고 국내외 해설자들이 입을 모았다. 그녀는 유연한 스케이터이면서 말도 잘하고 노래도 잘하고 매력적이고 건강하다. 우아하고도 빠른 스케이터라고 평가받고 있는 그녀는 한 번의 완벽한 점프를 위해 얼음판 위에 수천 번 나동그라졌을 텐데, 그런 것이 전혀 없는 사람처럼 가볍고 부드럽게 뛰어오른다.

더 나아지기 위해 더 버티고 더 노력해도 시원찮을 판에 나는 직장을 팽개치고 짐을 꾸렸다. 그렇게라도 하지 않으면 미칠 것만 같았다. 불경기, 불황기, 고실업률, 이런 것을 남의 일 보듯 했다.

"유언장 같은 거 써본 적 있어요?"

문득 그에게 물음을 던졌다. 오래전 프로이센의 왕 프리드리히 2세는 호엔촐레른 군주의 관례에 따라 후대 왕을 위한 유훈이자 지침서로서 유언장을 썼으며 두 번에 걸쳐 고쳤다고 했다. 그 인물을 알지 못하면 유럽사의 한 맥락을 이해하기 어렵다는 것은 여행을 준비한답시고 읽은 책에서 알게 된 것이다.

"에이, 그런 걸 쓸 일이 있나. 살기도 바쁜데."

그렇죠, 살기도 바쁜데, 하며 나는 그의 말을 따라 했다.

"죽을 작정을 했나 보네, 이 세상 살기 싫어서."

잠깐, 숨이 막혔다.

"그, 그런 건 아니고 한번쯤 써보면 좋겠다는 생각이 들어서요. 저도 꺾어진 육십이잖아요."

어느 정도 솔직한 대답이었다.

"요새 육십은 육십이 아니에요. 신문 기사도 안 봤어요? 육십에 오토바이 타는 사람도 있다잖아요. 앞으론 그렇게 될 거예요."

"그건 보통이 아닌 사람들 얘기죠. 나 같은 사람에게는 어림도 없는 일이에요."

"아, 또 곧이곧대로 듣네. 오토바이 말이 아니라 뭔가를 하고 있다는 거죠. 자기에게 맞는 걸 찾아야 한다는 소리고."

곧이곧대로 받아들이는 융통성 없는 습성은 쉽게 버려지지 않았다. 양쪽 손가락을 각각 모아 쫙 편 다음 눈가를 따라 양옆으로 세우면 그것이 내 시야가 된다. 오로지 눈앞만 빠끔히 터놓고 달리는 경주마처럼. 얕게 한숨이 비어져 나왔다.

"유언장 같은 게 아니라도 나를 정리해보는 게 필요하긴 필요해. 때 되면 반성하고 다짐하는 순간, 그런 거 있죠, 왜."

그는 나이 마흔에 발견한 제2의 삶을 축하하는 역사적인 순간이라며 축배를 제안했다. 나야말로 오랜만에 대화다운 대화를 나누는 순간이었다. 스멀스멀 몸에서 열기가 퍼져갔다.

"그보다 뭘 하면 좋을까를 먼저 생각하는 게 낫지 않나?"

눈을 찡긋해 보이는 그를 나는 멍하니 바라보았다.

겨우 열흘인데 그를 오랫동안 알고 지낸 것 같았다. 오랜만에 말이란 걸 하고 있기 때문인지도 모른다. 물건을 살 때 말고 입을 열 일이 없었다. 지금은 말이 쏟아져 나오는 바람에 두렵기도 했다. 그러나 두려워할 것 없다. 말을 좀 많이 하면 어떤가. 하지 말라는 소리를 너무나 많이 듣고 자랐다는 생각이 들었다.

"난 말이에요, 새벽 두세시에 일을 마쳤어도 아침 여덟시쯤에는 꼭 일어나려고 해요. 딩딩 울리는 머리통을 쳐가며 샐러리맨들이 전철 안에서 복닥거리겠구나, 그런 걸 생각하죠."

그가 여러 번 강조했던 말이었다. 한번 질퍽거리면 빠져나오기 쉽지 않고 그런 사람들을 여러 명 보아온 탓에 지긋지긋하다며 고개를 절레절레 저었다. 그는 클럽 몇 군데서 연주하고 있다고도 했다.

"옛날 여자가 알면 코웃음 치겠지만, 코웃음 치라죠. 그래도 옛날의 내가 아닌 건 맞으니까."

꽤나 자신감 있는 태도였다. 왜 베이스냐고 내가 물었을 때 그는 울림이 좋다고 대답했었다. 베이스의 철자 bass를 기본을 뜻하는 base로 이해한다는 말과 함께. 그래도 기타를 원하는 사람이 더 많기는 하죠. 아니면 보컬이나. 주목받을 수 있으니까. 그런 것과 관계없이 그는 베이스가 좋다고 말했다.

그 스스로에게 각인시키는 것도 같았다. 악기 중에 첼로와 베이스가 사람의 음색에 가장 가깝다고 하는 말을 어디선가 읽은 적이 있었다.

연주가 끝나는 순간 박수 소리가 퍼졌다. 대여섯 개의 둥근 탁자들 사이에서 누군가는 휘파람을 불었다. 무대 가운데 자리한 드럼 위의 조명만 남고 다른 조명은 꺼졌다. 무대 왼쪽에 'Die Musik'라는 글자가 아크릴 액자 속에서 노란색으로 도드라졌다. 독어 철자 아래에 무지크라는 하늘색 글자가 좀 작게 보였다. 작업실이라고 이름을 지을 거라고 들은 것 같은데, 바꾸었나 보다. 그때 누가 내 어깨를 툭 쳤다.

"한국 땅에서 다시 한번 축하할까요?"

목젖이 보일 정도로 그가 활짝 웃었다. 작은 맥주병을 손에 든 채로 바로 내 자리에 왔다는 건 연주하는 동안 이미 내 존재를 알아차렸다는 뜻일 것이다. 냅킨이나 티슈로 땀을 닦았는지 이마 위에 종이가 조그맣게 뭉쳐 있는 게 보였다. 내가 이마를 가리키자 그가 손으로 한 번 쓸어내렸다.

뭘 할까 궁리를 하고 있느냐고 그가 물어왔다.

"세면대를 고쳤어요. 사람을 불렀죠. 멍키 스패너만 있으면 오케이, 이런 결론 안 되더라구요."

맥주를 길게 한 모금 들이켠 그가 나를 주시하고 있었다. 나는 말을 잇지 않을 수 없었다.

아쉬운 대로 식초 물에 베이킹소다 섞은 걸 배수구에 뿌려가며 웬만큼 쓸 수 있을 거라 예상했는데, 아니었다. 결국 업자를 불러 수리를 맡겨야 했다. 허리 지갑에 간단한 공구를 넣어 가지고 온 업자는 세면대를 이리저리 살펴본 끝에 밑의 U 자 관을 바꿔야 한다고 결론을 내렸다.

"이거요, 말이 쉽지 맞추기가 어려워요."

"그래서 전문가가 있는 거겠죠."

업자들은 치켜세우면 좋아하니까 립서비스로 한마디 건넸다.

"먹고살아야죠, 우리 같은 사람도."

"그러니까 다 존재 이유가 있는 거 아니에요."

내가 말하고도 기분이 이상했다. 그러니까 다 존재 이유가 있는 거 아니에요, 라니.

잠자코 내 말을 듣고 있던 그가 한마디 보탰다.

"배수구가 뚫리는 것처럼 나도 뻥 뚫어졌으면 좋겠다."

그 말에 나는 히죽 웃었다.

"「테이크 파이브」. 이따가 연주해줄게요."

그가 말했다. 막간의 휴식이라는 뜻이라고 덧붙였다. 서두르지 않아도 된다고 그가 짐짓 나를 안심시키는 것 같았다.

"여기는 짬뽕이에요. 락도 있고 컨트리도 있고 발라드, 재즈에다 뽕짝도 있어요. 내 맘이니까."

그래서 상호를 바꾸었다고 했다. 그냥 음악이라고. 영어는 흔하니 독어를 택했다면서 그가 눈을 찡긋해 보였다. 언젠가처럼.

나는 그의 시선을 피해 실내를 둘러보았다. 짙은 색 벽이 달걀 담는 용기를 다닥다닥 붙여놓은 것처럼 일정하게 파여 있는 것이 눈에 들어왔다.

"방음 효과. 여기는 음반을 틀어주기도 하지만 직접 연주도 하니까."

내 시선을 좇던 그가 대답해주었다.

"요새도 술 많이 마시면 막 독어로 말해요?"

나는 강하게 고개를 저었다. 머쓱해진 그가 맥주를 가져오겠다며 의자에서 일어났다.

"아, 그 음악 잘 모르겠거든 중간에 같은 리듬이 반복되면 그거다 생각해요."

나는 그의 뒷모습을 바라보았다. 안 와도 될 곳에 온 것 같고 그리고 그가 지난 기억을 떠올리지 않기를 바랐다.

좁고 긴 맥주잔이 새 잔으로 바뀌는 시간이 점점 짧아져갔다. 한 잔에 4유로라고 속으로 헤아리는 횟수는 점점 줄어들었다. 내 목소리가 꽤나 높았던 것 같은데, 그가 방 앞까지 바래다준 건 같은데, 기억이 가물가물했다. 나는 아름답다, 나는 강하다, 나는 사랑받는다. 이런 말을 독일어로 여러 번 되풀이한 건 어슴푸레하게 떠올랐다.

그게 말이죠. 파니 핑큰지 펑큰지 하는 영화에 나오는 대사인데요, 그 여자가 항상 외우는 주문이에요. 서른 넘은 여자가 남자를 만나는 건 원자폭탄이 떨어지는 것보다 더 힘든 일이라고 하거든요, 끅. 나는 꼭 그런 건 아니지만 그 주문을 외워요. 이히 빈 쉰, 이히 빈 슈타르크, 이히 빈 게럽트. 어, 왜 아무 말도 안 해요? 뭐라구요? 내가 새끼 새 같다구요? 히히. 새는 알을 깨고 나오죠. 톡톡톡 부리로 깨고 나오죠. 잘 안 되면 밖에서 누가 도와줄걸요. 그걸 뭐라고 하긴 하던데. 아, 줄탁(啐啄), 줄타기 아닌 줄탁이라구요? 끅. 뭔지 모르지만 깨뜨리고 나와야죠. 그래야 세상을 알죠. 뭐라구요? 좋은 때라구요? 좋긴 개뿔. 난 죽기 전에 거길 갈 거거든요, 가야 되거든요, 가야 되는데……

어둠 속에서 눈을 떴을 때 천장이 이리저리 움직이며 내 쪽으로 무너져 내리려 했다. 배를 탔을 때처럼 어지러웠다. 물을 마셔야겠다고 겨우 일어서기는 했으나 물을 찾기보다는 어기적거리며 화장실로 기어 들어갔다. 타일 바닥이 몸에 닿자 진저리가 쳐졌다. 변기를 손으로 붙들고 속을 게워냈다. 아예 비워버리자 싶어 손가락을 목 깊숙이 집어넣었다. 전날 먹은 음식의 찌꺼기가 고스란히 쏠려 나왔다. 희멀건 덩어리는 감자이고 껌처럼 늘어진 건 돼지고기 조각이겠지. 얼굴은 눈물 콧물로 뒤범벅이 되었다. 힘이 들었다.

결국 탈이 나는구나 했다. 일 년에 두세 차례 몸살을 앓곤 했다. 그럴 때는 온몸이 쩔쩔 끓고, 입에서 노란 물이 나올 때까지 계속 토하고 눕기를 되풀이한다. 왜 하필 지금이어야 할까 생각하며 어기적어기적 침대로 되돌아왔다. 모로 누인 몸을 한층 더 웅크렸다. 서로 멀찍이 떨어져 있는 운동화, 뒤집힌 양말, 그 옆에 널브러져 있는 가방 따위를 멍하니 바라보았다. 침대를 마주하고 있는 화장대의 거울에 이 모든 것이 다 드러났다. 눈 주위는 미처 지우지 못한 아이섀도 얼룩으로 뭉개져 있었다.

어디에 있어도 나는 나를 벗어나지 못하는 것 같다. 그렇다고 나를 몰아가고 있는지도 모른다. 아무것도 하지 않은 채였다. 그럼 무얼 해야 아무것도 하지 않는 것이 아닌 건지. 이제 내가 하려는 일이 그나마 아무것도 하지 않은 것에서 벗어나기 위한 것이라고 스스로를 다독였다. 그런데 왜 하는 거지?

다 틀린 일 같다. 프리드리히 2세는 지팡이를 짚고 위풍당당하게 서 있을 것이다. 말년에는 관절염과 통풍으로 고생했었다 하지만. 이빨이 문드러질 때까지 플루트를 불었고 그 곁에서 늙은 애완견이 그의 연주를 듣고 있었을 것이다. 시종들이 아무리 여럿 있어도 그 사람의 심중은 잘 알 수 없었으리라. 그 인물이 자기 자신을 위해 쓴 사적인 유언장은 기밀문서고에 보관되어 있을 것이다. 오롯이 개인의 바람을 담은 것이므로 굳이 공개되지 않아도 좋겠다.

나는 따라 하는 사람이니까. 얼마쯤 따라 하다가 또다시 나로 돌아오는 사람이니까. 여행도 따라서 가고 독일문화원은 남들 가니까 가고. 나는 어디에 있는가를 생각하기보다 누굴 따라 하는 게 좋을까를 먼저 떠올리게 되었다. 아이가 무슨 말이든 따라 하는 것처럼. 이제 막 말문을 여는 친구의 아기는 자동차 하면 자동차, 신발 하면 신발을 따라서 발음했다. 화면 속에 비친 자동차를 보며 '빵빵' 했던 아기는 자옹차 하며 제법 엇비슷이 발음했고, 신발은 힌발이 되었지만 깜찍한 모습이 사랑스럽기 그지없었다. 이게 힌발이야, 힌발 하며 조그만 손가락으로 가리켜 보이는 모습이라니. 나는 무심코 중얼거렸다. 저 아이에게는 어떤 앞날이 다가올까.

그 성을 왜 가야 하느냐고 그가 물었을 때도 나는 뜸을 들일 수밖에 없었다. 머릿속에서는 생각들이 소란스럽게 움직였다. 이만여 개의 고성으로 유명한 이 나라에서 유독 그 성으로 가려는 이유는 무엇인가.

"아버, 아니 누가 쓴 책을 읽었지 뭐예요. 재미 하나 없는데 왠지 다 읽어야겠다는 생각이 들었어요. 나는 하나도 모르는데."

말하는 나도 힘들지만 듣는 그도 힘들 터였다. 그의 입술 끝이 미묘하게 올라갔다 내려오는 것이 흐릿한 조명 아래에서도 보였다.

"두루뭉수리긴 하지만 알 것도 같네."

"왠지 거길 가야 할 것 같아요. 나는 따라 하기 좋아하는 사람이니까, 그 사람이 뭘 생각했을까 한번쯤 밟아봐도 좋겠다 싶었어요."

에둘러 말하려는 모양새가 껄끄러웠다. 나는 내 말에도 자신감을 얻지 못하는 것이다.

이제는 니 인생 니가 책임져야 해. 누구에게 의지하지 말고 니 인생을 개척하라구.

큰집 언니의 말이었다. 날카로운 눈빛과 함께 내게 하는 말. 이건 아버지 책이니까 너도 한 권 가져가. 그러곤 쾅. 문이 닫혔다. 흔들리는 몸을 곧추세우며 나는 주문을 외웠다.

나는 아름답다, 나는 강하다, 나는 사랑받는다.

영화에서 스물아홉 살의 여자는 누군가 자신을 사랑하기를 간절히 바라며 연애학원도 다녀보지만 소용이 없었다. 이 주문은 연애학원에서 가르쳐준 것이다. 나는 아름답다, 나는 강하다, 나는 사랑받는다. 여자는 죽음을 미리 체험하는 과정으로 자기가 묻힐 관을 만들어보고 실제로 관 속에도 들어간다. 사람들이 유리 위로 흙을 뿌린다. 그 밑에 잔뜩 긴장한 여자는 누워 있다. 죽을 수도 있겠어, 아무도 나를 사랑하지 않는다면. 여주인공이 혹 그렇게 생각한 것은 아닌지 모르겠다.

아버지의 일주기 때 일이었다. 그날도 몹시 배가 고팠다. 내 앞으로 제삿밥이 놓였다. 적어도 문전박대하지는 않았다는 뜻이었을 게다. 하지만 반도 채 먹지 못하고 일어나야 했다. 등 뒤로 닫히는 문소리를 들으며 나는 그 주문을 외웠던 것이다. 컴퓨터의 빈 문서에도 채워 넣었다. 마치 유언장을 쓰는 심정으로.

아무도 나를 사랑하지 않는다.

마침표 옆에서 커서가 깜박거렸다. 영화의 원제목을 유언장을 쓰려는 마당에까지 빌려오다니. 글자판의 왼쪽 방향 화살표를 눌러 글자를 일부 지웠다. 아무도 나를. 거기서 잠시 멈췄다. 그다음에 올 수 있는 표현은 많을 것이다. 아무도 나를 돌아보지 않는다, 거들떠보지 않는다, 눈여겨보지 않는다, 믿지 않는다 등등의 수많은 부정적인 표현들. 아무도 나를 미워하지 않는다. 그것은 아마도 긍정의 의미를 담은 유일한 문장이 아닐까. 아무도 나를……

그날 이후 나는 내가 아닌 내가 되어야겠다는 식으로 마음을 다잡았다. 과거로 향하려는 시선은 묶어두고 미래를 바라보라고 윽박질렀다. 프리드리히 2세의 흔적부터 시작해야 할지도 모른다. 남들 하는 대로 따라 해보는 것도 나쁘지 않다고 애써 나 자신을 부추겼다. 거기에 아버지란 사람이 버티고 있었다.

「Friedrich 2世의 研究序說」, 「Friedrich 2世의 外交政策의 理念과 實際」 같은 건 내가 배운 교과서에는 나오지 않은 것들이며 그래서도 까막눈이에 불과한 나에게 그 책은 무겁디무거운 짐으로 다가왔다. 그 책에 들어 있는 「太子 Friedrich와 啓蒙主義 思想」이나 「第2遺言狀과 Friedrich 2世의 外交政策」 같은 논문의 내용을 짚을 필요는 없었다. 나는 공부를 하거나 연구를 할 사람은 아니므로 그 책을 들여다보지 않아도 좋았다. 그런데 왜 나는 자꾸 그 책과 프리드리히 2세를 들먹이려 하는가. 호엔촐레른 왕가 이야기나 프리드리히 2세에 관련된 내용은 어쩌면 케케묵은 옛날이야기에 불과할지도 모른다. 몰라도 사는 데 어려움은 없지 않은가. 나는 따라 하기 좋아하는 사람이니까. 그 이유 하나만으로는 뭔가 부족했지만, 일단 그 이유를 좇기로 했다. 어지러웠다.

띵동, 도어벨 소리가 울렸다. 나는 소스라치게 놀랐다.

"누구세요?"

"누구긴 누구예요, 나죠."

그의 목소리에 피식 웃음이 나왔다. 버석버석한 얼굴이 찢기는 듯했다. 내가 문을 잡아당기기 무섭게 왜 이렇게 오래 걸리냐고 그가 물었지만 말은 미처 끝맺지 못했다.

"이게 웬일이래요?"

전날과 다른 차림의 그는 간밤의 술기운을 말끔히 털어버린 모습이었다. 걱정스러워하는 그에게, 일 년에 두세 차례쯤 몸살을 앓는데 누워 있으면 나을 거라고 말해주며 안심시켰다.

"미안해요, 좀 누울게요."

침대 쪽으로 다가온 그는 스스럼없이 내 이마에 손을 얹었다. 약을 구해보겠다는 말에 나는 팔을 내저으며 아침 놓치지 말라고 그의 등을 떠밀었다.

내가 예상한 일정이 어긋나기 시작했다.

산을 넘었구나, 이젠 잘될 거야. 그렇게 말하고 프리드리히 2세는 눈을 감았다. 임종 직전에는 두 명의 하인과 한 명의 심부름꾼만이 그의 곁을 지켰다. 왕은 그들에게 늙은 애완견을 데려와 침대 옆에 있는 의자에 앉히도록 지시했다. 그리고 푹신푹신한 덮개로 애완견을 덮어주라고도 했다. 자신의 애완견에 대한 왕의 염려였을 것이다. 내가 가면 이놈은 어쩌나. 그러곤 깊은 밤에 프리드리히 2세는 연이은 기침으로 고통스러워했고, 기침이 멈추자 그렇게 말했다. 산을 넘었구나, 이젠 잘될 거야.

'근심 없는 궁전'에서 긴 그림자를 드리우며 지팡이에 의지해 걸어가는 프리드리히 2세의 실루엣이 보였다. 프로이센의 통치자, 나와 아무 관계 없는 역사 속의 인물이 눈에 보인다고 하는 것은 내가 생각해도 억지 같은 것이었다. 그와 관계가 있다면 아버지라는 사람과 관계가 있을 뿐이었다.

> 프리드리히 2세의 遺言狀은 極秘의 文書이다. 死前에는 그 누구도 개봉하여 볼 수 없는, 後繼者에게 주는 마지막 意思表示이다. 그렇기 때문에 그가 하고자하는 意思는 그야말로 所信껏 表現할 수 있다고 하겠다. 프리드리히 2세는 1,2차 실레지언전을 승리하여 실레지언을 유지하였으며, 1746년 이후 啓蒙專制君主主義 체제를 구축하여갔으므로 그에게는 사실상 不可能한 일이 없었다. 그러기 때문에 그가 그의 理想을 夢想이라고 가장하여, 그가 지니고 있던 野望을 썼으리라고 본다. 그는 이미 말한바와 같이 歐洲國家體系의 과거를 分析하고, 아울러 現在의

性格을 洞察하고 "大政治的 計劃"(Große politische Entwürfe)에서 스페인·폴란드의 王位繼承戰과 Pragmatische Sankion에 의한 오스트리아의 相續 問題를 지적하면서 사람들은 누구나 먼저 계획을 세우게 되면, 그 계획이 실현되지 않는 경우가 허다하니 自由로운 입장(Freie Hand)을 취하고 있다가 기회가 오면 기회를 포착하여 적절하게 계획을 실제에 옮겨야 한다고 쓰고 있다. 그는 기회를 기다리기 보다 기회를 포착하여 그의 野望을 달성하는 것을 중요시했다. 그는 이른바 "政治的 夢想"(politische Träumerin)에서 스스로 怪異하다(Chimarisch)는 그야말로 怪異한 말을 사용하여 그의 理想을 赤裸裸하게 말하고 있다.*

큰집에서는 이런 식으로라도 책을 내고 싶었는지, 누가 챙기지도 않은 것인지. 의아스러울 따름이었다. 신출내기 편집자의 눈에는 엉망으로 보였다. 요새 누가 한자어를 이렇게 드러나게 쓸까 싶었다. 학술논문이라는 것이 한자나 영문자가 노출되기도 하고 오래된 논문일수록 더욱 그렇다는 것을 그때는 알지 못했다. 큰집에서는 이렇게라도 책을 내야 하는 이유가 있었을 것이다. 간기 면에 비매품이라고 밝혀져 있는 걸 보

* 金相泰, 「Friedrich 2世의 外交政策의 理念과 實際—그의 두 政治的 遺言狀을 中心으로」, 『西洋史論』 제26호(1985. 12.), 42~43쪽.

면 어렴풋이 짐작할 수 있었다. 언제나 처음 시작하기는 어렵고 이렇다 저렇다 말하기는 쉬웠다. 고로 나는 가만있는 것이 상책이었다. 책을 받은 것만으로도 감사히 여겨야 할 것이다.

내용도 모른 채 시작된 입력. 나는 원문을 먼저 입력하고 다른 파일에는 빠진 것들을 채워 넣으며 표기를 바로잡아갔다. 궁리는 많으나 선뜻 실행하는 것은 없었다. 일주기의 일을 겪기 전까지.

아버지는 강의를 마치고 집으로 돌아오는 길목에서 쓰러졌다고 했다. 오 년쯤 자리보전하던 아버지가 나를 찾는다고 하여 병실에 갔을 때 큰어머니는 차가운 시선으로 나를 바라보았다. 투명한 호스를 목에 꽂고 있는 아버지는 퀭한 눈으로 나를 바라볼 뿐이었다. 아버지를 본 건 그날이 마지막이었고 장례식 때에야 영정 사진으로 겨우 만날 수 있었다. 그날의, 큰집 형제들의 따가운 시선이 아직도 또렷했다.

까무룩 잠이 들었다. 길을 따라가고 있는 내가 있었다. 길가에는 많은 사람들이 있었으나 스쳐 지나갈 뿐이었다. 그들은 하나같이 지팡이를 손에 들고서 군무를 추듯 위로 아래로 일정한 동작을 취했다. 그들 속엔 나를 낳아준 사람과 나를 낳게 한 사람과 나를 낳게 한 사람의 아내와 그 아내가 낳은 자식들이 있었다. 여행에서 만난 그도 있었다. 나는 손을 뻗었지만 닿지 않았다. 구불구불한 산길이 보였다. 길 양옆으로 곧게 뻗은 나무들이 보였다. 나는 계속 걸어 올라갔다. 숨이 찼다. 성 입구에 도착했다. 나무다리가 끼이익, 둔중한 소리를 내며 내려오다가 허공중에 멈추었다. 힘을 주어 손으로 내리누르면 내려올 것 같은데, 문은 꿈쩍도 하지 않았다. 위쪽을 올려다보았다. 길지 않은 머리를 목 뒤에 묶고 궁정예복 차림을 한 남자가 나를 내려다보고 있었다. 삐딱하게 서 있는 다리 끝에서 지팡이가 흔들거렸다. 나는 그 지팡이를 잡기 위해 손을 뻗었다. 잡히지 않았다. 한참을 버둥거렸다. 온몸에 힘이 빠진 나는 맨바닥에 털썩 주저앉았다. 그러자 나무다리가 끼이익 소리를 내며 서서히 땅에 닿았다.

번쩍 눈이 뜨였다. 속이 매슥거렸다. 다시 화장실로 달려갔다. 한 번 더 토해내기 시작했다. 구멍이란 구멍에서 물이 다 빠져나오는 것 같았다. 노크 소리가 들렸다. 나는 세면대에서 찬물을 얼굴에 서너 번 끼얹었다. 몸서리가 쳐졌다. 문을 여니 머그잔을 들고 있는 그가 보였다.

"손짓 발짓 해가며 얻었어요. 수프예요."

나는 눈 밑이 쑥 들어간 걸 느끼며 그를 바라보았다.

"쪽팔려."

그 말이 입에서 튀어나왔다.

"정신이 좀 드는가 봐요."

나는 그가 내민 컵을 받아 들고 목을 조금 축였다.

담배를 꺼내 무는 그를 보면서 나도 담뱃갑에서 한 대를 꺼내 들었다. 그가 불을 붙여주었다.

"인제 얘긴데, 그날 공항 흡연실에서 거의 유일한 여자였잖아요. 신경 안 쓰였어요?"

"쓰일 게 뭐가 있어요. 내가 피우겠다는데. 흡연실만큼 목적이 뚜렷한 곳이 없잖아요."

나는 사실 그대로 대꾸했다.

"이상해. 어떻게 보면 아닌데 어떻게 보면 마이 웨이란 말이야."

내가 히죽 웃자 갑자기 그가 두 손으로 양쪽 볼을 살짝 꼬집었다.

아파요, 하곤 눈을 감았다. 감긴 눈 위에 그의 입술이 닿았다고 느껴졌다. 콧등에도 닿은 순간 화장 얼룩이 옷에 묻겠다고 생각은 했으나 말릴 힘이 없었다. 나는 그가 하는 대로 내버려두었다. 그의 손이 갑자기 옷 속을 파고든 순간, 한 번 흠칫 몸을 떨었던 것 같았다.

별일이 없었으면 나는 기차를 타고 헤잉겐 역에서 내린 다음 역 앞에서 셔틀버스나 택시로 성 입구까지 갔을 것이다. 저 먼 산꼭대기에 웅장하게 성은 자리하고 있었다. 이 정상에 다른 어떤 것도 존재하지 못하게 하는 듯 거만하게도, 늠름하게도 보일 것이다. 나는 조금 설레면서도 괴로움을 느끼며 성문을 밟는다. 마침내 성 안으로 들어가는 것이다. 그리고 성 마당에 세워져 있는 동상을 바라본다.

왼손에 지팡이를 짚고 오른쪽 다리를 삐딱하게 한 채 서 있는 프리드리히 2세. 옆에 있는 아버지의 풍채에 비해서는 왜소해 뵈는 모습이었다. 동상이 딛고 서 있는 석판에는 프로이센의 왕 프리드리히 대왕이라고 독어로 두 줄이 새겨져 있고 그 밑에 생몰년이 밝혀져 있다. 지독하게 벗어나고 싶어 했던 아들이 아버지와 나란히 서 있었다.

허리쯤에서 짚고 있는 지팡이가 바닥에 비스듬히 뻗어 있다. 장식이라곤 일절 없는 곧은 막대기로 보인다. 검소한 성품을 본떠 그렇게 만든 것인지는 몰라도 그 점이 지팡이가 필요한 이유를 부각시키는 것도 같다. 오른손은 허리춤에 대고 저 먼 곳을 바라보는 프리드리히 2세.

검푸른 녹이 번져 있는 동상을 보며 생각에 잠겼다. 이건 수많은 동상들 가운데 하나일 뿐이야. 지팡이를 짚고 삐딱하게 서 있군. 나도 당신을 알게 되는 건가. 무슨 말 좀 해보시지.

도상(圖上) 여행으로도 힘겨워하며 그 하루 동안 꼬박 누워 있다가 다음 날이 되어야 몸을 추슬렀다. 제법 거창하게 시작된 여행은 초라한 결말을 맺었고 나는 전쟁에서 참패한 병사처럼 갑옷도 찢기고 의욕도 잃어버린 채로 돌아오고 말았다. 늦은 시각에 도착한 뒤 보일러를 가동하는 것으로 다시금 내 생활은 시작되었다.

연주에 몰입해 있는 그를 꼼짝 않은 채 지켜보면서, 나는 나대로의 생각의 여정을 좇고 있었다. 그가 말했던 막간의 휴식이라는 뜻의 노래가 흘러나왔는지는 모르겠다. 지금 연주

되는 곡인가. 정말 같은 리듬이 계속 반복되네. 나는 잔에 남은 맥주를 한 모금 마셨다. 이곳은 그의 세계다. 그의 맘대로 락도 있고 컨트리도 있고 발라드도 뽕짝도 있는, 그 음악들을 연주도 하는 그의 세계. 나는 그가 연주하는 베이스의 현(絃)에 매달려 아슬아슬 이곳에서 저곳으로 건너고 있다는 착각이 들었다. 위험한 몽환이었다. 그에게 눈을 찡긋해 보일까.

관에서 빠져나온 영화 속 여주인공은 이어 명상을 한다. 그녀의 어깨에 종이가 툭 떨어진다. 커피 잔과 물음표가 그려져 있었다. 뒤돌아보니 어떤 남자가 웃고 있다. 그녀의 일상이 특별히 바뀐 것 같지는 않아 보였다. 다만 이전 장면보다 걸음걸이가 가벼워 보였다.

아직도 나는 아무것도 하지 않은 채였다. 아버지의 글 속에 나오는 Deutsche라는 단어는 모니터에서 까딱 잘못하면 D 덧ㄴ촌으로 돌변했다. 그건 알고 있는 일이다. 단어 중간에 한 칸 띄우는 센스를 발휘하면 된다. 한 칸 띄웠다가 붙이면 온전한 단어가 되었다. 역시 알고 있는 일이다. 그러나 나를 돌아보고 나를 낳게 해준 사람을 돌아보는 데 걸리는 시간은 미처 헤아리기 어려울 것이다. 그 멀고도 먼 시간. 뭔가 할 듯 말 듯 하지 못한 채 애만 태우는 식의 생활 또는 생활 태도. 또는 생활에 대한 마음가짐, 또는 삶에 대한……

내가 희망을 말하고 있는지 포기를 말하고 있는지 헷갈렸다. 희망, 하면 십대 아이들이 먼저 떠올랐다. 이른바 문제 학생을 대상으로 하는 공익광고에 많이 등장하는 말이 아닌가. 포기는 배추 셀 때나 쓰는 말이다, 뭐 이런 식으로. 서른 살은 꿈을 갖기에 좀 늦은 나이 아닌가. 내가 그런 말을 내뱉었을 때 그가 무슨 소리냐며 작은 눈을 둥그렇게 떴다.

"그 나이 때 난 펄펄 날았어요."

펄펄 날리는 건 눈이죠, 하며 나는 슬쩍 고개를 틀었다. 그는 나에게 용기를 주고 있는 것이다. 확실히 베이스란 악기는 나서기보다는 뒤를 받쳐주는 악기인 것 같다. 리드 보컬, 리드 기타는 있어도 리드 베이스는 없으니까 말이다. 그의 말대로 bass는 base인 건가.

아버진 외국에 계셔, 독일에. 엄마의 말이었다. 우리 아빠는 어디에 있느냐고 어린 내가 물을 때마다 엄마는 한숨을 쉬며 대답했었다. 한 달에 한 번 혹은 두 번, 밥공기 두 개와 국그릇 두 개와 수저 두 벌이 놓인 상에 수저와 국그릇과 밥공기가 하나씩 더 놓이는 날, 어린 나는 물었다. 아빠 뱅기 타고 왔어? 멀미 안 했어? 나는 멀미해서 어디 멀리 못 가, 치. 머리가 좀 굵어지기 시작한 내가 엄마를 다그쳤다. 이제 두 번 다시 오지 말라고 해. 절대로 오면 안 된다고. 엄마가 교통사고로 세상을 떠났을 때 아버지란 사람이 말했다. 견디라 마. 따지고 보면 다 혼자니까. 아무리 생각해도 그처럼 현실적인 말을 나에게 해준 사람은 없었다. 제 스스로 알을 깨고 나오는 수밖에 없는 일이었다.

새는 알을 깨고 나오려고 한다. 알은 세계다. 태어나려고 하는 자는 한 세계를 깨뜨려야 한다. 이런 말을 이제는 독일어로 읊어대며 아는 척도 한다. 그러면 뭐 하느냔 말이다. 나는 알 속에서 곯아가고 있는데. 어느 벽을 두드려도 깨지지 않았다.

아무도 나를 사랑하지 않았던 건 아닌 것 같다. 가슴 깊숙한 곳에서는 연민 어린 감정을 품고 있을지도 모른다. 아무도 나를 알지 못하지만, 나조차 나를 잘 모르지만, 아무도 나를 모른다고 단정 지을 수는 없는 일이다. 아무도 나를……

거기까지 썼다가 삭제했다. 빈 문서 위에 커서가 깜박거리고 있었다. 나는 늘 뭔가를, 누군가를 따라 하지. 타인의 주문을 외우고 타인의 문장을 읊지. 내 목소리는 어디 있지? 목이 잠겨 나오지도 않았다. 일단 주문을 외웠다.

나는 아름답다, 나는 강하다, 나는 사랑받는다.

그리고 다시 문장을 읊조렸다.

태어나려고 하는 자는 한 세계를 깨뜨려야 한다.

익숙할 대로 익숙한 그 말을 나는 처음 듣는 말인 양 읊조렸다.

그가 연주하는 소리를 등 뒤로 들으며 걸음을 옮겼다. 문을 열었다. 마치 밖에서 누군가 문을 두드리는 느낌에 문을 연 것 같기도 했다. 누군가 얇은 막대로 알의 표면을 두드리는 것 같아서. 틈이 보이는 것도 같았다. 어서 깨고 나오라 마.

깨지 않으면 살아날 수 없지. 누군가의 목소리가 들렸다. 알을 깨고 산을 넘어 날아오르는 거야. 모든 것이 다 잘될 거야.

오래된 세월을 걷다

오늘 밤에 루시가 찾아올까. 루시는 인터넷 사이트 여기저기를 쑤석거리다 알게 된 영화의 인물 이름이었다. 여러 영화에 여러 루시가 있었다. 어느 루시를 먼저 알았는가는 정확하지 않다. 하고 많은 영화 속 여주인공의 이름들 중에서 어째서 루시냐고 꼭 집어 말하기 어려웠다. 끌렸다고는 말할 수 있겠다. 게다가 각각의 루시가 등장하는 영화가 모두 해피엔딩이었기 때문에 더더욱 끌렸는지도 모른다. 나는 종종 그 루시들을 마음속으로 불러내곤 했고 내가 간절히 바라면 그들은 이따금 내 앞에 모습을 드러냈다. 그들 말고도 또 한 명의 루시가 있다. 먼먼 옛날 생생하게 살아 있던 존재. 어쨌든 루시들이 나를 안아주는 순간의 느낌이 있다. 말로 할 수 없는,

달콤하고도 야멸찬. 지금도 루시들을 불러들이고 싶은 심정이었다.

어려운 생활을 하는 토큰 판매원 삼십대의 껵다리 루시, 교통사고로 단기기억상실증에 걸려 오늘 만난 사람도 내일이면 까맣게 잊어버리는 이십대의 귀여운 루시. 영화 속에서만 살아 있을 그들. 그리고, 그리고 몇 백만 년 전에 살아 꿈틀거리다 20세기 후반에 들어서야 비로소 지상에 존재를 알린 화석 루시. 골반뼈로 보아 여성 혹은 암컷이라는 점이 밝혀졌다. 게다가 발굴팀이 「루시 인 더 스카이 위드 다이아몬드」라는 비틀즈의 노래를 카세트테이프로 자주 듣다 보니 AL-288-1이란 딱딱한 이름 말고도 루시라는 이름을 갖게 되었다. 그녀의 나이 삼백만 살 혹은 삼백오십 만 살. 생각만으로도 입이 다물어지지 않는다.

최초의 직립보행 호미니드로 밝혀진 오스트랄로피테쿠스 아파렌시스의 화석. 일명 루시. 1974년 11월, 에티오피아의 아파르 사막에서 발견되었으며 사랑니가 있는 것으로 보아 성인이며 큰 골반뼈로 보아 여자이며 보존 상태가 양호한 것으로 보아 평온한 죽음을 맞았으리라고 추측되었다. 대여점 안에 비치할 만한 책을 사장에게 추천해보겠다는 약간의 의욕적인 마음으로 휴무일 반나절 동안 서점에 갔다가 우연히 들춰본 책에 그 이름이 있었다. 키 1~1.3m, 몸무게 30~40kg, 뇌용적 450cc. 한 개체의 46퍼센트가 유골 형태로 발굴

된 것을 기초로 복원된 모습은 아프리카 여자 같기도 하고 유인원 같기도 했다. 얼굴이 크고 아래턱이 발달했고 입술이 두터운 여자가 비스듬히 앞쪽에 시선을 두고 있었다. 그러나 밟으면 꿈틀하는 지렁이처럼 제 목소리를 은근슬쩍 드러내는 느낌이었다. 뭘 봐! 퉁명스럽게 말하는 듯한 얼굴. 나를 놓고 인간이냐 아니냐 괜히 논쟁하지 말고 가만 좀 내버려둬. 복화술사같이 입술을 벌린 건지 만 건지 알아보기 어려웠다. 물론 그것은 발굴된 뼈를 근거로 삼차원 그래픽 작업을 거쳐 재탄생된 형상이었다. 그래픽 작업의 승리인 셈이었다. 내 발도 그와 같은 작업을 거쳐 좀 더 날렵한 발로 만들 수 있다면.

상 밑으로 책상다리를 하고 앉아 있다가 다리를 쭉 뻗었다. 목을 앞으로 내밀어 발을 내려다보았다. 넙데데한 발이 뚱해 보였다. 내 발은 확실히 다른 사람의 발보다 넓적했다. 그 때문에 날렵한 스트랩 샌들이나 코가 뾰족한 하이힐은 엄두도 못 냈다. 그래서 발을 들여다볼 때마다 나는 새끼발가락 부분을 잘라내고 싶은 충동에 사로잡히곤 했다. 있는 힘껏 벌리면 부챗살이 퍼지듯 발가락이 쫙 퍼졌다. 길이가 짧은 발가락들의 뼈가 살갗을 뚫을 듯하며 부채꼴을 이루었다. 때로는 정말 부채가 있는 듯했다. 다른 여자들이 멋으로 신는, 앞코 둥글고 굽 낮은 플랫슈즈를 나는 어쩔 수 없이 신는다. 살아가는데 아무런 문제를 일으키지 않을뿐더러 관심 기울일 사람도 없는 일이었으나, 나는 습관처럼 의식하곤 했다.

M은 내 발 모양을 일찌감치 알아보았다. 이 넓적한 부분은 튼실한 살집이 잡혀. 닭가슴살 같아. 그가 아예 내 발을 손에 쥐곤 먹는 시늉까지 한 적이 있었다. 그때마다 나는 두 발을 냉큼 이불로 감쌌다. 신경 쓰지 마. 이런 네 발도 좋아. 몇 년 전 이맘때 일이었다. 밖에서 보일까 봐 창문을 꽁꽁 닫아놓아 안 그래도 한증막 같은 방 안에서 젊은 몸뚱이는 더 뜨거웠다. 옆방에 들릴까 봐 신음 소리도 웃음소리도 삼키느라 숨이 다 막힐 지경이었다. 소리도 없이 입을 벌린 모양새는 영락없는 무성영화의 한 장면이었다. 그러나 마음도 몸도 한결같이 서로 붙안고 있었다. 사랑이라는 말을 양념처럼 곁들여도 될까. 삼백만 년 전 혹은 삼백오십만 년 전에는 신발을 신을 일도, 신음 소리를 참을 일도 없었을 것이다. 홀짝. 웬일인지 술이 잘 넘어갔다.

프라이드치킨 반 마리와 깡통 맥주 세 개를 비우는 참이었다. 맥줏집에서 사람들과 함께라면 좀 더 마셨을 테지만 집에서는 그렇지 않았다. 정말로 술을 잘 마시는 사람은 집에서 음미하듯 마신다고들 하나, 나는 마음만 급할 뿐이다. 게다가 치킨 반 마리라니. 한 마리라면 미처 다 먹지 못하고 버리는 수가 있었다. 다행스럽게도 친절한 치킨 회사는 살집 풍부한 순수 국내산 닭을 튀겨내는 것은 물론 나홀로족을 위해 반 마리를 기꺼이 판매하고 있다. 서비스로 장수하늘소나 꼬마물고기를 준다고 하는데 그런 것들이 나에게 무슨 필요가 있을까. 그것도 신선한 발상이라고. 말문이 막혔다.

사실 말문이 막히는 건 나 자신이다. 해고 통지를 일주일 전에 듣고도 희희낙락하며 맥주를 마시고 있으니 말이다. 앞으로는 아내가 나와서 일하게 될 거라며 사장이 미안해하는 표정을 짓기는 했다. 인건비 댈 형편이 아닌데다 아이가 이제 유아원 종일반에 다니므로 아내가 시간이 난다는 것이다. 만화방에서 대여점으로 축소된 지 거의 이 년 만의 일이었다. 나도 몇 번 만화책을 보거나 빌려 간 적이 있는 곳이었다. 내가 봐도 임대료가 큰 문제였다. 서너 명 정도가 낮에 한두 시간쯤 책을 보다가 가는 정도에다 옛날같이 죽치고 앉아 라면을 끓여 먹거나 자장면을 시켜 먹거나 하는 일 따위는 없었다. 대여점으로 바뀌며 근무자를 모집한다는 광고를 보고 지원했었다. 내가 근무하기 전에 싹 바뀌었으면 좋으련만 오자마자 난리도 아니었다. 어쩨 일찍 연락을 준다 싶었다. 근무하던 알바가 그 며칠을 견디지 못하고 안 나온다는 것이었다. 근무 첫날부터 책들을 지하에서 일층으로 옮기는 작업으로 정신이 없었다. 이삼천 권 됨직한 만화책은 사장이 밴딩머신으로 묶었고 나는 비디오테이프와 DVD를 빈 종이 상자에 빼곡히 담았다. 책을 묶기 편하게끔 기계 옆에 가져다 놓는 것도 나의 일이었다. 땀에 젖은 어깨의 근육은 단단하게 뭉쳐 있었다. 눈까지 깔딱했다. 그래도 애정을 갖고 해온 일이었는데 잘리고 만 것이다.

치킨이나 뜯는 것 말고는 달리 해소할 데가 없었다. 최소의 투자로 최대의 효과를 얻을 수 있는 영양식이 나에게는 치킨이었다. 앉은뱅이 상 위에 놓인 펀펀한 육면체 종이갑에서 벌써 세 조각째의 치킨을 집어 들었다. 날개 부위였다. 다섯 조각 중 흐벅진 살이 붙은 가슴패기와 원래 좋아하는 부위인 다리는 집에 오자마자 허겁지겁 해치웠다. 선풍기 바람에 땀이 채 식기도 전이었다. 나에게 진짜 서비스인 사이다는 갑 안에 그대로 있었다. 작은 플라스틱 통에 든 무는 비닐 포장만 떼어내 손으로 집어 먹었다. 치킨과 무의 조화를 누가 처음 생각해냈을까 궁금해하면서. 익숙할 대로 익숙한 장면 중에 내가 발라먹은 치킨 뼈에 살점이 거의 없다는 점은 낯선 것이었다. 뼈에 남은 살점은 대개 통장의 잔고와 비례했다. 이런 성찬을 얼마나 더 들게 될지. 한숨이 나왔다. 흐트러진 신문지 더미 위에 반쯤 열려 있는 종이갑 윗면에 로고가 보였다. 검은 테두리 안에 든 노란색 여우였다. 판매하는 건 닭인데 여우가 그려진 것이 영 어울리지 않았다. 치킨을 뜯을 때마다 나는 종알거리곤 했다. 닭집에 웬 여우랴. 그것도 신선한 발상이었을 테지만, 천만의 말씀, 만만의 콩떡. 지나간 우스갯소리를 뇌까리며 혼자 키득거렸다. 천만의 말씀, 만만의 콩떡. 인생, 그거 만만한 거 아니야. 결코 만만하지 않을 인생 앞에서 나는 깡통 맥주를 들이켜고 있는 것이다. 집에서 마시는 술은 늘 금방 취해서 좋다. 그래서 더 집에서 마시는지도 모른다. 완전 무방비 상태에서의 들이켬. 나를 뭐라고 할 사람은 아무도 없었다. 누구야, 나와, 한번 해볼 테냐? 그런 말은 겨우 집에서나 지껄일 수 있었다. 분통 터지는 생활. 나는 서른세 살을 처먹은 것이다.

"헤이, 걸, 왜 어때서. 삼삼한 나이잖아."

올해 들어 그런 생각이 치밀어오를 때마다 나는 맥주를 홀짝였고 그때마다 루시가 내 등짝을 냅다 후려갈겼다. 물론 상상 속에 루시를 불러들이는 것이지만 나는 루시가 정말 내 옆에 있는 양 대화를 주고받았다. 나와 비슷한 또래의 꺽다리 루시가 만만했다. 껑충하니 키가 큰 그녀는 지하철 토큰 판매소에서 하루 종일 쭈그려 앉았다가 나를 보면 기지개를 켜댔다.

"염려 말라구. 나 같은 사람도 있잖아."

그녀는 동경해 마지않던 남자가 지하철 선로에 떨어져 사고를 당하려는 찰나 씩씩하게 구해준 뒤 졸지에 약혼녀가 되고 만다. 인척 관계가 아니면 면회가 되지 않기 때문이었다. 남자가 혼수상태에 빠져 있는 동안 그의 동생과 사랑에 빠져 결혼하게 되는 그녀에게 나는 질투를 느끼곤 했다. 루시는 혼자만 마시지 말고 같이 마시자며 성큼성큼 걸어가 냉장고 문을 열어젖혔다. 깡통 맥주를 꺼내고도 잠시 멈칫하던 그녀는 내 냉장고를 훑어보곤 혀를 끌끌 찼다. 내 냉장고나 니 냉장고나. 꺽다리 루시는 어깨를 으쓱해 보였다. 달걀과 우유에다 먹다 남은 포장김치, 깻잎 통조림 정도가 있었을 것이다. 누군가 내 냉장고를 들여다보았다면 틀림없이 그런 소리를 했을 것이다. 나는 정말 냉장고 앞에 루시가 서 있는 듯 손을 흔들어 보였다.

술기운에 감각이 둔해질 것 같아도 건물을 울리는 발걸음 소리에는 변함없이 가슴이 철렁했다. 어떤 사내가 숨을 몰아쉬며 뭐라 중얼거리면서 계단을 올라가는 중이었다. 원룸은 문 하나로 안과 밖이 구분되는 구조였다. 문 근처에서 두런거리는 소리나 현관 입구에서 들리는 발소리만으로도 남자인지 여자인지 금세 알아챘다. 삼단으로 자물쇠가 잠겨 있지만 누구라도 마음만 먹으면 언제든 쳐들어올 수 있었다. 밤에는 발소리가 유난히 크게 울려 때때로 가슴을 졸였다. 영화에서처럼 복면한 사내가 교묘하게 문을 따고 들어와 덮치는 상상을 자주 하는 탓이었다. 새벽에 문득 깨는 날이면 더 이상 잠 못 들고 사로자며 뒤척이게 된다. 옆집 사람이 제집 문을 활짝 열어젖힐 때면 내 방의 문이 덜컥대고 나까지 덜컥대곤 했다. 이따금 곯아떨어졌다가도 한밤중에 텅 빈 계단을 울리는 하이힐 소리를 들을 때가 있었다. 또각또각, 또각또각. 어둠에 구멍을 뚫는 것 같았다. 오늘은 아직 들리지 않았다. 대신 다른 소리가 불쑥 터져 나왔다.

문 열어어. 문 좀 열어봐아. 굵고 둔중한 목소리와 함께 문을 두드려대는 소리가 온 건물을 뒤흔들었다. 쾅쾅쾅쾅. 얼마쯤 이어졌을까. 같은 층의 어느 문이 열리며 중년 남자의 말소리가 들렸다. 여보, 좀 조용히 합시다. 그러나 사내는 아랑곳하지 않았다. 사층 원룸 건물이 무너질 듯했다. 문 안에 있는 여자는 뭘 하고 있길래 대답을 하지 않는 걸까 궁금해하며 앉은자리에서 일어났다. 상 오른쪽으로 미처 치우지 못한 신문 더미를 폴짝 뛰어넘어 화장실로 들어갔다. 위쪽으로 열리는 창문 틈으로 얇게 바람이 들어왔다. 방 안보다 확실히 서늘했다. 오줌을 누는 순간 진저리가 쳐졌다. 쿵. 상이 조금 흔들렸다. 신문지에 끼워진 유광 광고지에 어이없게 미끄러져 상 모서리에 무릎을 찧었다. 뼈가 도드라진 부분이라 몹시 아팠다. 혼자여서 더 아팠다. 옆에 M이 있었다면 한마디쯤 해주었을 것이다. 무슨 일이야, 괜찮아? 나는 쭈그려 앉은 채 손으로 무릎을 박박 문질렀다. 마트 광고지 밑으로 접힌 신문들이 보였다. 인터넷이 아무리 날뛰어도 종이 신문은 봐야 한다고 내심 주장해왔으나 조만간 끊어야 할 처지였다. 인생, 그거 만만한 게 아니지 하면서 신문을 열심히 읽는 척했다.

한 큐레이터의 학력 위조 의혹이 제기되면서 내로라하는 연예인들이 알아서 가짜 학력을 고백한다는 기사가 줄을 잇는가 하면 정치권에서는 야당의 대선 후보 선출을 위한 경선 기사가 또 다른 지면을 꽉꽉 채웠다. 하루도 편할 날 없는 세상이었다. 그만 덮을까 싶은 찰나 '루시의 아기 찾았다'라는 머리기사가 눈에 띄었다. 에티오피아 북동부 디키아 지역에서 세 살짜리 여자아이의 화석이 발견되었고 발굴 오 년 만에 연구 결과가 『네이처』지에 발표되었음을 알리는 기사였다. 루시와 같은 종(種)이고 붙여진 이름은 셀람. 에티오피아어로 평화라는 뜻이었다. 온전한 두개골과 상체, 팔다리 등 주요 부위 유골이 발굴되었는데 컴퓨터 단층 촬영 결과 이 화석이 루시보다 십오만 년 이상 오래되었다고 연구팀은 추정했다. 『내셔널 지오그래픽』지에 실렸다는 복원된 얼굴은 그저 유인원을 닮아 있었다. 내 생각 속에서 입술 두툼한 루시와 따로 도는 것 같았다. 루시의 아기라고 해서 정말 루시의 아기인 줄 착각한 나는 손으로 머리를 한 대 쥐어박았다.

한 달도 길다 하는 나 같은 사람에게 십오만 년이라는 시간은 도대체 가늠이 되지 않았다. 단기기억상실증에 걸린 루시는 어제 일을 오늘 기억 못한다. 남자는 매일 그녀를 만났고 어느 날 그녀가 기억할 수 있도록 만남의 순간을 담은 비디오테이프를 선물했다. 그들에게는 여전히 어제와 오늘만 있지만 그 수많은 어제와 오늘은 세월을 이룬다. 나는 영화 속 남자의 환한 미소를 머릿속에 재생시키며 세 개째 깡통 맥주를 땄다. 언젠가 마셨던 한잔의 풍경이 떠올랐다.

평상에 앉아 M과 친구들과 함께 어울리며 하하호호 웃음을 흘렸었다. 내 친구 정혜와 동거 중인 M의 친구가 폼 좀 잡겠다며 정혜의 친척 집 근처로 모였다. 서울 근교에서 삼계탕, 오리탕, 보신탕 같은 걸 끓여주고 민박도 치는 집이었다. 평상 위에서는 산타나가 어떻고 에릭 클랩튼이 어떻고 신중

현이 어떻고 하는 말이 끊이지 않았다. 옆의 평상에서는 연인들인지 먹을 생각은 않고 죽어라 들러붙어 있었다. 평상 옆에 흐르는 개울에서는 어린 남매가 아버지와 함께 그물로 고기를 잡고 있었다. 정혜와 M과 나는 삼계탕을, 정혜의 신랑은 보신탕을 어지간히 먹은 뒤였다. 살점 발린 뼈들이 수북하게 대접에 쌓여갔다. 날파리들이 수시로 뼈 위에 앉았다간 내젓는 손길에 휭하니 떠나기를 되풀이했다. 여름엔 개가 제일이지. 짜식아 너도 좀 먹어라. M의 친구가 땀이 찬 이마를 팔뚝으로 쓱 문지르며 M에게 눈총을 주었다. 술이나 마셔, 인마. M이 친구의 빈 잔에 술을 따라주었다. 유리컵에서 맥주 기포가 뽀글뽀글 솟아올랐다. M의 친구는 때때로 정혜의 엉덩이를 어루만졌다. 맥주병이 하나둘 탁자 위에 세워졌다. 초가지붕을 흉내 낸 지붕은 태양만 가려줄 뿐 열기까지는 막지 못했다. M의 긴팔 셔츠가 더워 보였다. 물수건을 그 앞에 밀어놓았다. 어쩜, 총각 피부가 여자보다 더 고와. 정혜의 말이었다. M은 머쓱해하며 한 번 더 웃어 보였다. 살갗이 너무 얇아 금방이라도 찢어질 듯했다. 그때 매미들이 한꺼번에 따가운 소리를 토해냈다. 어이, 귀청 찢어지겠다. 니들은 낮잠도 안 자냐. M의 친구 말에 다들 까르르 깔깔 웃음을 터뜨렸다.

뼛속 깊이 새겨진다는 건 어떤 뜻일까. M을 좋아하기는 하는 거냐고 그날 정혜가 물었을 때 나는 그 말을 느릿느릿 내뱉었다. 차가운 물에 발을 담그는 순간 등줄기가 서늘해지는 기분과 비슷했을까. 그날의 물은 한낮의 햇볕에 미적지근했다. 그물을 드리우던 가족은 어느새 보이지 않았다. 모르겠어, 라고 대답했을 것이다. 정혜가 눈을 깜박였는지 어깨를 토닥여주었는지는 잘 기억나지 않았다. 서울을 떠날까 말까 하는 그녀의 물음이 바로 이어졌다. 인제 클럽 생활도 물린다. 낮밤 바뀐 지 벌써 몇 년째냐. 이런 데서 살면 좀 좋아. 그녀의 신랑은 클럽에서 베이스를 연주하거나 때때로 세션을 했다. 나는 물끄러미 개울물을 내려다보았다. 개울물은 저대로 잘도 흘러갔다. 어이, 여자들끼리만 탁족이야. 신랑도 싫다 이거지. 그 말에 정혜가 목소리를 돋웠다. 산타나, 에릭 클랩튼, 머시기 졸라 떠든 게 누군데. 예비부부의 열연이었다. 나는 무심코 손을 흔들어 보였다. M은 엉거주춤 따라서 손을 흔들었다. 눈이 감길 듯 웃고 있었다.

또다시 사내의 목소리가 울렸다. 여기 원룸 지대는 밤이면 이를 데 없이 고요하다. 옆옆이 싱크대의 물을 틀고 잠그는 소리, 샤워 소리, 변기의 물 내리는 소리까지 또렷하게 들린다. 관계하는 소리는 어째 안 들리는지 의문스러웠다. 사내가 언제까지 저러고 있을 작정인지 조마조마했다. 조용히 하자고 말한 남자야말로 금세 조용해졌다. 끼억, 문소리가 들렸다. 간절히 문을 두드려대던 사내의 마음이 문 안으로 전해진 걸까. 웅얼대는 말소리와 함께 문 잠그는 소리가 들렸고 여자의 구두 소리가 주위의 소리를 압도하며 계단을 퀭 울려댔다.

그 여자가 진작 와 있었던가. 두 사람의 신발 소리가 지층 가까이에서 요란하게 울리다 순식간에 멎었다. 오지 말라고 했잖아. 정말 왜 그래? 못 살겠어. 여자의 새된 소리였다. 두 사람이 담판을 지을지는 알 수 없는 일이었다. 누군가 찾아오는 것이 좋은 일 아닌가 하는 데 생각이 미치자 목을 넘어가는 술이 쓴맛을 남겼다. M을 마지막으로 내 방에 온 사람은 없었다. 관리비를 받으러 오는 사람이 다달이 벨을 누를 뿐이었다. 조상의 공덕이 많으시다는 말로 운을 떼는 얼치기 역술인들은 괜한 기대감만 부풀렸다. 애인과 함께 집에서 하룻밤을 보내거나, 데이트를 즐기고 집까지 바래다준 애인에게 작별을 아쉬워하며 인사하는 것은 영화 속의 한 장면인 것이다.

삼백만 살 혹은 삼백오십만 살 된 루시에게 남편이나 애인이 있었을까. 그보다 아이의 아버지가 있었을 테지. 까맣게 오래전에는 오로지 너만이 내 신부고 내 신랑이고 하는 말이 없었을 테니까. 차라리 그편이 낫지 않을까 싶었다.

기다릴 줄 알았다면, 구석으로 몰아세우지 않았다면……

M은 인터넷 음악 전문 방송 사이트를 운영하다가 돈을 날린 이후 구석에 몰린 사람처럼 웅크리며 지냈었다. 그러니까 M은 막 다시 일어서려는 사람이었다. 나라도 능력이 있었다면 달라졌을까만 사무직으로, 홀 서빙으로, 다시 사무직으로 옮겨 다닌 끝에 겨우 얻은 일자리가 대여점 아르바이트였다. 만화책과 소설책, 비디오와 DVD를 한꺼번에 다루는 것이 추

세였다. 컴퓨터 다루는 일은 매뉴얼대로 따라 하면 그만이었다. 책 뒤표지에 붙여둔 바코드 스티커에 스캐너를 갖다 대기만 하면 컴퓨터 화면에 착착 제목이 떴다. 일주일에 이삼 회씩 신간이 들어오거나 신작 영화가 들어올 때마다 책은 비닐로 포장하고 DVD는 대여점용 케이스에 넣은 다음 각각 스티커를 붙이면 되었다. 물론 처음에는 고역이었다. 이쪽 사람이 반납한 걸 저쪽 사람이 빌려 간 걸로 바코드 스캔을 잘못하거나 결산할 때 액수가 맞지 않아 애를 먹기도 했다. 보름쯤 고생한 뒤로는 누워서 떡 먹기, 식은 죽 먹기였다. 그리고 시간 날 때마다 틈틈이 장기 연체자들에게 독촉 전화를 하면 되었다. 며칠만 해보면 누구나 할 수 있는 일이었다. 빙충맞은 년. 맥주 깡통을 거세게 들어 올리자니 뺨에 맥주가 튀었다. 손으로 쓱 문질러 닦았다.

반납 안 한 사람들한테 전화 좀 해봐요. 사장은 나에게 말할 때 꼭 '요' 자를 붙였다. 내가 저보다 두 살 더 많다는 사실을 알고 딴에는 깍듯하게 대했는데 그것을 대단한 호의로 여겼다. 나보다 한참 어린 사장의 부인이 오지 않으면 불편한 일은 없었다. 늘씬하지는 않아도 균형 잡힌 그녀의 몸매는 눈길을 끌어당겼다. 오이처럼 날씬한 발은 또 어떻고. 크기는 내 발과 비슷해 뵈나 볼이 좁았다. 얇은 줄 두 개가 날렵하게 발을 감싸고 줄 끝에 살구색 꽃이 얹혀 있는 뮬은 내 눈에도 예뻤다. 나는 기껏해야 거무죽죽한 스포츠 샌들을 신을 따름이었다. 넙데데한 내 발을 보자니 '안습'이었다. 안구에 습기 찬다, 안타까워 눈물이 난다는 뜻으로 네티즌들이 즐겨 쓰는 말이었다. 다른 인터넷 용어는 몰라도 그 말은 마음에 쏙 들었다. 절절함이 척척 들러붙었다. 내 발, 나, 모두 안습이었다.

깡통 맥주 세 개를 해치우고도 정신이 말짱했다. 보통 때 같으면 깡통 하나에도 해롱거렸을 텐데, 몸이 너무 힘들면 도리어 피곤함을 못 느끼듯 술도 안 취하는가 보았다. 게다가 오늘은 서른세 살을 맞는 날이 아닌가. 어린애처럼 생일 운운하는 게 덜떨어진 사람 같지만, 취하고 싶다. 축하 세리머니라도 해야지 않은가. 나는 상 옆에 내던져둔 배낭을 끌어와 뒤적거렸다. 지갑을 꺼낸 다음 있는 돈을 모두 털었다. 오천육백삼십 원이 나왔다. 거금이었다. 잠깐 고민을 했다. 이런 된장. 어느 틈에 젠장은 된장으로 바뀌어 있었다. 명품으로 치장한 채 돈 없는 선배들에게 빌붙어 밥을 먹으면서도 스타벅스 커피는 빠뜨리지 않는 여자들을 된장녀라고 불렀고, 한참 전에 인터넷에서 때려댔었다. 스타벅스 커피라곤 마셔본 적 없는 나는 적어도 된장녀는 아니겠구나 싶었다. 한 번이라도 되어봤으면 좋겠다는 엉뚱한 생각이 들었다. 그러나 나는 그런 말을 들을 만큼 어리지도 않다. 서른셋은 아줌마 대열에 더 가까웠다. 만화책 빌리러 오는 아이들 입에서는 아줌마 소리가 심심찮게 나왔다. 내가 아줌마로 보이니? 잡아먹을 듯 꼬나보며 물어도 아이들은 맹랑하게 네, 소리를 뱉어냈다. 열이 치받쳤다. 그런 날 밤에는 퀴퀴한 집구석으로 곧장 들어가기가 싫었다. 곳곳에 물기 밴 방 안에 있으면 내가 정말 지지리 궁상을 떠는 아줌마가 되어버릴 것 같았다. 대여점 근처 인공 연못을 따라 두어 바퀴 돌고도 모자라 집까지 가는 가장 먼 길을 택한다. 그러고선 치킨 조각이나 뜯을밖에.

저녁이면 연못 부근 광장에 사람들이 바글거렸다. 가족끼리 배드민턴을 치거나 아이가 모형 자동차를 타거나 중고등학생들이 롤러블레이드를 타며 저녁 한때를 보냈다. 푹푹 찌는 요즘에는 더 늦게까지 모여들었다. 스탠드 앞쪽에서는 십대 아이들이 일 미터가 채 안 되는 지점마다 플라스틱 컵을 줄줄이 엎어놓고 롤러블레이드를 탄 채 그 사이를 유연하게 빠져나왔다. 휴대용 녹음기에서는 음악이 쾅쾅거렸다. 좋은 때다, 나는 읊조렸다. 너는? 찍소리 못한 채 모형 자동차를 피하고 배드민턴 치는 사람들을 피했다. 왼쪽 어깨 너머로 형광빛을 띤 전구가 도로변에 세워진 트럭마다 켜져 있었다. 노점상 트럭들이었다. 밤 열시가 넘으면 장신구, 옷, 놀이용품들이 도로변에 부려졌다. 그 틈을 겨우 빠져나와 산책로로 들어서자 그제야 혼자 걷거나 뛰는 사람들이 눈에 띄었다. 허리를 똑바로 펴고 선 채 걷거나 뛰고 있었다. 인간은 언제부터 두 발로 걸었을까, 하는 생각은 루시에게로 모아졌다. 직립인간이라는 호모 에렉투스 이전에 허리를 똑바로 세우고 걸었다는 오스트랄로피테쿠스 아파렌시스, 일명 루시. 인류의 직계 조상이 될 수 있는 유인원인 호미니드.

컴퓨터 진화 로봇 모델을 이용해 발걸음을 재현해본 결과, 루시는 분명 허리를 똑바로 펴고 서서 현생인류처럼 걸었을 거라고 최근에 영국의 BBC 뉴스 인터넷판에 보도되었다. 그렇다면 루시는 인간에 보다 더 가까운 존재가 된다. 반면 또 다른 기사에서는 루시가 인간의 의도적인 조작으로 성립된 작품이라고 단언했다. 루시의 직립보행 증거로 최초 발굴자 도널드 요한슨 박사는 무릎관절을 제시했으나, 유골 발굴 지점에서도 떨어진 자리에 있던 것들을 마치 한 장소에서 발굴한 것처럼 조작한 것임이 밝혀졌다. 게다가 이 발굴 자체를 사 년간이나 비밀에 부쳤다고 했는데 극적인 시점에 발표하여 기금을 타내기 위한 의도였다고 한다. 그래서 오스트랄로피테쿠스 아파렌시스가 원숭이의 변종이라는 데 의견이 모아졌다. 발견된 곳이 아프리카여서 한때 아프리카의 이브라고도 알려진 루시는 따라서 인간이 아니게 된 것이다. 또한 이십 년쯤 지난 뒤, 사백만 살이 넘는 오스트랄로피테쿠스속(屬) 화석이 발견되면서 루시는 인간에 가까운 가장 오래된 화석 자리에서도 밀려나게 되었다.

호모 사피엔스 사피엔스, 즉 현생인류인 나는 백팩을 짊어진 채 팔을 구십 도 각도로 어깨높이까지 가볍게 흔들면서 척추는 곧게 세우고 빨리 걸었다. 이른바 파워워킹. 건강을 위한 걷기 열풍은 계속되고 있었다. 그놈의 웰빙이 뭔지. 다 늦은 밤에 산책이라니. 내가 그런 말을 한다 해도 사람들 입에서는, 꼬우면 너나 들어가시지, 하는 대답이 튀어나올 것이다. 스피커에서는 "누구의 주제런가"로 시작되는 노래가 심각하게 비어져 나왔다. 제발 좀 꺼주세요, 소리가 입에서 끓어올랐다. MP3라도 있었다면 좋았을 텐데, 그나마 버는 돈은 전부 프라이드치킨과 깡통 맥주에 들어간 걸까. 버는 족족 손가락 사이로 흩어진 것 같았다. 방에서 방으로 옮기다 보니 주택청약예금을 두 번이나 깨야 했다. M 있잖아, 결혼이 깨졌댄다. 오후에 정혜와 통화하며 들은 말이었다. 그녀는 잊을 만하면 M의 소식을 물어다 주었다. 드라마 음악을 맡았대, 행사 때문에 중국에 갔대. 이번에도 몇 달 만에 전화해서는 안부보다 그런 말부터 꺼냈다. 정혜네는 있는 돈 없는 돈 긁어모아 서울을 떴다. 어울리지 않게 아이들을 가르쳤고 신랑은 그 일을 함께하며 세션 작업을 알음알음으로 한다고 했다. 나는 씩씩거리며 팔을 위아래로 열심히 움직여댔다. M, 바보같이. 좀 무뎌도 됐을 텐데. 나는 걷는 것만으로는 모자라 아예 달리기를 시작했다. 광장에는 여전히 사람들이 와글와글댔다.

루시 화석이 발견된 나라가 에티오피아인 것을 알았을 때 나는 아베베의 이름을 상기했다. 그 나라에 대해서 아는 거라곤 맨발의 마라토너 아베베뿐이었다. 올림픽에서 연속 우승을 했고 불의의 교통사고로 하반신 불구가 된 뒤에도 장애인

올림픽에서 뛰어난 실력을 보였다고 한다. 강적은 자기 자신이라는 말을 남겼다고. 그 진부한 말은 여전히 명언으로 통하는 거다. 웬만한 운동선수도 가수도 배우도 그 말을 하지 않은 사람이 없다. 하다못해 방송용 멘트로라도. 나도 그 비슷이 수첩에 적어놓은 적이 몇 번 있었다. 나를 이기는 건 나 자신이다, 내 인생 최고의 라이벌은 나 자신이다. 이제 그런 건 모두 어릴 적 얘기일 따름이었다. 해도 안 되는 것은 있었다. 어리디어린 나이에 이미 실감했는지도 모른다. 그때는 뭘로 달랬는지 기억나지 않았다. 초콜릿이나 사탕 따위를 먹었을까. 없어서 못 먹었을까. 편편한 육면체 종이갑에는 벌거벗은 치킨 뼈가 더 늘어났다. 살점 하나 없이 말끔했다. 무를 손으로 먹자니 신맛에 얼굴이 찌푸려졌다. 날개 조각을 한입 베어 물었다. 어느새 식어서 좀 비릿했다. 이거라도 많이 먹었으면 어릴 적에 더 잘 달렸을까나.

나는 달리기를 꽤 잘했다. 반 대항 릴레이 선수로 늘 꼽힐 정도였다. 그러나 어이없게도 백 미터 달리기에서는 1등 도장을 받지 못했다. 운동회 날, 뜀박질을 열심히 해댔건만 손등에 찍히는 도장은 언제나 2등 아니면 3등. 달리기를 정말 잘하는 게 아니었는지도 모른다. 늘 그렇지. 출발이 늦잖아. 준비이, 땅. 총소리가 울리고도 멍청히 있다가 다른 아이들의 발끝에서 퍼지는 먼지로 시야가 뿌예진 걸 느끼고서야 뒤늦게 몸을 날린다. 죽을 정도로 내달렸으나 늦은 출발만큼 도착이 더뎠다. 그래서 먼저 도착해 숨을 고르는 아이들을 부러운 눈으로 쳐다보며 헐떡거려야 했다. 내가 M에게 선뜻 다가섰다는 것은 사뭇 놀라운 일이었다.

클럽을 드나들던 무렵이었다. 삭막한 사무실을 벗어나기 무섭게 그곳으로 방향을 틀었다. 거기 가면 꿀단지 같은 것이 있을 줄 알았다. 괜찮은 놈이에요, 마음을 못 잡아서 탈이지. 정혜의 신랑이 거들었다. 피크로 기타 줄을 뜯을 듯 연주하곤 무대 위에서 내려온 남자. M은 옆에서 누군가 도와주어야 할 사람으로 보였고 혹 내가 그 사람이 되어주면 어떨까 싶었다. 결혼이란 것이 하고 싶은 때였다. 누군가를 만난다는 것은 과정을 밟아야 하는 일이었다. 그러나 고작 한 달 만에 어떻게 그 사람을 알 수 있을까. 차라리 기억을 잃은 이십대 루시처럼 매일 같은 남자를 만나도 새로 만나는 것 같으면 더 낫지 않을까.

"내일 일은 몰라. 하지만 그 사람이 나를 믿게 해줬어. 기다렸고. 매일 하는 키스가 첫 키스였지. 할 때마다 새로운걸."

하늘하늘한 집시풍 스커트를 입은 루시가 영화에서 말했었다. 더운 지역이 영화 배경이기도 했지만, 그 스커트가 사랑의 감정을 나타낸다고도 보았다. 그 영화와 다르게 나는 M과 만나기를 두려워하고 있었다. 함께 있어 좋은 것보다 불편한 점을 더 생각했던가. 어쩌면 그것은 내 감정을 위조하는 것이었는지도 모른다. 그러나 어느 쪽이 맞는 건지 지금도 확신하지 못했다. 나는 날개 조각을 뜯다 말고 고개를 떨어뜨렸다. M이 튼실한 살집이라고 했던 발등이 꺼멓게 눈에 들어왔다. 헛헛하게 웃음 짓는 것처럼 입을 벌리는 순간 벨 소리가 굉음처럼 지층을 뒤흔들었다.

헤이 걸, 어서, 우리와 함께 가자. 이 시간에 누구지? 게다가 웬 영어? 나는 놀란 가슴을 진정시키며 잠시 멈칫했다. 문의 작은 구멍에 눈을 맞추었다. 꺼져가는 센서등의 불빛 속에 두 얼굴이 희미하게 드러났다. 낯익은 듯한 얼굴. 문을 열어보니 과연 루시들이 어깨를 걸고 서 있었다. 꺽다리 루시와 귀여운 루시가 한꺼번에 나타나기는 처음이었다. 나를 바라보던 그들은 한목소리로 다시 외쳤다. 컴, 컴 온 걸. 불현듯 가슴속에서 열기가 피어올랐다. 오늘은 네 생일이잖아. 파티하자. 꺽다리 루시가 큰 입으로 목소리를 돋웠다. 그 말에 나는 그들이 진짜로 존재함을 실감했다. 그래, 같이 가, 가자. 나 같은 빙충이 곁에 그들은 있었던 것이다. 루시 인 더 스카이 위드 다이아몬드, 루시 인 더 스카이 위드 다이아몬드. 나를 가운데 두고서 그녀들은 노래를 불러젖혔다. 다이아몬드들과 함께 하늘에 있는 루시, 루시들……

쉬, 조용히, 조용히. 나는 손가락을 입에 가져다 댔다. 그러자 두 사람은 입을 모아 외쳤다. 돈 워리. 걱정 마, 상관없어. M도. 어떻게 알지? 내가 언제 말한 적이 있었던가. 고개를 갸우뚱했다. 하하, 우리들은 너에 관해 모르는 게 없다니까.

순간 온몸이 저릿해졌다. 심호흡을 하며 깜깜한 하늘을 올려다보았다. 수많은 별들이 하늘에 박힌 다이아몬드처럼 반짝거렸다. 몇 억 광년이나 먼 거리에서.

구릉을 넘고 산맥을 타고 좁은 해협을 지나 사막에 들어섰다. 길은 끊임없이 이어졌다. 오랜 세월을 걸어온 듯했다. 달빛에 검은 실루엣이 길게 늘어서 있는 것이 눈에 들어왔다. 아직 멀었느냐는 내 물음에 꺽다리 루시는 다 와 간다고 대답했다. 길은 네가 더 잘 알고 있을걸? 무슨 영문인지 몰라 어리둥절해 있자니 귀여운 루시가 싱그럽게 웃음 지으며 내 등을 토닥여주었다. 제각기 걸어가는 짙은 실루엣이 언제부터 하나의 실루엣으로 보이는지 나는 알아채지 못했다. 어느 결엔지 바람이 불기 시작했다. 발바닥이 간질거렸다. 발바닥 아래로 부드러운 모래가 밟혔다. 응, 이제 보니 나는 신발을 신고 있지 않았다. 다시 고개를 들었다. 저만치 한 가닥 불빛이 감실감실하더니 아래에서부터 비치기 시작했다. 나도 모르게 달려가는 내가 있었다.

웰컴, 어서 와요. 환영해요. 가슴속까지 후벼 파는 듯한 목소리가 울려 나왔다. 한 가닥 불빛에 의지하여 희끄무레하게 보이는 것이 있었다. 허연 뼈가 실에 매달려 움직이며 이쪽으로 걸어오는가 싶더니 곧 양감 있는 살이 입혀져 마침내 자그만 몸집의 여인이 되었다. 거망빛 몸에서 두터운 입술이 도드라졌다. 루시! 그 순간 삼백만 살 혹은 삼백오십만 살 먹은 루시가 나를 안아주었다. 그녀의 두터운 입술이 목덜미에 닿았다. 따듯했다. 그 옆에서는 어린아이가 나뭇가지 같은 것을 두른 채 서 있었다. 루시의 아기로 불리는 존재인가. 다 알고 있다는 듯 나를 꼬나보았다. 흐릿한 불빛 속이라 명확하지 않았지만 그렇게 느껴졌다. 아니, 웃고 있었는지도 모른다. 귓가에 입김이 퍼졌다. 루시의 두터운 입술이 열렸다.

"팔팔한 년이, 화석도 아닌 것이, 지랄."

흠칫, 몸을 떨었다. 형광등 불빛 아래 상 위에 흩어져 있는 닭 뼈들이 한눈에 들어왔다. 지갑에서 꺼낸 지폐가 반쯤 접힌 채 종이갑 옆에 놓여 있었다. 술 마시던 자리 그대로였다. 맥주를 사러 갈까 말까 고민하던 중이었음을 깨달았다. 그 사소함에 피식 웃고 말았지만 나에게는 결코 사소한 문제가 아니었다. 가방 속에 박혀 있던 휴대전화를 그제야 꺼내어 시간을 확인했다. 새벽 두시 반이 조금 넘었다. 더는 물릴 수 없는 나이 서른셋.

후터분한 공기에 숨이 막혀왔다. 들어올 때부터 연속으로 켜둔 선풍기의 꼭뒤는 뜨끈뜨끈했고 날개는 건성으로 돌아가는 듯했다. 방 안의 창문은 열 수가 없다. 밖에서 훤히 들여다보이기 때문에 열어놓지 못한다. 커튼이나 발 같은 것으로 가릴 수 있지만 그러면 햇빛을 받지 못하게 된다. 헐수할수없는 상황이라는 것은 바로 이런 경우를 두고 하는 말이었다. 헐수할수없는 상황. 그런 생각이 머릿속을 들쑤셔댔다. 온몸이 후끈거렸다. 머릿속에서는 열이 끓어올랐다. 나는 상 위의 돈을 바지 주머니에 구겨 넣은 뒤 거무죽죽한 스포츠 샌들을 발에 꿰어 신었다. 삐걱, 삐걱, 삐걱. 세 번의 소리에 이어 드디어 문이 열렸다. 센서등의 깜박거림과 함께 밤의 기운이 내 앞으로 확 달려들었다.

나는 걸음을 빨리했다. 화가 난 것처럼 달릴 듯 걷기 시작했다. 어느 순간 나는 어둠 속을 내달리고 있었다.

"네가 나를 그렇게밖에 생각하지 못한다면 할 수 없지."

M의 말이었다. 돌이키려는 마음에 그를 찾아갔었다. 한 달 남짓한, 그 짧은 시간이 뼛속에 새겨진다는 것은 있을 수 없는 일이었다. 그렇기 때문에 뼛속 깊이 새겨지는 건 나의 섣부른 판단인지도 모른다. 출발이 늦어 도착이 더디더라도 좀 더 기다렸어야 하지 않을까. 그러나 언제 출발해야 하는지, 그래서 어디에 도착해 있어야 하는지 모를 때는 어떻게 해야 하지? 나는 알 수 없었다. 실로 엉뚱하게 발 탓만을 하는지도 모른다. 발가락을 쫙 펴면 부챗살이 펼쳐지듯 하는 것과 발 자체가 넓적한 것은 일상의 삶과 아무 관계가 없는데도 말이다.

광장은 텅 비어 있었다. 뛰고 뛰어서 도착한 곳이 겨우 광장이라니. 뛰어봐야 벼룩인가. 혹 내가 나만의 영화 속 주인공이라면, 내가 땅속에 묻혀 화석이 되거나 한갓 먼지로 공중에 흩뿌려지거나 하기 전까지 촬영은 계속되는 것이다. 집과 임시직 일터와 인공 연못을 배경으로 뺑뺑이 도는 지리멸렬

한 영화가 될지라도. 상관없었다. 아베베가 아니더라도, 맨발이 아니더라도, 더구나 달리기 1등 도장을 받지 못하더라도. 그리고 한껏 달아올랐던 체온이 점점 내려갔다. 못가에는 분수도 조용하고 스피커도 잠잠했다. 완전히 깜깜하지는 않았다. 가로등이 띄엄띄엄 켜져 있었고, 주변의 아파트들에서 새어 나오는 불빛으로 희미하나마 주위의 것들이 눈에 들어오기 시작했다. 못을 가로지르는 세 개의 다리 중 첫번째를 지났다. 번질번질한 물결이 도드라졌다.

삼백만 살 혹은 삼백오십만 살 된 루시는 사막에서 오랜 세월을 잠자코 누워 있었다. 천천히 모래와 진흙에 덮여 점점 더 깊이 파묻혔고 시간이 갈수록 계속 쌓이는 퇴적층에 짓눌렸다. 어두컴컴하고 숨이 막힐 것처럼 답답한 곳에서. 엄청난 폭우가 쏟아지지 않았다면 얼마나 더 오랜 세월을 견뎌야 했을까. 마침내 20세기 중반 이후 사람들 손에 발굴되었고 그래픽 작업을 거쳐 복원되었다. 명예욕에 목마른 사람들에 의해 인간인 양 조작되었다는 설도 있었지만, 지금은 인류의 방계 조상으로 인정받고 있다. 인간에 가까운 가장 오래된 화석은 더 이상 아니지만, 그러나, 그렇다 하더라도 루시는 그것과 아무 관계 없이 어떤 식으로든 자기 삶을 살았을 것이다. 아주아주 오래전에 두 발로 땅을 딛고 똑바로 걸었던 루시는.

그 순간 나는 힘주어 발가락을 쫙 폈다. 어둠 속에서도 내 발에 부챗살이 펼쳐졌을 것을 나는 알고 있었다.

삶과 쓰기가 여일한 작가가 드러낸
현대적 삶의 현전 양상

이경철(문학평론가)

축구에 대해서 조금씩 알아가고 있다. 공이 선수들에 의해 연결되고 연결되는 걸 보았을 때 어쩐지 눈에 익은 느낌이 들었다. 문장과 문장의 연결, 장면과 장면의 연결 같은 것이 연상되었다. 소설. 그런 생각이 든 순간부터 축구는 나에게 또 다른 의미로 다가왔다. 하나하나의 구성 요소가 촘촘히 짜여 한 편의 작품이 완성되듯 축구도 한 팀, 열한 명의 선수가 각자 제 위치에서 제 몫을 다한 결과로 승리를 이루는 것이기 때문이다. 승리하지 못하더라도 감동을 줄 수 있는 일 아닌가. 소설도 마찬가지가 아닐까.(「세비지≥어글리」, 120쪽)

1. 인터넷 신유목 시대
자신과 인생의 의미를 찾는 소설 작업

김주현의 첫 소설집 『조금 늦게 달이 보인다』는 나는 누구고 삶은 무엇인가를 끊임없이 묻게 한다. 원룸에 거주하듯 뿔뿔이 흩어져 각자 나름의 삶을 살아가는 현대적 일상의 한 대목을 치밀하게 그려가며 내가, 우리가 이렇게 살아도 되느냐고 묻고 있다.

김주현의 소설에서 술 마시고, 연애하고, 바라보는 한 대목, 삶의 한순간에는 수많은 사건과 상념과 정보가 풍성하게 들어 있다. 장면 묘사와 거기서 연상되는 회상, 인터넷 바다의 정보가 스토리텔링을 끌고 가는 소설집이다.

'나'와 '삶'의 본질에 주제나 메시지로 직격해 들어가지 않고 그런 것들로 변죽을 울리고 있다. 대책 없이 내던져진 우리네 실존적 삶의 비루한 세부만 치밀하게 보여줄 뿐이다.

『조금 늦게 달이 보인다』는 '나'와 '삶'과 똑같은 무게로 '소설은 무엇인가'를 묻는 소설가 소설로도 읽힐 수 있다. 이 글 앞에 인용해놓은, 작가가 축구를 보며 소설에 대해 생각하는 대목처럼.

월드컵 축구에서 치밀하고도 기막힌 패스로 공을 연결해 마침내 골을 넣듯, 문장과 장면과 추억과 감상과 정보와 인물 등이 패스하듯 연상작용을 불러일으키며 촘촘히 짜인 작품들이 이번 소설집이다. 어느 순간 그런 것들이 시제도 없이, 순서도 없이 불현듯 끌고 가는 것이 '나'이고 그렇고 그런 우리네 삶의 적나라한 모습 아니겠는가.

이번 첫 소설집에는 2008년 『21세기문학』 신인 작품 당선작인 「오래된 세월을 걷다」 등 아홉 편의 단편이 실려 있다. 등단 십오 년 만에 아홉 편만 한 권으로 엮었다는 것은 과작의 작가이면서 그만큼 한 작품, 한 작품에 혼신을 다하고 있다는 걸로 읽힌다.

"소설을 아무 공부 없이 타고난 '글재주' 그대로 쓰면 되는 줄 알고 있다면, 안타까울 뿐이다. 소설이야말로 철자법에서부터 인문학까지 무한한 공부를 하지 않으면 되지 않는다. (……) 「오래된 세월을 걷다」는 옛 화석 인류라는 루시를 등장시켜 오늘날의 우리들 삶의 단면을 파헤친, 재미있는 소설이었다. 자칫 너무 얼개가 커지지 않나 우려했으나, 탄탄한 쓰기가 뒷받침하고 있었다. 현대 생활의 부박함을 통시적으로 살피고 있는 안목은 오늘날 문학에서 값진 것이기도 했다."

당선작에 대한 심사평의 한 대목이다. 작품의 큰 얼개를 뒷받침할 만한 문장과 인문학적 지성이 탄탄하다는 것이다. 무엇보다 소설의 덕목인 재미와 감동, 그리고 삶과 세상을 보는 안목이 값지다는 평이다.

"이 작품은 환(幻)과 멸(滅)의 힘겨루기를 이루며 만들어 내는 아찔한 균형의 순간, 그 찰나의 미학을 내적인 독백으로 읊조린다. 환의 틀과 멸의 틀이 힘을 겨루는 순간, 힘의 균형이 이루어지며 두 세계가 나란히 공존한다. 두 세계를 바라보며 환의 감각을 동원하여 실존을 일깨운다. 이때, 찰랑찰랑 방울 소리는 '나'에게 '어디론가 가는 게 중요하니까' 하며 존재의 본질을 찾게 하는 신호음으로 울려 퍼진다."

단편 「방울 소리 찰랑찰랑」에 대한 문학평론가 김인경의 평이다. 우리네 삶과 이 세상의 실체는 모두 환이고 멸일 것이다. 그런 환멸의 고해(苦海)를 벗어나기 위해 부처는 『금강경』에서 "모든 우리의 삶은/꿈과 같고 환상과 같고 물거품 같고 그림자와 같고/이슬과 또 우레와 같으니/마땅히 이와 같이 관(觀)하라" 하지 않았던가.

그럼에도 그런 니르바나, 열반에 들 때까지 환과 멸이 팽팽히 맞서는 게 우리네 삶, 실존 아닌가. 그러매 인생은 고해일 수밖에. 그런 삶의 솔직한 풍경을 감각적인 연상작용과 이야기로 보여주고 있는 단편들을 모은 게 이번 소설집 『조금 늦게 달이 보인다』다.

"과거의 나를 버리고 새로운 나를 찾는 것이다. 삶 위에 올곧게 서는 글을 써가다 보면 좀 더 나아지는 나 자신을 발견할 수 있을까. 오래된 세월을 걸어가는 묵묵한 발자국을, 뒤돌아보면 웃을 수 있을까. 그러기 위해서는 마음의 각오를 단단히 해야 할 것이다. 죽을힘을 다해 삶을 쓰는 것과 함께."

작가의 당선 소감 한 대목이다. 삶과 소설을 한통속으로 보며 죽을힘을 다해 쓰고 고치고 다시 쓰고 한 작품들을 처음으로 묶어 독자들에게 조금 늦게 선보인 것이다. 이번 소설집의 성격과 효과를 들여다보기 위해 등단작부터 한 작품 한 작품 개괄해본다.

2. 뿔뿔이 홀로인 현대적 삶의 편편을 그대로 펼쳐놓는 소설 세계

「오래된 세월을 걷다」는 비디오 대여점 직원인 '나'가 33세 생일날 밤에 홀로 원룸에서 치킨에 캔 맥주를 마시며 펼치는 이야기다. 그 짧은 시간에 인류 최초의 여성 화석과 함께 영화에 나오는 기억상실증 환자나 가난한 토큰 판매원 등 '루시'라는 이름을 가진 여성들을 떠올린다.

그와 더불어 예전에 깊게 사귀다 헤어진 M도 떠올린다. 떠오르는 것을 그대로 서술하는 것과 함께 지금 있는 원룸촌과 동네에서 일어난 일들을 연극 무대처럼 보여주며 현장감을 주고 있다. 인터넷 서핑이나 영화 등에서 본 간접적인 감상 체험의 루시 이야기와 주인공 나의 연애 체험 등의 연상에 현실감을 주며 이야기를 끌어가고 있다.

그렇게 맥주를 마셔가며 "인생, 그거 만만한 거 아니야"(246쪽)라는 주제를 던지고 있다. 그러다 마지막에 "어떤 식으로든 자기 삶을 살았을 것이다. 아주아주 오래전에 두 발로 땅을 딛고 똑바로 걸었던 루시는"(265쪽)이라며 '똑바른 자기 삶'을 모색하고 있는 작품이 「오래된 세월을 걷다」다.

「방울 소리 찰랑찰랑」은 잡지 편집자인 주인공 '나'가 잡지를 발송하기 위해 봉투를 붙이면서 오래전에 마음을 두었다 헤어져 다시 SNS로 만나고 있는 '너'와의 추억이 이야기를 이끌고 있다. 꿈속에서 본 무당의 찰랑거리는 방울 소리에서 '너'가 예전에 기타로 연주하던 「찰랑찰랑」이란 노래 가사가 떠올랐기 때문이다.

"저질러요. 그 사람이 좋다면. 같이 살든 뭘 하든."(166쪽) 한 사람을 마음에 두고 있을 때 무당이 한 말이다. 그러나 다가오면 멀어지고 멀어지면 다가가고픈 게 마음 아니던가. 그런 사랑을 추억하며 우리네 삶의 본질을 파고들어 "너무 따지지 말고 늘 먹고 자는 것처럼 조금씩 조금씩, 그러나 반복하여 추어라"(162 · 175쪽)는 주제를 떠오르게 하는 작품이 「방울 소리 찰랑찰랑」이다.

표제작 「조금 늦게 달이 보인다」는 2022년 펼쳐졌던 개기월식을 소재로 한 작품이다. 소설가인 주인공 '나'는 달이 태양으로부터 빛을 받아 반사하듯 "내가 읽은 책, 내가 만난 사람들, 내가 가본 곳들, 이 모든 것이 나에게는 태양"(34쪽)이라며 그런 것들의 진실로 소설을 쓴다고 밝히고 있다.

해서 "묵직한 메시지를 전달하는 것도 아니고 굵직한 서사가 있는 것도 아니었다. 바닥을 치는 삶을 그리는 건 더더욱 아니었다"(25쪽)고 자신의 소설 세계를 말하고 있다. 그런 것으로 소설이 빛을 발하게 하지 않고 겪은 것만 그대로 반사하겠다는 것일 거다.

「세비지≥어글리」도 소설가인 '나'가 월드컵 축구 등을 보며 소설 쓰기에 대해 생각하는 소설가 소설로 읽힐 수 있다. 가족으로부터 미운 오리 새끼 같았던 '나'를 아버지는 세비지라 불렀을 것이다. 그런 '아버지'와, '나'가 사랑했던 남자 '그'를 떠올리며 자신의 정체성을 찾고 있는 소설이기도 하다.

"그동안 내가 썼던 소설처럼 인물이 직장을 그만두었거나 실연을 했거나 옛 남자를 우연히 만나게 되었거나 하는 이야기를 벗어나지 못하고 있었다. 그런 걸 보완하려고 정보에 치우쳤던 건 사실이다"(104쪽)라고 자신의 소설 쓰기를 객관적으로 바라보고 있다. 그러면서 그런 소설 쓰기와 자신의 삶을 일치시켜나가고 있기도 한 작품이다.

「빨주노초파남보 씨」는 신에 춤 비평가인 '나'가 대학 시절 사랑했던 '그'의 버나 공연을 보고, 또 그와 이야기를 나누며 펼쳐지는 작품이다. "나야말로 여전히 뭘 찾고 있나 봐. 당신이 버나를 돌리는 시간 동안 난 뭘 했나 싶기도 해", "그런 게 인생 아니겠어?"(92~93쪽)란 둘의 대화에 드러나듯 무지개 허상을 좇는 삶과 인생을 둘러보게 하는 작품이다.

「나의 골목길」은 무용가 자료조사 아르바이트를 하는 '나'

가 학원에서 요가 수련을 하며 떠올린 생각들이 끌고 가고 있는 작품이다. 자아에 대한 애착을 떨쳐버리려 하는 것이 요가인데도 "좀 전의 「타이스의 명상곡」에서 시작된 잡생각이 다른 생각들을 불러 여기까지 왔다"(147쪽)며 생각, 애착의 연상작용으로 시종하고 있다.

「인물 리스트」는 극작가로 막 데뷔한 '나'가 동거하던 연상의 여인을 떠올리며 펼쳐지는 이야기이다. 두 사람은 몸을 섞는 사이였지만 어느 날 갑자기 쉽게도 헤어져버린다. 소설 속의 소설 같은, 무대와 원룸에서 펼쳐지는 그런 연극, 쇼 같은 현대적 삶의 면면을 그리며 의미를 찾고 있는 작품이다.

「인생은 오렌지」는 연출가 지망생인 '나'가 대학 시절 같이 연극을 했던 스튜어디스 애인과 그녀의 이모, 또 그 이모와 관계가 있던 선배 연출가와 스튜어디스 애인 간의 열 살을 훌쩍 뛰어넘는 엇갈리는 사랑을 비추고 있는 작품이다.

「아무도 나를……」은 죽은 아버지의 프리드리히 2세에 대한 논문을 읽고 독일 여행을 다녀온 '나'가 독일에서 만난 남자의 음악 공연을 보러 가며 지난 일들을 떠올리는 작품이다. 독일에서 그 남자와의 사랑도 뜻을 못 이루고 떠도는 삶의 콤플렉스가 서자(庶子) 트라우마임을 비추고 있는 작품이다. 뿌리 뽑힌 채, 아직도 알을 깨고 나와 사회에 섞여들지 못하는 현대적 삶의 정체성을 묻는 작품으로도 읽힌다.

3. 새로운 소설 기법으로 드러나는 현대적 삶의 양상과 의미 찾기

이처럼 이번 소설집에 수록된 단편들을 개관해보면 주인공 대부분은 독신으로 원룸에서 살고 있다. 소설이나 연극, 잡지 등의 언저리에서 안정적인 직업 없이 살아가고 있다. 21세기 신유목 시대, 인터넷 노마드 최첨단 시대를 그렇게들 살아가고 있는 것이다.

그런 정처 없는 부박한 삶의 현재에서 이야기들은 대부분 회상으로 들어간다. 그 회상 속에서는 지금은 헤어진 애인이 중심으로 떠오른다. 자연이나 세계와의 원초적 교감이 없는 아스팔트 세대들에게는 이성 간의 사랑 감정이 강렬한 원초적 체험이기에 그리했을 것이다.

그러나 과거의 그런 사랑 이야기도 한 맥락으로 시원스레 흐르지 못하게 하고 있다. 어떤 단어나 상황의 연상작용이 끊임없이 틈입해 이야기를 조각조각 파편화시킨다. 확연히 드러나지 않는 미련이나 안타까움만 더욱더 증폭시키며 또 다른 갈애(渴愛)에 목마르게 한다.

작중 주인공이 실토하듯 메시지나 서사나 곡진한 삶을 핍진하게 그리려는 작위(作爲)가 없다. 독자들에게 익숙한 정통소설 문법을 벗어나 지난 세기말부터 차츰 대세를 이뤄가기 시작한 최첨단 소설 문법을 취하고 있다.

작가 최인훈이 1994년 펴낸 두툼한 장편소설 『화두』를 다 읽고 나서 난감했었다. 북한 원산고등학교를 다니다 6 · 25 때 월남한 최인훈은 남한과 북한 체제를 동시에 최초로 다룬 작품 『광장』을 1960년에 발표했고 또 여러 소설 기법을 실험하며 소설의 용량, 폭을 넓혀나간 우리 시대 최고의 문제 작가였다.

그런 그가 좌우 대립이 극심했던 20세기가 저물 무렵 『광장』의 후속편쯤으로 썼다 해서 언론과 독자의 관심이 집중될 수밖에 없었던 작품이 『화두』였다. 그러나 읽기가 여간 녹록지 않았다. 자신의 일대기를 다루고 있으면서도 이야기 줄거리는 없고 평이며 에세이며 사색이 순서도 없이 나열되고 있어 마치 평생 메모해둔 것을 정리한 듯한 느낌마저 들었다.

소설 세계를 서사의 제약에 얽매이지 않고 확장시키기 위해서였을 것이다. 작가의 자유를 만끽하며 자신이 살아낸 20세기라는 시대와 제도, 그리고 문명을 작위적이지 않게, 그대로 보여주기 위해서 그런 소설 형식을 취했을 것이다.

그 이전, 1980년대부터 포스트모더니즘 운운하며 일군의 젊은 작가들은 기존 소설의 서사적 맥락을 벗어나고 있었다. 원체험이 아니라 독서나 영화나 음악 감상 등에 의한 간접 체험의 연상이 끊임없이 끼어들어 이야기를 끌고 가며 부박한 현대적 삶을 그려가고 있었다.

이번 『조금 늦게 달이 보인다』에서도 그런 간접 체험이 소설을 이끌어가고 있다. 연애나 가족 문제 등 원체험과 간접 체험이 치밀하게 교직되어 뭐가 원체험이고 간접 체험인지 분간할 수 없게 한다. 마치 가상현실이 현실로 들어와 현실을 증강, 확장시키는 효과를 주고 있는 듯하다.

거기에 사전적, 인터넷 정보들이 수시로 끼어들며 사실감을 더해주고 있다. 작중 주인공이 소설가나 교열자로 나오는 것에서도 알 수 있듯 적확한 구성과 문장 구사가 그런 사실감에 더욱 신뢰를 주고 있다.

연상작용에 의한 사건의 전개와 작중 주인공이 "나는 소설을 쓰는 사람이 아니라 검색업체 직원 같은 느낌이었다"(105쪽)고 할 정도로 끊임없이 주어지는 정보가 있다. 그리고 현재에서 과거로 가고 과거에서 현재로 오고 가는 시제로 이야기와 상황, 심상 등을 끊임없이 파편화면서도 그렇게 파편화된 삶에 또 두께와 깊이를 주고 있다.

저 수수만년 전 인류 최초의 화석으로부터 온 현재 나의 삶, 저 수십만 킬로를 건너와 지금 내 눈으로 들어온 달빛 등 아득한 시공을 아우르는 삶의 두께를 통해 현재 나의 삶은 어찌해야 하나, 라는 화두를 독자에게 던지고 있다.

그렇다. 작가는 이번 소설집을 통해 우리네 삶, 현전(現前)의 모습을 중층적으로 보여주고 있다. 시공도 아우르고 기억이며 연상, 꿈이며 현실, 가상이며 실제 등 모든 걸 아우르는 게 우리네 삶의 참모습임을 보여주고 있다.

서양 근대의 이성에 바탕한 관념론에서 탈피해 실존주의를 완성하며 현상학으로 넘어간 마틴 하이데거는 “존재는 그 본래적 의미에서 현전”이라고 했다. 해서 형이상학적 관념이나 가정에 갇힌 존재를 지금 우리 눈앞에 생생하게 펼쳐지는 현전으로 살려냈다.

불교, 특히 선(禪)에도 관심이 높았던 하이데거의 현전에서는 인간 주관이나 이성에 의한 어떤 의미도 찾아볼 수 없다. 해서 서양의 관념론적 입장에선 무(無)와 같을 것이다. 그런 허무한 우리네 삶의 실존 양태, 현전을 있는 그대로 보여주면서 또 다른 삶의 의미를 찾고 있는 소설집이 『조금 늦게 달이 보인다』다.

세계 독자들로부터 사랑받고 있는 작가 르 클레지오는 2012년 경주에서 열린 국제펜대회에 참석했다. 그때 기조강연에서 “디지털 미디어의 간략하고 순간적인 정보와는 달리 문학은 시대와 문화를 연결하고 인간의 삶보다 오래 지속하는 것을 창조한다”며 문학 본연의 가치를 강조했다.

시적인 문체와 세련된 감각으로 국가와 문명을 넘어 자유롭게 인간의 본질을 탐구하는 최첨단 노마드 작가로 노벨문학상을 수상한 작가가 클레지오다. 그런 그도 “문학은 꿈을 가져다주고 현실을 알게 해주며 지식도 갖게 해주고 비판하는 능력도 키워준다”며 문학 본연의 효과를 강조한 것이다. 그게 21세기 인터넷 노마드 시대 소설의 존재 양상이고 존재 이유일 것이다.

김주현은 아무리 파편화되고 뿌리 뽑혔을지라도 현대적 삶을 그대로 보여주며 또 다른 의미를 돌려주려 소설을 쓰고 있다. 그런 소설 쓰기와 삶이 여일한 작가임을 이번 소설집은 잘 보여주고 있다. 그처럼 삶과 소설에 망설이거나 주저하지 말고, 확신을 갖고 힘차게 밀어붙이는 큰 작가의 길을 걸으시길 바란다.

작가의 말

오랜 시간이 걸렸다. 등단을 하게 된 것도 첫 소설집을 내게 된 것도.

가슴이 늦게 열리고 '소설 머리'가 늦게 트였다. 내 속도로 한 걸음 한 걸음 떼었다.

그런데 나는 어쩌다 소설을 쓰게 되었을까?

친구 따라 강남 간 격으로 출판사에 들어갔고 제법 많은 원고들을 교정했다. 그러는 가운데 차츰 문장의 묘미에 빠져들어갔다. 그것이 다는 아닐 텐데. 어쩌면 이유를 알 수 없는 끌림 때문이었을까. 그리고 무언가 내 안에서 꺼내고 싶은 것이 있었던 걸까. 마침 절묘하게도 한 창작 아카데미 광고를 신문에서 보게 되었다. 그렇게 시작되어 배우고 읽고 쓰는 과정이 끊어질 듯 이어졌다.

사이사이 연극과 춤 공연을 보고 그림 전시회도 보러 다녔다. 잘 몰라도 보면 좋았다. 자꾸 보게 되었다. '나'도 자꾸 보면 보일까. 그것은 나에게 어려운 문제였다. 한 번에 알 수 없는 일이었으므로 조금씩 조금씩 나를 들여다보았다. 오랜 시간이 걸려 가끔 내가 보였다. 그런 것들을 소설 속에 그려 넣었다. 많은 사람들이 말하듯, 소설을 쓰는 것은 나를 알아가는 길이었다.

등단을 하면서 "죽을힘을 다해" 쓰리라 마음먹었었다. 그 간절함으로 오래 쓰리라 생각하며 "늘 먹고 자는 것처럼 조금씩 조금씩" 써나가고 있다. 그리고 문득 달을 바라본다.

감사 인사를 드려야 하는 분들이 많다.

소설됨과 삶을 일깨워주신 스승 윤후명 선생님께, 어렵게 해설을 부탁했을 때 기분 좋게 승낙해주신 이경철 선생님께 감사드린다.

오래 기다려주신 한국문화예술위원회 관계자들께 감사드

린다.

노모와 형제들에게 이 자리를 빌려 감사한 마음 전한다. 가까이에서 또 멀리에서 응원해주시는 분들께 감사드린다. 한마디 한마디가 큰 힘이 되었다.

이제는 소임을 다한 창작촌 '21세기문학관'과 그곳 풍경에 늦은 안부를 전한다.

정홍수 선생님을 비롯하여 '도서출판 강' 관계자들께 마음 깊이 감사드린다.

2023년 가을

김주현

수록 작품 발표 지면

조금 늦게 달이 보인다 _『The 좋은 소설』 2020년 봄호

인생은 오렌지 _『인생은 오렌지』, 테오리아, 2016

빨주노초파남보 씨 _『문학무크 소설』 2018년 4호

세비지≥어글리 _『영화가 있는 문학의 오늘』 2018년 겨울호

나의 골목길 _『학산문학』 2016년 겨울호

방울 소리 찰랑찰랑 _『문학과의식』 2019년 겨울호

인물 리스트 _『인생은 오렌지』, 테오리아, 2016

아무도 나를…… _『21세기문학』 2009년 가을호

오래된 세월을 걷다 _『21세기문학』 2008년 여름호

조금 늦게 달이 보인다

© 김주현

1판 1쇄 발행 | 2023년 11월 20일

지은이 | 김주현
펴낸이 | 정홍수
편집 | 김현숙 이명주
펴낸곳 | (주)도서출판 강
출판등록 | 2000년 8월 9일(제2000-185호)

주소 | 서울시 마포구 동교로17안길 21 (우 04002)
전화 | 02-325-9566
팩시밀리 | 02-325-8486
전자우편 | gangpub@hanmail.net

값 14,000원
ISBN 978-89-8218-328-7 03810

* 이 책의 판권은 지은이와 도서출판 강에 있습니다.
이 책 내용의 전부 또는 일부를 재사용하려면 반드시 양측의 서면 동의를 받아야 합니다.
* 잘못 만들어진 책은 구입처에서 교환해드립니다.

* 이 도서는 2018년도 한국문화예술위원회 아르코문학창작기금지원사업에 선정되어 발간되었습니다.